# 声優ラジオの
# ウ モテ

#07

ったく……世話焼かせるなあ、
がきんちょどもは……

うわああああああああああああああああ！
へこんでるやすやすかわいいーーーーーーーーッ！

二月 公　イラスト／さばみぞれ

柚日咲めくる
夜祭花火
チーム"アルフェッカ"向かうところ敵なし!?
SCENE #01

桜並木乙女
高橋結衣

新人声優である自分たちがどんな番組をやっていけばいいのか。方向性を決めて、特訓を重ねた。
ふたりで足並みを揃えて『仲が良くて面白いラジオ』になるように一生懸命努力した。
椅子を取り合うだけじゃなく、他人を活かす仕事もある。そういう仕事なら、喜んでやりたい――。
そうして願いどおり番組は人気を博し、柚日咲めくるは弁の立つ声優として重宝されるようになったのだ。

SCENE #02
めくると花火の私たち同期ですけど？

夕陽とやすみの、めくるサンドイッチ！
SCENE #03
「後ろから失礼します」

「――あ」
(前門のやすやす、後門の夕姫……!!)
「はーい、よいしょっと」

夕陽とやすみのコーコーセーラジオ！
YUHI to YASUMI no KOUKOUSEI RADIO!
私たちの先輩も、長年抱えていた
悩みを解決できたらしくてさ
だれがどんな言葉に支えられているか、
わからないってことよね。

## ティアラ☆スターズ☆レディオ！

第17回　～めくると乙女のライブ直前ラジオ～

第1回　～【続】やすみとめくるの初回放送～

第14回　～めくると花火の安定ラジオ～

## 柚日咲めくるのくるくるメリーゴーランド

第1回
～新人めくるのこなれた初回放送～

## めくると花火の私たち同期ですけど？

第267回
～めくると花火の活きる道～

第274回
～柚日咲めくるは卒業しなくちゃ？～

## 夕陽とやすみのコーコーセーラジオ！

第69回　～夕陽とやすみの隠しきれない先輩～

声優ラジオのウラオモテ

「「ティアラ☆スターズ☆レディオー！」」

「みなさん、ティアラーっす！　今回パーソナリティを務める、小鳥遊春日役の柚日咲めくるです！」

「みなさん、ティアラーっす！　同じくパーソナリティ、エレノア・パーカー役の桜並木乙女でーす！」

「この番組は『ティアラ☆スターズ』に関する様々な情報を、皆さまにお届けするラジオ番組です！」

「はい！　というわけで、第17回が始まりました！　今回はわたしとめくるちゃんのふたりでやっていきます！　いや～、めくるちゃんとラジオに出られるの、嬉しいなあ」

「ほかの番組だと何回かいっしょに出てるけどね（笑）わたしも嬉しいよー。やっぱり同期相手だと、力が抜けるというか、やりやすいよね」

「そうだねえ。やっぱりちょっと特別感あるよね！　そういう意味では、次のライブあるじゃない？」

「九月ライブの〝オリオン〟VS〝アルフェッカ〟？」

「そうそう！　わたしとめくるちゃんが同じユニットなんだけど、花火ちゃんも同じで！　同期が三人も集まってるの、嬉しかったな～」

「確かに偏ったねえ（笑）なんかこう言うと結衣ちゃんだけ仲間外れみたいだけど、あの子はあの子で人懐っこいから、すごくいい空気だよね」

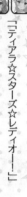

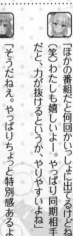

# ★ティアラ☆スターズ☆レディオ！

「ね～！　結衣ちゃん本当いい子でかわいいの！　練習もいっしょにするの楽しかったな～！　ライブはもうすぐなんですけど、わたしたち本当に熱心に練習したから！　楽しみにしていてください！」

「本当、いっぱい練習したよねえ。乙女ちゃんがリーダーだから、グイグイ引っ張ってくれて、レッスンもすごく上手くいってたなー。なんかこう、熱量がすごかったよね」

「だって一応、勝負だからね！　負けたくないじゃない？」

「〝オリオン〟の子たちにね。そうだねー、対決ライブ！　ってことになってはいますけども。あっちは後輩ちゃんも多いしね。一年目の子なんて、ふたりもいるし」

「そうそう。だからここで、先輩の貫禄というか、威厳をね！　見せておこう！」

「急に先輩ぶるじゃん（笑）」

「難しいね、先輩ぶるの（笑）」

「でも本当に、みんな忙しい中、一生懸命レッスンしてきたから、ライブは楽しみにしていてほしいですね。来場チケットはもう締め切ってますけど、配信チケットは――」

Tiara★Stars Radio

**to be continued……**

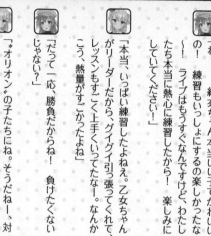

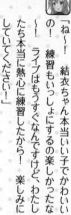

柚日咲《ゆびさき》めくるは、時折、とても不思議な気持ちになる。

なぜ、自分はここにいるんだろう。

せいぜいライブブルーレイの特典でしか観《み》られない光景が、目の前に広がっている。

ステージの舞台裏《ぶたいうら》。

明るいステージに比べ、舞台裏《ぶたいうら》はひどく薄暗《うすぐら》かった。

たくさんの人の気配はするものの、顔ははっきりと見えない。

スタッフさんが忙《せわ》しなく動き回り、光量を絞《しぼ》ったモニターがぼんやりと光っていた。

ステージはピカピカの照明とセットで光《ひか》り輝《かがや》き、既《すで》に入場しているお客さんが開幕を今か今かと心待ちにしている。会場全体に熱が立《た》ち昇《のぼ》っていた。

舞台裏《ぶたいうら》は舞台裏《ぶたいうら》で、ライブを成功させるための緊張《きんちょう》と興奮で満たされている。

静かな熱を強く感じた。

……なぜ、自分はこっちにいるんだろう。

観客席でサイリウムを振《ふ》っているわけではなく。

「なに、めくる。ぼうっとしちゃって。いつものアレ？」

「いつものアレ」

いつの間にかそばにいて、こしょっと話《はな》し掛《か》けてくる女性に言葉を返す。

夜祭花火《よまつりはなび》。

　めくると同じくブルークラウン所属の同期であり、だれよりもめくるを理解している人物。

　彼女は〝ミラク〟VS〝アルタイル〟のライブとは違《ちが》う衣装《いしょう》を着て、人懐《ひとなつ》っこい笑《え》みを浮《う》かべている。

　背が高く、スタイルの良《い》い彼女は今回の〝アルフェッカ〟の衣装《いしょう》がとても似合っていた。

　めくるも花火《はなび》と同じ衣装《いしょう》に身を包んでいる。

　以前のライブでは彼女と違《ちが》うユニット、違《ちが》う衣装《いしょう》だったが、今回はお揃《そろ》いだ。

　ふたりとも〝アルフェッカ〟として、〝オリオン〟とぶつかり合う。

　今はそのライブ直前。

「ねぇ、みんなー！　円陣《えんじん》やろうよ、円陣《えんじん》！」

　少し離《はな》れた場所から、乙女《おとめ》が声を掛《か》けてきた。

　桜並木乙女《さくらなみきおとめ》。

　声優好きならもはや知らない人はいない、言わずと知れた大人気声優だ。トリニティ所属。

　めくると花火《はなび》とは同期であるものの、人気は彼女だけ飛《と》び抜《ぬ》けている。

　衣装《いしょう》に決して負けることのない美貌《びぼう》と笑顔《えがお》を振《ふ》りまき、めくるはそれだけで気を失いそうになる。もう聖母。聖母である。みなさーん、ここに聖母がいますよ～！

「わ！　いいですねいいですね！　円陣《えんじん》やりたいです！」

　乙女《おとめ》の声に呼応して、ぴょんこ！　と手を挙げるのは、高橋結衣《たかはしゆい》だ。

小柄《こがら》な身体《からだ》ながらも異様にパワフルな彼女は、ブルークラウン所属の二年目。日に焼けた健康的な肌《はだ》が、目を惹《ひ》いた。結衣《ゆい》の衣装《いしょう》だけはへそが出ており、その部分から白い肌《はだ》が見えている。いい。

まだ二年目の彼女だが、ダンスの技術は群を抜《ぬ》いている。

あっという間に振《ふ》り付《つ》けを習得する彼女からすれば、ダンスレッスンは面白《おもしろ》みがなかったかもしれない。

それにも関わらず、熱心に自主練に励《はげ》んでいた真面目でまっすぐな女の子だ。

「めくる、円陣《えんじん》だって」

「ん」

花火《はなび》に肩《かた》を叩《たた》かれ、乙女《おとめ》のそばに寄る。

ライブ前の円陣《えんじん》は、言ってしまえば恒例《こうれい》行事だ。

きっと向こうのユニットも同じことをしているだろうが――、こちらほどユニットにまとまりがあるかはわからない。

めくるが心配しても、仕方がないことではあるけれど。

全員の手が重なると、乙女《おとめ》はにっこりと微笑《ほほえ》んだ。

「ここまで練習、いっぱい頑張《がんば》ったね！　今日はそれを出し切るだけ！　絶対上手《うま》くいく！　集まってくれたお客さんに、最高だった、って言ってもらおう！　そして――、わたしたちは、

「絶対に負けない！　いっぱい盛り上げよう！　アルフェッカー！」

乙女《おとめ》の掛《か》け声《ごえ》から、四人の「おー！」という声が重なった。

そして、すぐにいっぱいの笑顔《えがお》で満《み》ち溢《あふ》れる。

本当に、良《い》い空気だ。

問題が起こることなく、まっすぐにここまでやってこられた。

それを引っ張ってきたのは、乙女《おとめ》だ。

彼女の表情は、自信と落ち着きに満たされている。

今までのレッスンで積み重ねてきた努力と経験が、それを作っている。

そんな顔ができるほど、〝アルフェッカ〟は順調だった。

歌種《うたたね》やすみ率いる〝ミラク〟を目にしているめくるからすれば、「ここまで平和なことってあるんだな……」と思わずにはいられないほど。

だれもが桜並木《さくらなみき》乙女《おとめ》をリーダーだと認め、ついていくことに疑問を覚えなかったからだ。

円陣《えんじん》を見守っていたスタッフも、メンバーも笑顔《えがお》のまま、その場から離《はな》れていく。

しかし、めくるはなおも、乙女《おとめ》の背中を目で追っていた。

「……よし。がんばろ」

乙女《おとめ》は長い髪《かみ》を揺《ゆ》らしたあと、ステージのほうを見て呟《つぶや》いた。

両手をきゅっと握《にぎ》り、小さな笑《え》みを浮《う》かべる。

「…………………………はあ」

その横顔に見惚《みと》れていためくるの口から、知らずため息が漏《も》れた。

格好よすぎますぅ〜……。

こんなに綺麗《きれい》でかわいい人なのに、こういうところで格好よさを見せるのやめてほしい……。そういうギャップほんとダメ。これ以上、夢中にさせないで。その通る声が、横顔が、心を摑《つか》んで離《はな》さない。あぁ心臓痛い……。血が、血がめぐるぅ……。あああ、本当好き……。でもこれ以上ガチ恋《こい》を加速させないでください……。厄介勢《やっかいぜい》になっちゃう……。はう〜。

感動しすぎて涙《なみだ》出てきた。

「泣くのはえーよ。せめて始まってからステージ上で泣きなよ」

いつの間にか隣《となり》に花火《はなび》が立っていて、笑いながら肩《かた》を叩《たた》かれてしまう。

危ない危ない。慌《あわ》てて涙《なみだ》を拭《ぬぐ》った。

「そんな、前回の歌種《うたたね》じゃあるまいし」

「いや歌種《うたたね》ちゃんが泣いたのは、ちゃんとオープニング始まってからだから。めくるは始まってもないんだよ。そもそも、前回だってもらい泣きしそうになってたでしょ」

「否定はしない」

というか、全力で涙《なみだ》を堪《こら》えていた。

あんな泣き方されてもらい泣きしないファンいんの？

おかしな顔で不自然な方向を向いている可能性があるので、ディスク化されるときはチェックしないといけない……。

めくるの視線を追うように、花火《はなび》は乙女《おとめ》に目を向けた。

「乙女《おとめ》ちゃん、なんつーか貫禄《かんろく》あるよねえ」

真面目な声色《こわいろ》だ。

めくるは咳払《せきばら》いを挟《はさ》んだあと、同じ温度で答える。

「そうね……。指名されたときは戸惑《とまど》ってたけど、板についてるわよね。リーダーとして、ぐいぐい引っ張ってくれたし」

そう言いながら思《おも》い浮《う》かんだのは、由美子《ゆみこ》のことだ。

彼女は前回、プロデューサーに指名され、リーダーを担《にな》った。

結果的に、問題児をまとめる羽目になっている。貧乏《びんぼう》くじと言ってもいい。

乙女《おとめ》も同じだ。エレノア・パーカーが最も優《すぐ》れたアイドルという設定のために、演じる彼女がリーダーに指名された。

けれど乙女《おとめ》は、ユニットの結束力を高めるため、進んでリーダー役をやっていた節がある。

そしてそれは、大成功だった。

「ね。なんだか、印象変わったなー。前はもっとふわふわしていたのに。また随分《ずいぶん》と差を付けられちゃったなあ……」

花火《はなび》は腕組《うでぐ》みをして、苦笑いを浮《う》かべた。

同期としては、思うところもあるのだろう。

「…………」

めくるも、乙女《おとめ》は変わったと感じている。

その理由をめくるは知っているが、それを花火《はなび》に話すわけにはいかなかった。

なので、もうひとつの理由を彼女に伝える。

「前は、過密スケジュールだったでしょ。仕事をこなすだけで、いっぱいいっぱいだった。でも今は休みもあるし、余裕《よゆう》がある。ひとつひとつの仕事を丁寧《ていねい》に進められる。それが大きいみたいよ」

「あー、なるほどね。そりゃつえーわ。プライベートも充実《じゅうじつ》してて、活力もあるって感じかな。あぁなると敵なしだねえ」

花火《はなび》が腕《うで》を組んだまま、首を傾《かたむ》ける。

花火《はなび》の肩《かた》がこちらに触《ふ》れたが、そのままの距離《きょり》で乙女《おとめ》を眺《なが》めた。

彼女の体温を感じていると、花火《はなび》の表情が変化を帯びる。

気の毒そうにしていた。

ただし相手はここにいない、別の人たちに対して。

「へろへろの乙女《おとめ》ちゃんひとりだけでも、〝オリオン〟の子たちには荷が重すぎるっていうのに。今はエナジー全開で慢心《まんしん》もなし。相手としては手強《てごわ》すぎるんじゃないかね」

〝オリオン〟VS〝アルフェッカ〟。

対決ライブという形式を取っているので、ユニット同士で勝負をする。

それは前回と同じだが、致命的《ちめいてき》な違《ちが》いが一点ある。

実力差だ。

そんな心配の声が出てくるあたり、花火《はなび》も勝負にならないと感じている。

〝アルフェッカ〟にいるのは、何も桜並木《さくらなみき》乙女《おとめ》だけではない。

才能に恵《めぐ》まれながらも努力を欠かさず、全力以上の力でぶつかろうとしている結衣《ゆい》。

経験も芸歴も上で、いろんな番組で人気を集めてきためくると花火《はなび》。

一方、〝オリオン〟は一年目をふたり抱《かか》え、ほとんどが十代で経験豊富とは言《い》い難《がた》い。

大小の違《ちが》いはあれど、問題を起こしてきた子たちでもある。

人気の違《ちが》いも大きい。

前回のライブでは、ふたつのユニットの実力が拮抗《きっこう》していたために、だれも勝敗を気にすることはなかった。

けれど今回のライブは、盛り上がりに差が出てしまうかもしれない。

だからあの子たちは、必死に勝利を目指さなくてはならないのだが――。

「――万にひとつも、勝てる要素が見当たらない」

そんな結論に至ってしまう。

そして、こちらとしても負けるわけにはいかなかった。

前回のライブで、歌種《うたたね》やすみが「あっちのユニットには夕暮《ゆうぐれ》夕陽《ゆうひ》がいる。だから絶対に、負けたくない」と理由を告げて、主張したように。

同じように「負けるわけにはいかない」という想《おも》いを抱《かか》えている。

乙女《おとめ》も。

結衣《ゆい》も。

そして、めくるでさえも。

めくるはここに至るまでの長い道のりを、ゆっくりと思い出していた――。

手をぱっと広げ、カメラに向かって笑いかけるめくる。

「みなさん、くるくる～。えー、はじめましての方ははじめまして……、と言いたいところなのですが、多分、はじめましての方が大半ではないでしょうか」

新人らしさを心掛け、元気よく愛想よく挨拶をする。

「ブルークラウン所属の新人声優、柚日咲めくるです！　よろしくお願いします！　はじめましてじゃない方は、いつもありがとう！」

台本に目を落とし、読み上げる。

「というわけで、始まりました、『柚日咲めくるのくるくるメリーゴーランド』。ひとりでやるラジオは初めてなので、すっごく緊張しています」

そう言いつつ、頬杖を突いて机をトントンと叩くめくる。

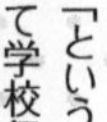

「というか、こちとら新人なんですよ。制服着て学校行ってるような年齢なんですけど。そんな小娘にラジオ番組やらせるって正気じゃないと思うんですけどね。お昼休みの放送部か？」

ふっと息を吐いていると、放送作家から指示が入る。

「まぁそんな話をしつつ……、はい？　なんですか、作家さん。……ちょっと話し方がこなれすぎている？　もうちょい初々しさが欲しい？」

カッと目を見開くめくる。

「うるせえな！　知らん知らん、そんなの！　初々しさだけで数字取れるならやりますけどね！　知名度のない声優が面白くない話を延々して、それで成り立つなら

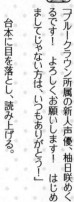

苦労ないでしょ！」

今度は視線を周りに向けて、口を開く。

「ちなみにブースの中は、作家さんとサブ作家さんがわたしを包囲しています。まぁ新人ひとりじゃ不安なのはわかるんですけどね、ちょっとこわい。大人が高校生を取り囲むな」

サブ作家を見つめて思い出し、話を挨拶に持っていくめくる。

「あ、この挨拶を考えたのは、サブ作家さんです。若い女性の方なんですが、びっくりですよ。『タイトルに合わせて、挨拶は〝くるくる～〟ってどうですか』って言い始めて」

げんなりした顔で続ける。

「おじさんたちも、いいじゃん、かわいいじゃん、って。それで決まっちゃったんですけども。

言わされるほうにもなれよ！　くるくる～、だぞ！　自分が言わないからって好き放題！」

視線をあえて逸らし、淡々と続ける。すると、作家から再び指示が入る。

「わたしひとりじゃ恥ずかしいので、しばらくはサブ作家さんにも付き合ってもらいます。……え？　なんですか、作家さん。『まだ始めたての子だから、イジりはほどほどにして』？」

激昂するめくる。

「知らねえよ！　こっちだって新人だけど、矢面立ってるんですよ！」

**to be continued……**

まだ、柚日咲《ゆびさき》めくるが藤井杏奈《ふじいあんな》でしかなかった頃《ころ》。

めくるが声優を好きになったきっかけは、それほど珍《めずら》しい理由ではない。

中学時代、クラスメイトから勧《すす》められたアニメにどハマりして、出演している声優のファンになり、追いかけているうちに好きな声優が増えていった。

アイドル声優ならば、ライブやイベントに行き、SNSを眺《なが》め、その可愛《かわい》さに身悶《みもだ》える。

演技に虜《とりこ》になった声優なら、その人が出演しているアニメや映画を探して観《み》た。

やがて、好きな声優のラジオを聴《き》くまでになる。

大好きな声優が口にする話は、多岐《たき》にわたった。

日常的なものから作品のこと、時には真面目な話もあったが、どれもがめくるにとっては刺《し》激的《げきてき》だった。

その中で、最も印象に残った話がある。

『――養成所時代の先生がさ、ほんっとーに怖《こわ》くて。今でも夢に見るわ』

『あー、わかる。うちもめちゃくちゃ怖《こわ》かったなー。自分が下手なのも自覚してるし――』

「養成所？」

聞き慣れない単語を耳にして、めくるは早速《さっそく》スマホで調べた。

声優養成所。

言ってしまえば、声優の学校のような場所だ。

声優に必要な技術を学ぶことができ、実技や座学などのカリキュラムがある。

現役《げんえき》の声優が講師を務めることもあるらしい。

形式としては様々で、声優プロダクションが運営しているものや、学校法人として経営している専門学校もあるそうだ。

ただ、どれも共通しているのは、声優になるための機関であること。

「ここに通ったら、声優になれるってこと？」

それはめくるに、頭に隕石《いんせき》がぶつかるような衝撃《しょうげき》を与《あた》え、異様なほど蠱惑的《こわくてき》な発見でもあった。

声優というのは、雲の上の存在だと思っていた。

特別な人間が特別な道を歩み、その先にある扉《とびら》を開いてようやくなれる職業。

けれど実際は、養成所に通い、事務所に所属できれば声優と呼ばれるらしい。

なんだかぐっと、現実的で身近な話に思えてきた。

「……わたしも、声優になれるのかな」

呟《つぶや》いた言葉は、本当に思いつきだ。

なんとなくの、深い意味のない独り言。

けれど、それはどうしようもないほどの興奮をもたらし、心臓が凄《すさ》まじく高鳴る。

世界中のどんなことよりも魅力的《みりょくてき》に感じた。

家から通える養成所を調べてみると、東京にあった。

電車で二時間ほど掛《か》かるけれど、通えない距離《きょり》ではない。

「声優の養成所に通ってみたい」

そう両親に相談したとき、親はおそらくごくごく当たり前の反応をした。

「声優なんて不安定な仕事、絶対にやめたほうがいい」

「それで一生食べていけるのは、一握《ひとにぎ》りの人たちだけ」

「悪いことは言わないから、ちゃんと自分の人生を考えて」

両親は戸惑《とまど》い、困り果て、辛《つら》そうにそう進言してきた。

今まで問題らしい問題を起こさず、平凡《へいぼん》に生きてきた娘《むすめ》が突然《とつぜん》そう主張してきたのだから、両親の動揺《どうよう》ももっともだった。

しかし、めぐるとしても自らの人生を賭《か》けて、「声優になる！」と宣言したのではない。

むしろ、声優業界はそんなに甘くない、とめぐる自身が感じている。

ただ、その世界を覗《のぞ》いてみたい。

可能性がある場所に足を踏《ふ》み入《い》れてみたい。憧《あこが》れの人たちと同じ場所に立ってみたい。

感覚としては、聖地巡礼《じゅんれい》やスタジオ見学に近いかもしれない。

丁寧《ていねい》に説明したうえで、両親に頼《たの》み込《こ》んだ。

野球好きの少年がリトルリーグに入りたいと言っても、「プロ野球選手にはそう簡単になれない」と説教することはないだろう、と。

もちろん、養成所に行くには多大なお金が掛《か》かる。

今まで大きなわがままを言ったことがない杏奈《あんな》の、数少ないおねだりであった。

『養成所に通ってダメだったら、声優の道はすぐに諦《あきら》めること』。

めくるの普段《ふだん》の素行がものを言ったのか、両親のほうが折れた。

条件を出されながらも、めくるは養成所に通わせてもらえることになった。

そんな条件はないも同然だ。

めくるも同じ気持ちである。

所属が難しい、厳しい、と言われるブルークラウンの養成所を選んだのも、めくる自身、本当に声優になれるとは思っていなかったからだ。

「こんにちは。君、かわいいねえ。学生さん？　あ、あたし中島美咲《なかじまみさき》。よろしくねー」

「え？　あー……、藤井杏奈《ふじいあんな》、です。よろしくお願いします」

「あ、タメ口でいいよ？　あたしのが年上だろうけど、同期じゃん？　仲良くしようよ」

ビリビリとした緊張感《きんちょうかん》のある養成所で、ナンパのように声を掛《か》けてきたのが彼女——、後に夜祭花火《よまつりはなび》と名乗る女性との出会いだった。

一回目の講習は挨拶《あいさつ》程度だったが、その時点で養成所は険しい空気に包まれていた。

講師が最初から、「養成所に通っていても、事務所に所属できる人間はごくわずか」

「だけど所属できて、ようやくスタート」

「所属するのも難しいが、声優を続けていくのはもっと厳しい」

「甘い考えをしているなら来ないほうがいい」と、散々に脅《おど》したからだ。

めくるも全く人のことは言えないが、「声優になろっかな〜」くらいの軽い気持ちでやってくる人が後を絶たないらしい。

生半可な覚悟《かくご》で来ているなら、時間の無駄《むだ》。

本気で声優を目指すなら、死《し》に物狂《ものぐる》いでだれよりも抜《ぬ》きん出《で》る必要がある。

競争することになる。

講師の言葉で引《ひ》き締《し》まり、意識が芽生え、未知の空間で周りの様子を窺《うかが》い合《あ》う。

その中で花火《はなび》が気さくに声を掛《か》けてくれたのは、めくるにとっても救いだった。

花火《はなび》とは妙《みょう》に馬が合った。

講習が終わると、近所のファミレスでしゃべるのが恒例《こうれい》になる。

ふたりともお金がないので、ドリンクバーとポテトだけを注文し、それをゆっくり食べながら話《はな》し込《こ》んだ。

「まーでも。友達ができてよかったよ。あたしさぁ、ひとりで上京してきたから。こっちに知り合いいないし、途方《とほう》に暮れてたんだよね」

花火《はなび》は、にひっと人懐《ひとなつ》っこい笑《え》みを浮《う》かべる。

後々知ったことだが、花火《はなび》はだれに対してもフレンドリーだけれど、あまり踏《ふ》み込《こ》むタイプではなかった。

養成所で声を掛《か》けてきたのは、彼女自身、孤独《こどく》に参っていたのかもしれない。

学生のめくるには、「友達がいない」という状況《じょうきょう》は想像できないことだ。

なんとなくおそろしくて、めくるは話を流した。

「上京かぁ。やっぱ東京って家賃高いの？」

「たっかいたっかい。最初、騙《だま》されてるのかと思ったもん。今度うち来る？　せんまいのに家賃だけは一丁前でさー」

年上の女性と敬語もなしで、そんなふうに話す。それはとても新鮮《しんせん》な体験だった。

養成所に通うのは、楽しかった。

電車で二時間も掛《か》かるのは大変だったけど、声優になるための講習は刺激的《しげきてき》だったから。

座学も楽しいけれど、何よりも実技に胸を躍《おど》らせた。

だって、マイクの前に立つのだ。

今まで家でこっそりやっていた演技の真似事《まねごと》を、人前で大っぴらに披露《ひろう》する。

マイクの前で声を作り、映像に合わせて感情をコントロールし、無音の世界に自分の声を吹《ふ》き込《こ》んでいく。

憧《あこが》れた声優たちと同じことをする。これ以上に楽しいことなんてなかった。

演技を聞いた講師が、厳しくも的確に指導してくれる。

その講師が、自分の知っている声優だったときもあった。

養成所の出来事ひとつひとつが、めくるに酩酊《めいてい》するような幸福感をもたらす。

少しくらい通うのが大変でも、全く気にならなかった。

カレンダーで次の受講日を見つめ、指折り数えて鼻歌を口ずさむ。

友人からは、「もしかして、彼氏《かれし》できた？」と訊《き》かれるほどに、さながら恋《こい》する乙女《おとめ》のようであった。

驚《おどろ》いたのは、憧《あこが》れが思いも寄らぬ方向に転んだことだ。

「……ん。藤井《ふじい》と中島《なかじま》、いい感じだね。この調子で頑張《がんば》ってください」

養成所に通って半年ほど経《た》った頃《ころ》、演技を聞いた講師がぽつりとそう言ったのだ。

思わず、花火《はなび》と顔を見合わせてしまった。

普段《ふだん》あんなにも厳しい講師が、素直《すなお》に褒《ほ》めてくれるなんて。

「……はい。ぼっとしない。次！」

講師が取り繕《つくろ》うように手を叩《たた》き、マイクの前から退くよう言われる。

それで、本当に評価されているんだ、と実感できた。

こんなに嬉《うれ》しいことはない。

めくるは声優に憧《あこが》れ、彼女たちの真似《まね》をしていただけだ。

好きな声優の演技を研究し、練習し、ひたすら没頭《ぼっとう》した、何の工夫《くふう》もない愚直《ぐちょく》な努力。

でも、その憧《あこが》れが形になった気がした。

同期の中では、花火《はなび》とめくるが最も評価されていた。

周りからは羨望《せんぼう》、時には嫉妬《しっと》の目で見られることが多くなり、それは卒業が近付くほどに顕《けん》著《ちょ》になった。

事務所が運営する養成所を卒業しても、必ずしもその事務所に入所できるわけではない。

それどころか、ブルークラウンのオーディションはほかよりも厳しい。

講師には何度も何度も、口酸《くちす》っぱく聞かされていた。

だからこそ、いよいよオーディションが近付いてくると、空気がぴぃんと張りつめる。

自分たちは、本当に所属できるのか。声優になれるのか。

不安と期待が充満《じゅうまん》する。

そして、『あのふたりなら入れるんじゃないか。いや、彼女たちでも無理ではないか』。

花火《はなび》とめくるを指して、そう囁《ささや》かれることもあった。

花火《はなび》は「自分のことだけ心配してりゃあいいのに」と不満そうだったが、それは違《ちが》う。

彼女たちは自身を心配するあまり、こちらに目を向けている。

卒業間近、花火《はなび》とめくるは同期の中で一、二を争うと言われていた。

もし、そのめくるたちが無理だったら、ほかの人たちはもっと厳しい。

現実の壁《かべ》は自分たちが想像した以上に分厚く、高く高くそびえ立つ。

めくる自身も、その壁《かべ》に恐怖《きょうふ》していた。

諦《あきら》める覚悟《かくご》もあった。

親からは「オーディションに落ちたら、もう諦《あきら》めるんだよ」と諭《さと》されている。

当初の約束を守り、そのとおりにするつもりだった。

人生を賭《と》して戦えるほど、憧《あこが》れは覚悟《かくご》に変わらない。

「自分は声優になれなかった」と寂《さび》しい思いを抱《かか》えながらも、ただの声優ファンに戻《もど》る。

花火《はなび》はどうかわからないが、めくるはきっぱりと諦《あきら》めるつもりだった。

オーディションが近付いても、花火《はなび》とは不自然なくらいそのことについて触《ふ》れなかった。

しかし、たった一度だけ。

「あのさぁ、杏奈《あんな》。もし、杏奈《あんな》だけオーディションに受かっても、気にせずに入所してよ」

目も合わせないまま、花火《はなび》は独り言のように呟《つぶや》いた。

そんなこと言わないでよ、とは返せなかった。

それは、「あなたが落ちても、自分は入所するから」という宣言でもある。

めくるは黙《だま》って頷《うなず》くしかなかった。


しかし、そんな心配をよそに、めくると花火《はなび》はあっさりとオーディションに合格した。

自室でくつろいでいるときに電話が掛《か》かってきて、さらっと合格を告げられたのだ。

「詳細《しょうさい》は書類見てもらったらわかるから。送っておくね。また電話する」

そう簡素に告げられ、一方的に電話を切られた。

後から聞いた話によると、「どうせこのときに詳細《しょうさい》を説明しても、浮《う》かれて聞いちゃいねーから。落ち着いた頃《ころ》にまた電話するの」とのことだった。

「合格したの……？　本当に……？　え、夢……？」

しかし、本人としては当惑《とうわく》するしかない。

そんなふうに首を傾《かし》げていたら、すぐに花火《はなび》から着信があった。

ふたり揃《そろ》って無事に合格したらしい。

両親は微妙《びみょう》な顔をしていたが、ひとまずめくるは部屋でこっそり泣いた。

このとき、めくるはまだ高校生だった。

高校生であるからこそ、両親は活動に大きく反対しなかったのかもしれない。

『卒業までに現実を見てくれれば』。そういう空気があったことは否《いな》めない。

めくる自身も、その可能性は十二分にあると思っていた。

そんなに上手《うま》くいくはずはない。甘くない。

すぐに挫折《ざせつ》するかもしれない。

そう自分を律しようとしたが、どうしても期待に胸を膨《ふく》らませてしまう。

事務所に花火《はなび》と向かう際、彼女はまさしくその言葉を口にした。

「ねぇ、杏奈《あんな》。あたしたち、養成所で一番上手《うま》いって言われてたじゃん」

「自分で言うのは恥《は》ずかしいけど、そうね。評価されていたのは、わたしと美咲《みさき》だった」

「で、今。声優事務所でかなりの大手、ブルークラウンに入所が決まったわけじゃん」

「そうね。ブルークラウンはおっきい。すごい声優もいっぱい抱《かか》えてる」

「……ねぇ、これさ。もしかして、イケちゃうんじゃない⁉ あたしたち、上手《うま》くいくんじゃない⁉」

「早いって。まだスタートラインにも立ってないんだから」

「そう言う杏奈《あんな》だって、にやけているくせにぃ」

きゃっきゃとはしゃぐ姿は、まぁまぁ新人らしかったと言える。

いやまぁ、ここまで条件が揃《そろ》えば、十代の女の子が勘違《かんちが》いするのも仕方がない。

藤井杏奈《ふじいあんな》も中島美咲《なかじまみさき》も、養成所の中では抜《ぬ》きん出《で》ていた。

けれどそれは、周りと比べれば、というだけ。
声優業界の荒波《あらなみ》は、その程度の評価は簡単に飲み込んでしまうのだ。

事務所に入って、初めて先輩《せんぱい》に挨拶《あいさつ》したのは歓迎会《かんげいかい》のときだった。
毎年、事務所が催《もよお》してくれるらしい。
とてもオシャレなお店を貸し切り、所属している声優や社員がお酒と食事を楽しむ。
「新人はここで、偉《えら》い人や先輩《せんぱい》に挨拶《あいさつ》していくの。まぁ最初の仕事かもね」
苦笑《くしょう》しながら教えてくれたのは、担当マネージャーの吉沢《よしざわ》だ。
三十代の大人っぽい女性で、一から丁寧《ていねい》に指導してくれている。
幸い、花火《はなび》も同じ担当で、歓迎会《かんげいかい》にもいっしょに来てくれた。
花火《はなび》と吉沢《よしざわ》に挟《はさ》まれているので、多少は緊張《きんちょう》もマシになると期待していたのだが。
店の中に入った瞬間《しゅんかん》、まるで意味を成《な》さないと思い知った。
めくるにとって目も眩《くら》むような光景だったからだ。
お店にはたくさんのテーブルが並び、それを囲む大人たちがいる。
そこに、めくるのよく知る声優たちが座っているのだ。
おまけに、お店は高級そう。

ただでさえ会社の歓迎会《かんげいかい》なんて、学生のめくるには怯《ひる》むイベントだ。

さらには大好きで大好きで、「この人たちがいるから、ブルークラウンに入りたかったんだ！」と叫《さけ》びたくなる声優がいっぱいいる。

「ぶ、ブルークラウン・オールスター祭……、ち、チケット何万円するの……？」

「お、落ち着け杏奈《あんな》。イベントじゃないから。歓迎会《かんげいかい》だから」

立《た》ち眩《くら》みを覚えためくるを花火《はなび》は支えるが、彼女の手も震《ふる》えていた。

これはとんでもない初仕事だ……。

吉沢《よしざわ》が手を引いて挨拶回《あいさつまわ》りを進めてくれたが、上手《うま》くいったとはとても言えない。

何度、「緊張《きんちょう》しなくていいよー」と笑われただろうか。

その中で、こんな話をしてくれた先輩《せんぱい》がいた。

「藤井《ふじい》さんに中島《なかじま》さんね。よろしくよろしく～。ふたりはデビュー前なんだよね？　吉沢《よしざわ》さん、芸名は決めたの？」

「あぁいえ。その手の話は、まだしてないですね」

既《すで》にだいぶお酒を召《め》していた先輩《せんぱい》に、吉沢《よしざわ》は苦笑《くしょう》を返す。

多少は空気に慣れてきた花火《はなび》が、そこで首を傾《かし》げた。

「芸名のほうがいいんですか？」

「絶対！　芸名のがいい！　芸名にしときな！」

花火《はなび》の問いかけに、先輩《せんぱい》は大きく声を上げる。

ビシッと人差し指を向けて、胡乱《うろん》な声で告げた。

「あたしは芸名にしとけばよかった、ってずっと後悔《こうかい》してるから」

「特にこだわりはないですけど……、本名ってそんなに支障があるんですか？」

「あるね。ありまくり。売れたとき、割と困るよー。宅配便もそうだし、なんかの書類も思い切り声優としての名前を書くわけじゃん。相手があたしを知ってることもあるのよ。『もしかして、声優さんですか？』って訊《き》かれんの。面倒《めんどう》くさくない!?　気ぃ遣《つか》うしさあ」

ぐらぐらとグラスを揺《ゆ》らしながら、先輩《せんぱい》は言う。

隣《となり》で別の先輩《せんぱい》が「飲食店とかでは偽名《ぎめい》使うけどねー。これ声優あるあるね」と笑っていた。

そういうものらしい。

確かに、煩《わずら》わしさはありそうだ。

売れる売れないはともかく、芸名で避《さ》けられる問題があるなら、考えておいてもいいかもしれない。

吉沢《よしざわ》も「そのほうがいいね」と頷《うなず》いていた。

……それはそうと。

めぐるはさっきから一言も口が利《き》けないでいた。

酔《よ》った女性の先輩《せんぱい》から隣《となり》に座るよう促《うなが》され、ずっと肩《かた》を組まれているからだ。

めくるがまだ学生ということもあって、可愛《かわい》くて仕方がないらしい。

男性陣《じん》はその辺り気を遣《つか》っているようだが、女性陣《じん》は気軽にスキンシップしてくる。

ある意味、めくるは男性より女性声優のほうが緊張《きんちょう》する。

大好きで仕方がない、画面の向こう側の存在がこうして接触《せっしょく》してくれるのだから。

「ねぇ、杏奈《あんな》ちゃんもそう思うでしょぉ～？　名前までそんなにかわいいけどさぁ、学校でバレたら面倒《めんどう》くさいと思わない～？　どう？」

「ぁ……、ぁっす……、そぅ、思ぃ、ます……」

「ぬははは！　顔真っ赤～！　そんなに緊張《きんちょう》しなくていいって！　かわいいな～！」

赤くなるばかりで何も言えず、ただただ小さな音を漏《も》らすことしかできない。

だって推《お》しのお渡《わた》し会に行って、急に肩《かた》を組まれたらどうする？　死ぬでしょ？

体温が上がって頭がぽわぽわしてきて、めくるはこのときお酒も飲んでいないのに「酔《よ》う」という感覚を味わった。

「杏奈《あんな》ちゃんたちも二次会行くでしょ～？」と誘《さそ》われたが、吉沢《よしざわ》が「ふたりは未成年なので」と断ってくれた。

一次会で既《すで》に満身創痍《まんしんそうい》だったから、正直助かった。

帰りは花火《はなび》に肩《かた》を貸してもらい、駅まで送ってもらう。

「……杏奈《あんな》さぁ。この調子で大丈夫《だいじょうぶ》？　これからいっしょに仕事していくっていうのに」

「無理……。いや、ちょっと何か考える……。このままじゃまずいわ……」

花火《はなび》に介抱《かいほう》されながら、駅まで歩く。

ふらふらにはなったが、心は満たされていた。

遠いはずの世界の人たちと、会って、言葉を交《か》わした。

とんでもない体験だ。

もう子供じゃない、なんて錯覚《さっかく》するには十分な、充実《じゅうじつ》した時間だった。


大人の世界を知って、声優の世界に足を踏《ふ》み入《い》れ、めくるはふわふわと浮《う》かれていた。

授業中、ぼうっと「芸名ってどんなのがいいかなあ」と考えたり。

先生に注意されて、周りから笑われたり。

ある日、事務所に呼び出され、学校帰りにそのまま電車に飛び乗った。

制服を着替《きが》える間もなく往復四時間の電車移動はしんどいが、それさえも楽しめた。

呼び出された理由もとてもワクワクするもので、乗車中もずっと顔がにやけそうになる。

その日の話は、仕事に関しての説明。

そして、芸名についてだ。

「ふたりの芸名はこれでいくから。そのうちサインも考えないとね」

三人が集まった会議室で、吉沢《よしざわ》がホワイトボードに文字を記していく。

『柚日咲《ゆびさき》めくる』

『夜祭花火《よまつりはなび》』

「…………」

それを見てから、思わず花火《はなび》と顔を見合わせた。

「あ、ごめん。電話だ」

その先の説明を聞きたかったが、吉沢《よしざわ》はスマホを持って退出してしまった。

改めて、ふたつの名前をまじまじと眺《なが》める。

そのまま、ぽつりと呟《つぶや》いた。

「……あたし、芸名って自分でつけると思っていろいろ考えてたんだけど」

「わたしも。画数まで調べちゃったよ」

いくつか候補まで絞《しぼ》ったのだけれど。

自分で自分の名前を考えるのは気恥《きは》ずかしかったが、それなりに気に入る名前ができた。それをお披露目《ひろめ》できないのは、残念なような、ほっとしたような。

その照れくささを隠《かく》すように、芸名にやいのやいのと野次を投《な》げ掛《か》けた。

「ていうかわたしの、これなんて読むの？　ユズビサキ？　呼びづらくない？」

「んー……？　あ、これ『ゆびさき』じゃないの。下はめくるだし。ゆびさきでめくる」

日咲めく
夜祭花火

「ダジャレじゃん」

「それを言うなら、あたしもあんまり変わらないよ。夜祭花火《よまつりはなび》って。どうなの」

これが、自分たちのもうひとつの名前。

そう考えると、何とも落ち着かない。

けれど、相方の名前については冷静に意見が言えた。

「……でも、美咲《みさき》。割と似合ってるよ。夜祭花火《よまつりはなび》。美咲《みさき》、花火《はなび》って感じするし」

「え、そう？」

花火《はなび》は意外そうに目を丸くし、ホワイトボードの名前をじっと見つめ直した。

そうかな、そうかなー……？　としきりに首を捻《ひね》ったあと、今度はこちらに目を向ける。

「それを言うなら、杏奈《あんな》のほうが似合ってない？　めくるって。ひらがなで何かかわいいし、杏奈《あんな》もめくるーって感じする」

「そう……、かな」

柚日咲《ゆびさき》めくる。

しばらく眺《なが》めてみるが、これが自分の名前だなんて実感は湧《わ》かない。

でも確かに、かわいい気はする。

悪くない。

……いや、むしろ、いいかも。

お互《たが》い、そんなふうに気に入り出したのかもしれない。

しばらく黙《だま》り込《こ》んで名前に見入ってしまった。

その空気をごまかすように、花火《はなび》がふざけて口にする。

「結構いい感じなんじゃない？　ねぇめくる」

「なによ花火《はなび》」

「めくる」

「花火《はなび》」

その響《ひび》きがくすぐったくて、しばらく声を殺して笑ってしまった。

別の名を名乗るのもそうだが、友人を違《ちが》う名前で呼ぶのもなんだかこそばゆい。

未知の感覚を楽しんでいたが、ふと気が付く。

ちょっとした不安が芽生えたのだ。

「これが芸名ってことは、現場では美咲《みさき》のことを花火《はなび》って呼ばなきゃいけないのか」

「そうねえ。いやー、大丈夫《だいじょうぶ》かな。うっかり本名呼んじゃいそう。現場ならまだいいけど、イベントとか人前に出る仕事が被《かぶ》ったらヤバくない？　ぽろっと出そう」

具体的でわかりやすい例だ。

声優が壇上《だんじょう》に上がったり、人前に姿を見せるのはごくごく当たり前になっている。

もし、同じステージに立ったり、番組がいっしょになったら。

気を張っていても、咄嗟《とっさ》には普段《ふだん》の癖《くせ》が出るものだ。

『あ、みさ……、花火《はなび》！』と言《い》い間違《まちが》える可能性は十分にある。

その光景を思《おも》い浮《う》かべていると、自然とこんな言葉が漏《も》れ出《で》た。

「……普段《ふだん》から、芸名で呼び合ったほうがいいかもね」

「そうすっかぁ。ちょっと照れくさいけど、失敗するよりはいいもんね。ねぇめくる」

「なによ花火《はなび》」

「めくる」

「花火《はなび》」

さっきと同じやりとりをして、くすくすと笑い合う。

しばらくそれを楽しんでいると、吉沢《よしざわ》が部屋に戻《もど》ってきた。

芸名の話だけでも十分に刺激的《しげきてき》だったが。

次に吉沢《よしざわ》の口から出てきた話は、それを上回っていた。

「これから受ける、オーディションの予定を話していくね」

オーディション。

これに合格すれば、自分の声が作品に吹《ふ》き込《こ》まれる。

憧《あこが》れた声優の世界に、本当に足を踏《ふ》み入《い》れる。

今までずっとともにしてきた名前ではなく、新しい名前といっしょに。

それを実感すると、心が震《ふる》えた。

あぁわたしは本当に声優になるんだ、と。


ただ。

月並みな表現をすると、現実はそんなに甘くはなかった。

柚日咲《ゆびさき》めくるのデビュー作は、『カラメル高校《こうこう》プリン部《ぶ》の栄光《えいこう》』。

ブルークラウンの事務所の力か、あっさりとデビュー作は決まった。

ただし、演じるキャラクターは〝生徒B〟。

単発での出番で、セリフも少ない。重要な役どころでもなかった。

それに不満があるわけじゃない。

ガヤやモブをやるなんて当たり前だし、現場に立てるだけで嬉《うれ》しかった。

スタジオに行って、アフレコブースの重厚《じゅうこう》な扉《とびら》、並ぶ立派なマイク、ミキサールームを見たときは感動した。

スタッフに挨拶《あいさつ》して、声優の先輩《せんぱい》に挨拶《あいさつ》して、あたふたするのは堪《たま》らない体験だった。

中にはやさしく声を掛《か》けてくれる人もいて、胸がいっぱいになった。

ただ、一生懸命《いっしょうけんめい》練習して宝物のように大事にしていたセリフが、すぐに「はいオッケーです」と言われて出番が終わるのは、ちょっとだけ寂《さび》しかった。

でも、その寂《さび》しささえも貴重なものだと、すぐに気付くことになる。

次にそのチャンスを摑《つか》むのに、多大な努力が必要だったからだ。

「あ！　待って待って待って……！　あー……、行っちゃった……」

無情にも扉《とびら》が閉まり、乗ろうとした電車は元気よく夜を走っていく。

それを見送ると、はあ、とため息がこぼれた。

ホームは閑散《かんさん》としていて、人の気配がほとんどない。月がやけに輝《かがや》いて見えた。

仕方なく、冷たいベンチに腰《こし》を下ろす。

その途端《とたん》に激しい風が吹《ふ》いて、目を瞑《つぶ》った。

風が強くて鬱陶《うっとう》しい。

セーラー服がバタバタと揺《ゆ》れるせいで、めくるはぎゅっと身体《からだ》を抱《だ》いた。

次の電車が来る時間を調べて、再びため息を吐《つ》く。

ここから二時間掛《か》かるっていうのに、帰る頃《ころ》には何時になるんだろう。

学校が終わってダッシュで駅まで向かい、制服のまま電車に飛び乗った。

電車の中ではメモを見つめて、何百回と練習したセリフを頭の中で反芻《はんすう》する。

そこまで準備して時間を掛《か》けても、オーディションで演じる瞬間《しゅんかん》はびっくりするほど短い。

「はい、ありがとうございますー」と言われ、さっさとスタジオをあとにした。

「このために四時間かぁ……」と考えると、途方《とほう》もない疲労感《ひろうかん》に襲《おそ》われる。

これで受かれば苦労だとも思えないが、そう簡単に役は取れない。

うつらうつらしているうちに電車がやってきて、めくるは慌《あわ》てて乗り込んだ。

帰りの電車は疲《つか》れた社会人でいっぱいだ。

それに交ざって吊革《つりかわ》に摑《つか》まっているうちに、眠《ねむ》くなって目を擦《こす》った。


「オーディション？　受かってない受かってない。ぜんぜんダメだよ。受けてはいるけど」

花火《はなび》はトンカツにかじりついたあと、笑いながら手を振《ふ》った。

ある日の日曜日。

オーディションを受けた帰りに、花火《はなび》と遅《おそ》めのランチの約束をしていた。

良《い》いお店がある、と連れてこられたのがこの定食屋だ。

東京だから、てっきりオシャレなお店に連れて行かれると思っていたが。

「ここ、ご飯がおかわり自由だし、量も多くておいしいのに安いんだよね。そんでカツがめちゃくちゃ美味《うま》い！　あ、おばちゃんトンカツ定食大盛りで！」

花火《はなび》が嬉《うれ》しそうに注文するので、めくるもカツ丼《どん》を頼《たの》んだ。

すると、トンカツがこんもりと盛り上がり、黄色い卵からほくほく湯気が立《た》ち昇《のぼ》る、そんなカツ丼《どん》が現れた。

花火《はなび》のほうも、わらじのように巨大《きょだい》なトンカツが皿を占領《せんりょう》している。ご飯も山盛りだ。

「食べ切れなかったら、あたしが食べるから」

そう笑って、花火《はなび》はサクサクとトンカツを食べ始めた。

大きなカツの塊《かたまり》が、花火《はなび》の口の中に消えていく。

めくるがおそるおそるカツ丼《どん》に箸《はし》を入れると、出汁《だし》の香りがほわっと浮かんだ。

口に運ぶとじゅわっとカツの風味が広がり、やさしい卵の味が追いかける。

「あんな……、めくる。ここのカツおいしいでしょ」

「うん……」

おいしい。量が多すぎるので、手伝ってもらうことになりそうだが。

この量と味でほかのお店より安いのだから、かなりお得だ。

花火《はなび》は満足そうにご飯を頬張《ほおば》っている。

「あたし人より食べるからさー、こういう量いっぱいのお店はありがたくてありがたくて。おばちゃん、いつもありがとねー」

花火《はなび》が声を掛《か》けると、はいよー、と小気味よく返ってくる。

めくるもカツを摘《つ》まみ上《あ》げて、パクッと口に運んだ。

お腹《なか》いっぱいになるのは間違《まちが》いないし、財布《さいふ》もそこまで痛まない。

正直、ほっとした。

「わたしもあんまりお金ないから、助かる」

オシャレなお店に興味がないわけじゃないが、今の財布《さいふ》事情では厳しい。

ランチで二千円も三千円も使うのは避《さ》けたかった。

大人になったつもりでも、金銭感覚は全く変わっていない。

声優としての報酬《ほうしゅう》は雀《すずめ》の涙《なみだ》なのに、出費ばかりがかさんでいく。

今日だって、母から「お昼代」として千円もらったけれど、ただの学生のときよりもよっぽどお金を出させている。にも関わらず、自由に使えるお金は以前より減っていた。

財布《さいふ》の中の小銭《こぜに》をチャリチャリ確認《かくにん》するのは、気が滅入《めい》る。

しかし、花火《はなび》が同じような悩《なや》みを抱《かか》えているのは意外だった。

「でもみさき……、花火《はなび》って、普段《ふだん》働いてるんじゃなかった？　もっと生活に余裕《よゆう》があるもんだと思ってたけど」

「んなこたぁねえ。東京で暮らすのは大変だよ。こっち来て思い知ったね」

花火《はなび》は箸《はし》を揺《ゆ》らしながら、大きなため息を漏《も》らした。

「働いてるって言っても、所詮《しょせん》バイトだしさ。収入に対して支出が合ってないのね。だから必死こいてバイトするんだけど、オーディションって急に決まることもあるじゃん？」

「あるね。明日行ける？　って言われたときはびっくりした」

「平然と言ってくるもんね。バイトあるから無理っすー、なんて言いたくないから受けるけど。代わりにバイトを休むと、店長にはめっちゃ嫌味《いやみ》言われるし、オーディションには受からないし、お金ももらえないし。いやぁ、しんどいわ。そのうちクビになるかもしれん」

わはは、と笑う花火《はなび》の顔には、陰《かげ》りがある。

明るく言っているが、めくるが想像しているよりも辛《つら》い状況《じょうきょう》なのだろう。

「はー、世知辛《せちがら》い世知辛《せちがら》い、泥《どろ》くさい泥《どろ》くさい。ご飯をお腹《なか》いっぱい食べることだけが楽しみだね」と花火《はなび》はカツを口いっぱいに頬張《ほおば》る。そのときだけは幸せそうだった。

「……わたしもお腹《なか》いっぱい食べよ」

「そうしなそうしな。めくるはまだまだ成長期だし、いっぱい食べるといいさ」

愚痴《ぐち》をこぼし合いながら、安くておいしいご飯にかじりつく。

そんなある日、めくるに転機がやってきた。

『めくる！　これはチャンスだから！　とにかく集中して！　なんとか、なんとかもぎとってくるんだよ！』

マネージャーの吉沢《よしざわ》から、鼻息荒《あら》い電話が掛《か》かってきた。

電話の内容は、オーディションのオファー。

テレビアニメのオーディションに呼ばれたのだ。制作側から指名されたらしい。

オーディションのオファー自体は珍《めずら》しくないし、特別喜べるものでもない。

『試《ため》しに声を聴《き》いてみたい』くらいの温度感で呼ばれることもあれば、合格が確約というわけでもちろんない。

けれど、めくるにオファーがくるのは初めてだったし、吉沢《よしざわ》の話だと感触《かんしょく》がいいそうだ。

現実感のないふわふわとした心持ちで、めくるはそれを聞いた。

『前に、オーディション受けたでしょ？　荒《あ》れ狂《くる》う～、の。そうそう。音響監督《おんきょうかんとく》がめくるのこと覚えてて、新作のオーディションをぜひ受けてほしいって。声優は若めの子で固めるらしいんだけど、めくるの声がぴったりなんだって！　結構な役だよ！　受かったら大金星！』

吉沢《よしざわ》が興奮するのも仕方がないくらい、良《い》い条件だった。

早速《さっそく》資料を送ってもらった。

タイトルは、『灰色《はいいろ》の街《まち》が呼《よ》んでいる』。赤ずきん役。

現代を舞台《ぶたい》にしたシリアスなファンタジーで、めくるの受ける役は主人公の親友役。

物語の重要な秘密を握《にぎ》るキャラクターだ。

この作品に受かり、演技が認められれば、その先も呼ばれる可能性がある。

胸《むね》の奥が痺《しび》れるような感覚に陥《おちい》り、じわじわと喜びが広がった。

もしかしたら、この作品がきっかけで自分も声優らしくなれるかもしれない。

憧《あこが》れた、たくさんの声優たちのように。

話をもらってから、この役一点に心血を注いだ。

「自分が絶対にこの役をやるんだ」という気概《きがい》を持って、資料を読み込み、ひたすらに練習を重ね、マネージャーや花火《はなび》にも協力してもらって、限界まで仕上げた。

これ以上はないくらいに。

そして、オーディション当日。

程々《ほどほど》の緊張感《きんちょうかん》を持ち、「これだけやってダメなら、もうどうにもならない」という一種の開き直りが、めくるのコンディションを高めていた。

受からなくても、悔《く》いはない。

けれどどこの時点では、赤ずきん役は自分にうってつけだと思えた。

オーディション会場の静かな廊下《ろうか》を、落ち着いた気持ちで歩いていく。

理想的な状態だった。きっと、満点の演技ができる——。

「あれ。もしかして、めくるん？」

突然《とつぜん》、後ろから声を掛《か》けられた。

振《ふ》り返《かえ》ると、見知った女性がこちらに手を振《ふ》っている。

ゆっぴーだ！

ティーカップ所属の女性声優で芸歴は三年目名前は松浦唯奈《まつうらゆいな》デビュー作は『ホワイト・リボ

ン』の敵チーム選手新人とは思えない演技力とサバサバした性格が人気で今注目されている新人声優でやったー見られて嬉《うれ》しい私服かわいいうわあ脳裏《のうり》に焼き付けておこう！

「おはようございます、松浦《まつうら》さん」

慌《あわ》ただしい内心を悟《さと》られないよう、めくるはにっこり笑って挨拶《あいさつ》を返す。

愛想《あいそ》はよく、かといって親しみやすくはなく、あくまで表面上で受け流す。

これが、めくるが声優をやっていくうえで身に付けた処世術だ。

徹底的《てっていてき》に公私を分けて、相手に踏《ふ》み込《こ》ませない。

踏《ふ》み込《こ》まれたら死んでしまうからだ。

当然としか言いようがないが、この仕事は声優と接することが多い。

そのだれもが憧《あこが》れの声優ばかりで、素の自分で話せばきっとふにゃふにゃしてしまう。

絶対に支障が出る。

だからこうして、壁《かべ》を作ることでなんとか柚日咲《ゆびさき》めくるを保っているのだ。

ゆっぴーこと松浦《まつうら》は、以前、現場でやさしくしてくれた先輩《せんぱい》声優だ。

こうして気さくに話《はな》し掛《か》けてくれるなんて、身悶《みもだ》えしそうなほどの幸福である。

「めくるんもオーディション？　灰色《はいいろ》の～、かな？」

「あ、そうです。今からで」

「そうなんだ！　ふたりとも受かるといいねえ」

彼女はやわらかく微笑《ほほえ》む。

そうなったら、本当に嬉《うれ》しい。またいっしょに仕事をしたい。

けれど、めぐるはあることに気付いてしまう。

声優好きであるからこそ、彼女をよく知っているからこそ、気付いてしまった。

愕然《がくぜん》としているうちに、松浦《まつうら》は話を進める。

「すっごく良《い》い仕事だもんね。わたしもこれ、本当に受かりたくて。こんなに、やりたいな～！　と思った役も久しぶり。だから、頑張《がんば》る。めぐるんも頑張《がんば》って！」

清々《すがすが》しいくらい、まっすぐな目をしていた。活力に溢《あふ》れていた。

彼女は本当に、この役に受かりたくて備えて来たのだろう。

自分と同じで。

もう既《すで》に答えはわかっているのに、めぐるは訊《き》かずにはいられなかった。

「あの、松浦《まつうら》さん。松浦《まつうら》さんは、何役で受けるんですか……？」

「ん？　赤ずきん役！」

去り際に元気よく答えると、松浦《まつうら》は廊下《ろうか》の奥へ消えていった。

あぁそうだろう。

彼女なら、赤ずきん役がぴったりだ。

好きな声優が受ける役と、自分が狙《ねら》っている役が同じ。

そんな当たり前にあり得るだろう事柄《ことがら》に、めくるは凄《すさ》まじく打ちのめされていた。

「…………」

近くにあったトイレに、堪《たま》らず逃《に》げ込《こ》んだ。

心がぐらつく。動揺《どうよう》している。

このままオーディションを受ける気にはなれなかった。

どうしようもない事実が、めくるの大事な部分を押《お》し潰《つぶ》そうとしている。

松浦唯奈《まつうらゆいな》より、柚日咲《ゆびさき》めくるのほうが赤ずきん役に相応《ふさわ》しい。

そんなことは絶対に言えない。

めくるはそうは思えない。

だというのに、めくるは今から、彼女の演技と張り合わないといけない。

「…………」

今まで練習してきたものが、急に色褪《いろあ》せてぐずぐずに崩《くず》れていく。

何より、その事実を受け入れていることが問題だった。

――もし、松浦唯奈《まつうらゆいな》が赤ずきん役に受かったら、自分はすごく嬉《うれ》しい。

彼女の声質や演技なら赤ずきんにとても合っているし、彼女がこの作品で飛躍《ひやく》するかもしれない。そう考えると、めくるは目を輝《かがや》かせてしまう。

それは――、柚日咲《ゆびさき》めくるが受かるよりも、よっぽど嬉《うれ》しいことだった。

受かりたい。頑張《がんば》りたい。
この役は自分がやりたい。
そういった感情が露《つゆ》と消えていき、声優としての自分が保てなくなる。
ダメだ、これ以上はダメだ、考えちゃダメだ。
洗面台に手を突《つ》いて、湧《わ》いて出てきた考えを必死に振《ふ》り払《はら》う。
意識しないように堪《た》えていると、トイレにほかの人が入ってきた。
「あっ……」
その人は、だれかがいると思ってなかったらしい。こちらに気付いて目を見開いた。
二十歳《はたち》くらいの若い女性だった。
彼女は顔を逸《そ》らして、足早に個室へ向かう。
けれどめくるは、鏡越《ご》しに彼女の表情を見てしまった。
唇《くちびる》を強く噛《か》み、無念そうに眉《まゆ》を顰《ひそ》め、胸の前で両手をぎゅっと握《にぎ》り込《こ》んでいる。
瞳《ひとみ》には涙《なみだ》が溜《た》まり、そのままではこぼれてしまいそう。
雰囲気《ふんいき》で察する。彼女もまた、新人声優なのだろう。
そしてここは、オーディション会場だ。
上手《うま》く、いかなかったのだろうか。
力を出し切れなかったのか、それとも要求の水準が高かったのか。

きっと自分の中で許せないことが起こり、彼女はその悔《くや》しさに唇《くちびる》を噛《か》んでいる。

声が漏《も》れる。

「あぁ……」

みんな、あんな想《おも》いを抱《かか》えているんだろうか。

悔《くや》しさで身を焦《こ》がし、ここまで我慢《がまん》して顔を歪《ゆが》め、人から見られそうになったら背《そむ》けて。

ドクドクと、心臓が嫌《いや》な音を立てる。

緊張《きんちょう》とは違《ちが》う別の感情が、ずぶずぶと身体《からだ》に浸食《しんしょく》していく。

鏡に目を向ける。

その中の自分は、ひどい顔をしていた。

めくるは――、杏奈《あんな》は。

このときまでついぞ理解していなかったのだ。

オーディションとはすなわち、ひとつの椅子《いす》を大勢で取り合うこと。

松浦《まつうら》のような先輩《せんぱい》声優、己《おのれ》の不甲斐《ふがい》なさに顔を歪《ゆが》める新人声優。

そしてきっと、自分が大好きな声優と椅子《いす》を奪《うば》い合《あ》うことになる。

めくるは、言えない。

松浦《まつうら》や好きな声優よりも、自分が優《すぐ》れているなんて。

先ほどの新人声優のように、悔《くや》しさで顔を歪《ゆが》めることもできない。

だれかを蹴落《けお》とす覚悟《かくご》も、自分が優《すぐ》れていると宣言する覚悟《かくご》も、何もなかった。

なんて、場違《ばちが》いなんだろう。

何のために、自分はここにいるんだろうか。

「あぁ……」

気付けば、オーディションは終わっていた。

余計なことをぐるぐる考えて、少しも集中できなかった。

実力を発揮できたところで結果はわからないが、今のような醜態《しゅうたい》は晒《さら》さずに済んだろう。

オーディション結果は、当然のように落ちた。

チャンスはするりと手の中から抜《ぬ》けていく。

赤ずきん役に合格したのは、松浦《まつうら》だった。

それに対して、「悔《くや》しい」と思えないことが問題だった。

ファンの自分が顔を出し、「松浦《まつうら》さん、あんな良《い》い役取れたんだ！　よかった～！」なんて
勝手に喜んでいる。

好きな声優の成功にはしゃぐのは、ファンらしいと言えるが。

けれど、めぐるは声優だ。喜んでいる場合ではない。

だというのに、ほかならぬ自分が「別の人が演じるほうがいい」と叫《さけ》んでいる。

柚日咲《ゆびさき》めぐるを否定する。

それはどうしようもないほどに、歪《いびつ》でまっすぐな感情だった。


ある日、花火《はなび》から夕飯のお誘《さそ》いを受けた。

お互《たが》いが、すっかり芸名で呼び合うのに慣れた頃《ころ》。

これまた通うのに慣れた花火《はなび》の部屋。

家でたくさんご飯を炊《た》いて、手巻《てま》き寿司《ずし》をお腹《なか》いっぱい食べよう！　という話になった。

もりもりご飯を食べている最中、花火《はなび》が安価なチューハイ缶《かん》を取り出す。

彼女は先日、無事に二十歳《はたち》を迎《むか》えた。

「めくるはまだダメ〜」

ご機嫌《きげん》に笑いながら、花火《はなび》はプルタブをカシュッと開ける。

お酒を飲みたいと思ったことはないが、楽しそうに飲む花火《はなび》はちょっと羨《うらや》ましかった。

「飲み始めて思ったけど、酔《よ》うっていいんだよね。嫌《いや》なことがあっても、忘れられるし」

そんなことをぼそりと言う横顔も。

たっぷりのご飯の上に値引きされた刺身《さしみ》を置いて、口いっぱいに頬張《ほおば》る。

花火《はなび》は納豆《なっとう》を選びながら、思い出したように口を開いた。

「そういえばこの前、偶然《ぐうぜん》、尾谷《おたに》と会ったよ」

「尾谷《おたに》？　だれ？」

「養成所の同期だよ。覚えてない？　ほら、髪《かみ》くるくるーってしてた子」

「……覚えてない」

「薄情《はくじょう》だなあ。まぁあたしも、声掛《か》けられてもしばらくわかんなかったけど」

愉快《ゆかい》そうに笑いながら、特大の手巻《てま》き寿司《ずし》を持ち上げている。

「で？　その尾谷《おたに》サンとやらがどうかしたの」

「あー、すんげえ嫌味《いやみ》言われた。せっかく大手事務所に入ったのに、ぜんぜん名前聞かないねって」

「ええ？　なにそれ。花火《はなび》、なんかやったの？　昔、横《よこ》っ面《つら》ぶん殴《なぐ》った？」

「養成所時代のあたし、荒《あ》れすぎでしょ。やー、単に負《ま》け惜《お》しみじゃない？　今何してんの、って訊《き》いたら、『違《ちが》う養成所通ってる』って苦虫嚙《か》み潰《つぶ》したような顔で言われたし」

「……絶対、原因それでしょ」

めくるはため息を吐《つ》きつつ、お茶の入ったコップを手に取る。

ブルークラウンに所属できなくても声優の道を諦《あきら》め切《き》れず、別の養成所に通い始めた。

そんな人がめくるたちに対して、どんな想《おも》いを抱《いだ》くか。

わざわざ花火《はなび》に接触《せっしょく》してくるあたり、その人も色々と行《い》き詰《づ》まっているんだろう。

めくるが暗い気持ちになっていると、花火《はなび》が頰杖《ほおづえ》を突《つ》いた。

空になった缶《かん》チューハイを振《ふ》りながら、皮肉げな笑《え》みを浮《う》かべる。

「そっちのほうが幸せかもしれないのにね。夢を持ったままでいられるほうがさ」

「そんなこと言ったら、今度こそ殴《なぐ》られるよ」

そう返しはしたが、めくるも同意見だった。

自分も、夢見る少女でいたほうが幸せだったのではないか。

声優への憧《あこが》れを持ったまま、何も知らずにサイリウムを振《ふ》っていたほうが。

そうすれば、こんなふうに苦しまずに済んだのに。

「やめたくないよう、声優、続けたいよお……、こんなところで終わりたくない……。悔《くや》しいよお……、同期で仕事取ってる人もいるのに……」

安酒を飲みすぎたせいか、花火《はなび》は机に突《つ》っ伏《ぷ》してグジュグジュと泣き始めた。

めくるも花火《はなび》も、相変わらずオーディションには受からない。

養成所や事務所に所属したときに見えた光も、今やすっかり失われた。

ふたりで暗い道を彷徨《さまよ》うばかりで、不安と恐怖《きょうふ》だけが覆《おお》い被《かぶ》さってくる。

「……普通《ふつう》は、そう思うべきなんだろうな……」

未来に怯《おび》える花火《はなび》を見ながら、めくるは小さく呟《つぶや》く。

オーディション会場で見た新人らしき人は、上手《うま》くいかなかったことを心から悔《く》いていた。

松浦《まつうら》は、「自分がやりたい！　受かりたい！」と活力に溢《あふ》れていた。

そうあるべき。そうあるべきなんだろう。

「花火《はなび》はさ、役を取りたい？」

問いかけると、花火《はなび》は顔を上げる。

泣いた表情のまま、うわ言のように答えた。

「当たり前でしょお。取りたいよ。だから頑張《がんば》ってるんでしょうがあ」

「わたしと競《せ》り合《あ》うことになっても？」

「あん？　あー……、同じ事務所でもそういうのってあるのかな……。まぁわからないけど、あるなら競《せ》り合《あ》うよ。めくるが相手でも、だれが相手でも。そういうもんでしょ」

「そういうもんだね」

声優を続けたい。オーディションに受かりたい。このキャラを自分が演じたい。

だれが相手でも関係なく、容赦《ようしゃ》なく蹴《け》り落《お》としてでも役を取る。

自分よりもほかの人にやってもらいたいなんて、もってのほか。

そういうもんでしょ。そういうもんだね。

それができないなら、このまま消えていくしかないのだろうか。

「わたしは……、落第生だ」

思《おも》い描《えが》いてみても、彼女たちのような奮起はどうしてもできなかった。

こんなとき、花火《はなび》のようにお酒を飲めれば楽になれたのだろうか。

たとえ、それが目を逸《そ》らしているだけとわかっていても。

『めぐる、明日の生配信、行けないかなあ』

そんなふうに吉沢《よしざわ》から電話が掛《か》かってきたのは、金曜日の夕方だった。

以前参加したソーシャルゲーム、『月光《げっこう》のアルカディア』の生配信番組が、明日の夜からあるそうだ。

ゲームの情報や今後の展開など、紹介《しょうかい》する番組が組まれるのはよくあることだ。

それに出演声優が出るのも珍《めずら》しくない。

しかし、めぐるが番組に出るよう言われたのは初めてだった。

なぜなら、めぐるはとても呼ばれるようなキャラを演じていない。

しかも、明日だなんて急すぎる。

「わたしが？　なぜ……？　どうかしたんですか」

『北村《きたむら》さんが出る予定だったのよ。でも体調不良で、急遽《きゅうきょ》出られなくなっちゃってね？　で、うちから行けそうなのがめぐるしかいなくて』

「あー……」

こういうピンチヒッターがあることは、話には聞いていた。

ラジオ、配信番組に出られなくなったとき、同じ事務所の人間が代役に駆《か》り出《だ》される。

めくるも、リスナー側で何度かその場面に遭遇《そうぐう》した。

仕事がもらえるのなら、突然《とつぜん》の代打でも構わない。ありがたい。

けれど、懸念《けねん》があった。

「これ、わたしでいいんですか？　わたしのキャラ、プレイアブルどころかレギュラーですらないですけど」

『イベントでやられちゃうゲストキャラだね－！　まぁ大丈夫《だいじょうぶ》大丈夫《だいじょうぶ》。めくるはニコニコしてるだけでいいし』

それはそれでどうなんだ？　と思いながらも頷《うなず》く。

翌日、言われるがままにスタジオに向かった。

配信時間が近付くにつれて、緊張がどんどん高まっていく。

番組が始まることに対してではない。

輝《かがや》きに満ちた、周りを取り囲む人たちに向けてだ。

「お、お－……」

めくるはひとり、ごくりと喉《のど》を鳴らした。

大きなスクリーンを背景に、声優陣《じん》がカメラの前に座っている。

前方には主演声優がずらりと並び、ほかの声優もひな壇《だん》で待機していた。

スタッフさんたちは何かと忙《いそが》しそうに動き回り、声優陣《じん》は番組の始まりを待っている。

多数の声優がオフの状態で談笑《だんしょう》していた。

二代目プリティアである大野麻里《おおのまり》を始め、ほかにもよく知る声優が自分の周りに勢ぞろい。

アフレコとは違《ちが》った空気感で、だ。

というか、声優イベントを目の前にしているかのよう。

最前列を超《こ》えた最前列では……？　最中列？　超《ちょう》Ｓ席？　関係者席？　あ、関係者だ……。

とにかく、とんでもない席に案内されてしまった……。

しかも、配信前のオフの状態まで見られる……。え、ダメだろ、こんなの……、見ちゃダメなやつだろ……。見るけど……。めちゃくちゃ見るけど……、見るけども！

幸せすぎる空間にフワフワしつつ、めくるは自分の席で待機していた。ひな壇《だん》の一番端《はし》だ。

すると、隣《となり》の女性に話《はな》し掛《か》けられた。

長い黒髪《くろかみ》とセンスのいい眼鏡が似合っており、落ち着いた雰囲気《ふんいき》を持つ女性。

トリニティ所属、秋空紅葉《あきそらもみじ》だ。

「柚日咲《ゆびさき》さん、北村《きたむら》さんの代打だそうですね。急に呼ばれるなんて、大変ですよね」

せ、声優さんに話《はな》し掛《か》けられてる！

そんなファンサあり⁉　えぇ⁉　いいの⁉　別料金発生しない⁉

「はい、体調不良みたいで。この時期、体調崩《くず》しやすくてこわいですよね」

めくるは微笑《ほほえ》みながら言葉を返す。

外面は完璧《かんぺき》だ。どれだけ内心で興奮していても、外には漏《も》れ出《で》ていない。

初対面ばかりなので挨拶《あいさつ》して回ったが、大好きな相手でもボロは出さなかった。

大丈夫《だいじょうぶ》。番組はこなせる。

『とにかく愛想《あいそ》よくニコニコしていればいいから』

『もし大喜利が始まったら、置きにいくのが無難』

吉沢《よしざわ》からもそう言われている。

キャラとしても声優としても、めくるの重要度は高くない。

ただ、邪魔《じゃま》せずにいればいい。

「わたし、柚日咲《ゆびさき》さんと同期なんですよ。知ってました？」

「もちろんです。秋空《あきそら》さんのご活躍《かつやく》、すごく見てますし」

秋空《あきそら》と雑談をしているうちに、本番の時間が迫《せま》ってきた。

「それでは、本番いきまーす。五……、四……」

スタッフの掛《か》け声《ごえ》が入り、本番に身を引《ひ》き締《し》める。

と言っても、愛想《あいそ》のいい飾《かざ》りに徹《てっ》しようとしていたが……。

そこで、予想外のことが起きた。

「はーい、アール・ノワール役の大野麻里《おおのまり》でーす。……で、だれだお前は！」

タイトルコールが終わり、出演声優が順々に挨拶《あいさつ》していく。

その最中、前にいた大野《おおの》が急にこちらを振《ふ》り返《かえ》り、大声を上げたのだ。

こんなの、聞いてない！

突然《とつぜん》のことでしどろもどろになりながら、「あ、柚日咲《ゆびさき》めくるです、あ、ナイナット役です……」と頭を下げる。

全員に注目され、カメラまでがこちらを向き、緊張《きんちょう》が一気に高まった。

それらを全く気にせずに、大野《おおの》はポンポン言葉を投《な》げ掛《か》けてくる。

「北村《きたむら》は？　北村《きたむら》はどこいったの？」

「あ、北村《きたむら》さんは体調不良で……」

「体調不良⁉　あらまぁ。それでこんなわっかい子に代打させて家で寝《ね》てんの？　北村《きたむら》ー、お前偉《えら》くなったなー！　腹出して寝《ね》てっからだよ！　ほら、柚日咲《ゆびさき》も文句言っときな」

「え、あ、こっちは大丈夫《だいじょうぶ》でーす……」

大野《おおの》に合わせて、カメラ目線で口を開く。

すぐにほかの声優陣《じん》が「出たよ大野《おおの》さんの怖《こわ》いところが」「新人に絡《から》むのやめなよ麻里《まり》ちゃん」「そんなんだから後輩《こうはい》に怖《こわ》がられるんですよ」「おいだれだ今言ったやつ」と賑《にぎ》やかになる。

それで一気にスタジオの空気が軽くなった。

ほかの出演者も笑いながら、挨拶《あいさつ》が再開される。

めくるも肩《かた》の力を抜《ぬ》いて——、そこで初めて、肩《かた》に力が入っていたことに気付いた。肩《かた》の力を抜《ぬ》いて、挨拶《あいさつ》をする。

「ナイナット役の柚日咲《ゆびさき》めくるです。よろしくお願いします」

「柚日咲《ゆびさき》、コメントで『さっき聞いた』って書かれてる」

「わたしだって、『さっき言った』って思ってますよ」

大野《おおの》の言葉に、自分でも驚《おどろ》くくらいするりと軽口を返せた。

それで周りの声優陣《じん》も笑ってくれて、コメントも盛り上がりを見せる。

大野《おおの》のおかげだ。

大野《おおの》のアレがあったから、話しやすい空気に変わった。

緊張《きんちょう》でしゃべれなかったはずのめくるが、ぱっと言葉を返せた。

心がほわほわした温かさに包まれ、番組は楽しく進んでいく。

そして、大野《おおの》は事あるごとにめくるへ話を振《ふ》った。

「あ、長谷部《はせべ》って七年目だっけ？　じゃあ北村《きたむら》と同期じゃないの？　北村《きたむら》ー、っていねーや。じゃあ柚日咲《ゆびさき》、代わりに答えて」

「いえ、北村《きたむら》さんは六年目ですね」

「答えられるのかよ。詳《くわ》しいな。じゃあ、北村《きたむら》のデビュー作って何か知ってる？」

「『ふらふうぷ』の桐谷茉奈《きりがやまな》です」

「答えられるのかよ！　ちょっとブルークラウン怖《こわ》いんだけど」

「大野《おおの》さん、北村《きたむら》さんとアニメで共演したことないって言ってましたけど、一回ありますよ」

「え、嘘《うそ》。何の作品のなに役だった⁉」

「『海《うみ》のロンド』の魚卵《ぎょらん》役です」

「だれだよそいつ⁉」

「あの、いない人の話題で盛り上がるのやめてもらっていいですかね？」

脱線《だっせん》することも多かったけれど、番組自体はとても盛り上がった。

本番が終わったあとも、キャスト陣《じん》やスタッフに笑顔《えがお》が溢《あふ》れ、空気もとても柔《やわ》らかい。

めくるもほかの人から、よかったよー、なんて肩《かた》を叩《たた》かれた。

「…………」

大野《おおの》がいなければ、決して言われなかった。

めくるが上手《うま》く話せたのも、笑いを取れたのも、大野《おおの》が話を振《ふ》ってくれたから。

彼女がめくるを活《い》かしてくれたのだ。

「おう、お疲《つか》れー」

ぽん、とめくるの背中を叩《たた》いたのは、大野《おおの》だった。

彼女は手をひらひらさせながら、そのまま立ち去ろうとする。

「あ、大野《おおの》さん、ありがとうございました！」

なんとお礼を言うべきかわからず、とにかく感謝の言葉を伝える。
すると、大野《おおの》はふっと微笑《ほほえ》んだ。
「ま、頑張《がんば》れ新人」
それ以上は語らず、ほかの人たちのほうに向かってしまった。
「……………」
胸《むね》の奥がうずうずと疼《うず》いた。
めくるはスタジオから飛び出すと、花火《はなび》にメッセージを送る。
今すぐ会いたい。
そう伝えて、花火《はなび》の家に向かった。
夜の街を走っていると、様々な光が輝《かがや》いて暗い空に浮《う》かび上《あ》がる。
「なんで、忘れていたんだろう」
はっは、と息を吐《は》きながら、呟《つぶや》く。
藤井杏奈《ふじいあんな》は声優ファンだ。
好きになった声優を作品ではなく、個人で追いかけるようになった。
ラジオや配信、様々な番組で声優たちの話を聞いた。
声優同士の関係性やエピソードトーク、彼女らの話に夢中になった。
声優を目指したきっかけでさえ、ラジオで聞いた話からだった。

あそこなら。

あの場所で、大野《おおの》のように話すことができれば――。

「花火《はなび》っ！　ラジオだよ！」

花火《はなび》の部屋の扉《とびら》を開け、とにかく声を上げる。

当然ながら、花火《はなび》はきょとんとした顔になった。

「なんだい、めくる。興奮して。急に会いたい、なんてびっくりしたよ。彼女か？」

「彼女面はごめん！　でも聞いて！　ラジオ、ラジオだよ花火《はなび》！」

「なーに。ラジオがどうかしたの。落ち着いて話してってば」

「ラジオが――、わたしの活《い》きる道だ」

花火《はなび》は首を傾《かし》げている。

もどかしさを覚えためくるは、整理し切れていない激情をそのままぶつけた。

「ラジオのトークなら、声優を、相手を活《い》かせる。その人の魅力《みりよく》を知っていれば、それを喧伝《けんでん》できる。伝えられる。声優は魅力《みりよく》でいっぱい。それはわたしがよく知ってる。そんなわたしだからこそ――、ラジオを通してたくさんの人に伝えられる」

花火《はなび》は何かを言いかけて、口を閉じた。

腕《うで》を組み、考え込むようにしながら返事をする。

「確かにめくるは声優に詳《くわ》しい。細かいデータやいいところを挙げられるだろうさ。それはわかるけど、それをラジオでやって面白《おもしろ》いかなあ……？」

めくるはその返事に頰《ほお》を緩《ゆる》める。

ここで頷《うなず》かない〝相方〟のセンスに、にやけてしまったのだ。

「これはあくまで、ひとつの要素。花火《はなび》、声優ラジオは聴《き》く？」

「まー、好きな声優のラジオは一時期聴《き》いてたかな？　大野《おおの》さんのとか」

「大野《おおの》さんの話、面白《おもしろ》いよね。やっぱり、聴《き》いていて面白《おもしろ》いラジオは人気がある。それは大事。

でももうひとつ、声優ラジオでは人気が出やすい要素があるの。それは――、仲の良さがわかるラジオ」

花火《はなび》は今度こそ眉《まゆ》を顰《ひそ》めて、再び首を傾《かし》げた。ぴんとこないのだろう。

めくるはスゥと息を吸ってから、ゆっくりと説明する。

「声優の関係性はファンにとって、とても重要なの。すごくよく見てる。仲が良ければ、いやでも伝わる。そして、仲良しな声優はみんな大好物なのよ。わたしも大好き。そして、わたし
と花火《はなび》は仲がいい」

「まぁ、それは間違《まちが》いない」

異論がない部分で、花火《はなび》は頷《うなず》く。

めくるはほかの声優と距離《きょり》を取るようになっていたし、つられるように花火《はなび》も声優の友人は
特に作っていないようだった。

あまりにも相性《あいしょう》がいいせいか、互《たが》いに「ふたりでいればいいや」となっている。

「○○さんと言えば、■■さん」というような、相方のような関係性は好まれる。

意図したわけではないが、めくると花火《はなび》は無二の相方のように映るはず。

めくるは鼻息荒《あら》く、続きの言葉を口にした。

「わたしたちは、仲がいい。さらに面白《おもしろ》いラジオをやる。仲が良くて、面白《おもしろ》い声優ラジオ！　これが最適解！　面白《おもしろ》さを身に付けて、わたしは花火《はなび》を活《い》かす。ほかの声優も活《い》かす。こうすれば、みんな幸せ！　これがわたしの活《い》きる道だって、今日はっきりわかった！」

視界が開けたようだった。

ほかの声優を押しのけて、自分が役を取りにいくことができない。

自分が演じるよりも、ほかの声優が演じてくれたほうが嬉《うれ》しい。

そんなハングリーさの欠けた状態で、ほかの声優と競《せ》り合《あ》えるわけがない。

そのことをめくるは悩《なや》んでいた。

けれど、大野《おおの》のような声優もいるのだ。

椅子《いす》を取り合うだけじゃなく、他人を活《い》かす仕事もある。

そういう仕事なら、喜んでやりたい。

しかし、答えを見つけたと興奮するめくると違《ちが》い、花火《はなび》は困惑《こんわく》の表情を浮《う》かべた。

「ちょ、ちょっと待ってよ。面白《おもしろ》い声優ラジオ？　いや、あたし自信ないんだけど。笑いのセンスなんてないよ？」

「それは今から訓練する。学ぶんだよ！　ラジオでもテレビでもネットでも何でもいい、生き残るためにふたりでしゃべりを勉強しよう。吸収しよう。努力すれば、きっと身に付く」

「ええ……？」

突拍子《とっぴょうし》もない提案だと感じたのか、花火《はなび》は目を丸くしていた。

視線を逸《そ》らし、難しい表情のまま考え込む。

しばらく固まっていたが、ふっと息を吐《は》いた。

「わかった、付き合うよ。正直、まだぴんときてないけど、声優に対するアンテナはめくるのほうが絶対上だし。生き残るためって言うなら、あたしだって努力はいくらでもする」

それに、と花火《はなび》はやわらかく笑う。

「『声優を活《い》かす声優』になる、だなんて。めくるらしい……、や、杏奈《あんな》らしいって思うよ」

決まりだった。

めくるだって、ただ決意表明をしたくてこんな提案をしたわけではない。

数週間後、『めくると花火《はなび》の私たち同期ですけど？』という番組が始まる予定だった。

新人声優である自分たちが、いったいどんな番組をやっていけばいいのか。

悩《なや》んだものの、最適な答えはずっと出なかった。

けれどこの日から、番組の始まりに向けて特訓を重ねる。

自分たちの中で方向性を決め、ふたりで足並みを揃《そろ》えて『仲が良くて面白《おもしろ》いラジオ』になるように、一生懸命《いっしょうけんめい》努力した。

そうしてめくるの願いどおり、『めくると花火《はなび》の私たち同期ですけど？』は人気の声優ラジオになり、柚日咲《ゆびさき》めくるは弁の立つ声優として重宝されるようになったのだ。

「ねー、花火《はなび》ー」

「んー？」

「物件探しって、どうやればいいの」

ソファに寝《ね》そべっていた花火《はなび》が、ガバッと身を起こす。

花火《はなび》の部屋での、穏《おだ》やかな休日のひと時。

ぼんやりとスマホを見ていた花火《はなび》が、意外そうに声を上げた。

「え。めくる、独り暮らし始めんの」

「んー、考えてる……。高校卒業してから、電車通いが妙《みょう》にしんどくてねぇ……。特に朝十《あさじゅう》……。ほら、早起きの習慣もなくなったし」

「まー、そりゃそうだわなぁ……。よく二時間もかけられるなぁって思うもん。電車、好きなんだなぁって」

「わたしが電車好きだったとしても、毎日四時間乗ってたら嫌《きら》いになるわ」

言い返すと、花火《はなび》は大きく口を開けて笑った。

ラジオを始めてからというもの、彼女はすっかりゲラになった。

笑い声が響《ひび》くラジオは、それだけで魅力的《みりょくてき》だ。

最初は真似《まね》でやっていたはずなのに、いつの間にか本当に笑いの沸点《ふってん》が低くなっている。

「それでちょっと物件探しをね……。花火《はなび》も引《ひ》っ越《こ》し考えてるって言ってたでしょ？　だからアドバイスもらおうと思って」

めぐるは自分の家のように感じている、この部屋を見回した。

花火《はなび》が養成所時代から住んでいる部屋で、すっかり馴染《なじ》んでいる。

めぐるの歯ブラシや着替《きが》えも置いてあるし、泊《と》まった回数は数えきれない。

たくさんの思い出がある。

しかし、さすがにちょっと古いし狭《せま》いし、駅からも遠かった。

極貧《ごくひん》時代ならまだしも、今ならもっといい部屋に住んでもばちは当たらないはず。

花火《はなび》もそう考えているらしく、ずっと引《ひ》っ越《こ》し先を探している。

花火《はなび》はため息とともに、スマホを持ち上げた。

「探してはいるんだけど……、引《ひ》っ越《こ》しってめんどくせーんだよねー……。まず、物件探し自体がめんどい。気になる物件を内見するのもだるい。引《ひ》っ越《こ》しはしたいんだけどねー」

「お、ちょうどいい。めんどい作業はふたりのときにやっちゃおう。いっしょに探そ。何なら、内見もふたりで行けばいいし」

「おー、グッドアイディア。それはいいね。急にやる気出てきたわ」

しばらくの間、ふたりで物件探しをするのが恒例《こうれい》になった。

ふたりでやれば、大抵《たいてい》のことは楽しくなる。

そして偶然《ぐうぜん》、お互《たが》いの条件が見合うマンションが見つかり、しかも隣《となり》同士の部屋が空いていることに気付くのだが――、それはもうちょっとだけ、先の話。

「やすみちゃん、そっちの話をしたほうがいいんじゃない？」

「あ、そう？　柚日咲さんがそう言うなら。えー、この前、ライブに出る人たちと顔合わせしたんですよ。そこで初めて会う、新人の人もいてね」

「あー、そうだね。飾莉ちゃんと羽衣さんは一年目で、これがデビュー作って言ってたね」

「ねー。デビュー作かー、なんだか遠い過去のように感じるなぁ……」

「おじさんいるじゃん。やすみちゃん、まだ四年目でしょ。そんなに前のことじゃないよ」

「そんなこと言うけど、小学生が卒業して高校生になるくらいの年月は経ってるよ？」

「やめろやめろ、定番なのにちゃんとダメージを与える例え。こっちは本物の小学生までいるんだぞ」

「あー、ミントちゃんね。いやー、そう考えるとすごいユニットだな」

「わたしらの中で、『デビューしたときなんて覚えてないなぁ』って言っていいのは、ミントちゃんくらいなもんよ？」

「当時三歳だからね」

「そりゃ覚えてないよなって」

「そういう柚日咲さんはどうなの？　デビュー当時のこと、覚えてる？　どんな感じの子だったのか気になるなぁ。今のあたしより年下だったんでしょ？」

# ★ティアラ☆スターズ☆レディオ！

「あー……、そうだね。当時はわたしも学生だったからねえ。どんな子って言われると……。遠い過去すぎて覚えてないな」

「おじさんいるじゃん」

「まー、右も左もわからなかったのは間違いないね。だから今回、新人の子にもフォローできるところはしたいよね」

「柚日咲さん、あたしもあたしも。フォローしてして」

「わたし結構やすみちゃんのフォローしてるがな」

「えっ、そうなの⁉」

「親の心、子知らずだなあ。という冗談はさておき。やすみちゃんは今回リーダーだから、みんなちゃんとフォローするよ」

「あー、そうなんですよ。ライブの詳細ってもう出てるんだよね？　えー、次のライブは、〝ミラク〟VS〝アルタイル〟っていう形で、ユニットが分かれてるんだけど」

「そうだね。わたしとやすみちゃんは〝ミラク〟、同じユニットです。ミントちゃんと飾莉ちゃんもいっしょのユニット」

「そうそう。で、その〝ミラク〟のリーダーがあたしなんですよ」

「ちなみに、〝アルタイル〟のリーダーは夕陽ちゃんです」

「リーダーなんて初めての体験だから、いろいろと不安でさ――」

**to be continued……**

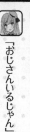

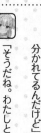

「ん」

こんこん、と壁《かべ》がノックされたので、めくるはマスクを身に付けた。

同じように壁《かべ》をノックしてから玄関《げんかん》に向かう。

扉《とびら》を開くと、お馴染《なじ》みの顔が隣《となり》の部屋から出てくるところだった。

「よ」

「ん」

人懐《ひとなつ》っこい笑《え》みを見せて、隣《となり》の女性が手を挙げた。

ベージュのパンツに白いシャツを合わせて、上からカーディガンを羽織っている。

背が高く、すらりとしたスタイルの彼女にはよく似合っていた。

髪《かみ》はサイドで軽くまとめて、メイクも控《ひか》えめ。そのナチュラルな感じがとてもいい。

彼女の名前は、夜祭花火《よまつりはなび》。

養成所時代から付き合いがあり、今は隣《となり》同士で住むほどの無二の親友だ。

ふたり並んで、慣れた道を歩いていく。

春が近付いて徐々《じょじょ》に寒さも薄《うす》れているが、風はまだ冷たい。

静かな街並みを歩いていると、花火《はなび》がご機嫌《きげん》に笑った。

「こう言っちゃなんだけど、やっぱ成瀬《なるせ》さんすげーって思っちゃうね。吉沢《よしざわ》さんに不満があったわけじゃないし、感謝はめちゃくちゃしてるんだけどさ」

「そうね。まぁ担当が替《か》わるのは仕方ないって吉沢《よしざわ》さんも言ってたし、ここは素直《すなお》にいい人にあたって嬉《うれ》しい、でいいんじゃないの」

先日、柚日咲《ゆびさき》めくると夜祭花火《よまつりはなび》の担当マネージャーが替《か》わった。

入所してからずっと上手《うま》くやっていたし、何か問題が起きたわけでもない。

ただ、担当マネージャーは定期的に変更《へんこう》される場合がある。

今回はそれ。

担当替《が》えの話も、ふたりが揃《そろ》っているときに吉沢《よしざわ》から聞かされた。

『えー！　吉沢《よしざわ》さん、替《か》わっちゃうの⁉　なんで⁉』

花火《はなび》が抗議《こうぎ》の声を上げると、吉沢《よしざわ》が疲《つか》れたように肩《かた》を竦《すく》める。

『なんでも何も、上からそう言われたんだからしょうがないよ。担当替《が》えなんて定期的にあることなんだから』

『でも……。入所してからずっと吉沢《よしざわ》さんが面倒《めんどう》見てくれたのに。わたしも、吉沢《よしざわ》さん外れるの、やだな』

『……わたしもめくるたちと離《はな》れるのは、寂《さび》しいけど。最後まで面倒《めんどう》見たかったけど。これはっかりはね』

ため息まじりに言う彼女は、心からそう思ってくれているように感じた。

今までずっと二人三脚《ににんさんきゃく》……、いや、ほとんど三人四脚《さんにんよんきゃく》でやってきたのだ。

そのひとりが抜《ぬ》けてしまうのは、大きな喪失感《そうしつかん》がある。

花火《はなび》とめくるが肩《かた》を落としていると、吉沢《よしざわ》は殊更《ことさら》明るい声で答えた。

『あ、でも。後任は文句ないはずだよ。成瀬《なるせ》さんだから』

『え、成瀬《なるせ》さんが担当してくれるの⁉　やった—！』

『あんまり喜ばれるのも元担当としては微妙《びみょう》だけどね？』

そして吉沢《よしざわ》が担当から外れ、新しく成瀬《なるせ》がふたりの担当になった。

夕暮夕陽《ゆうぐれゆうひ》も担当している、あの成瀬珠里《なるせしゅり》だ。

売れっ子声優を何人も抱《かか》える、ブルークラウンきっての敏腕《びんわん》マネージャーである。

今日はその成瀬《なるせ》から呼び出しがあったので、ふたりで事務所に向かっていた。

ブルークラウンの大きなビルに入り、指定された会議室の扉《とびら》を開ける。

「！　あ、お疲《つか》れ様《さま》です。どうぞどうぞ、座ってください」

成瀬《なるせ》は既《すで》に席につき、何やら資料を確認《かくにん》していた。

扉《とびら》を開けた音に軽く驚《おどろ》き、肩《かた》をビクッとさせている。

すぐに取《と》り繕《つくろ》うような笑《え》みを浮《う》かべ、座るよう促《うなが》してくれた。

小動物のような仕草に花火《はなび》はくくっと笑う。

小柄《こがら》で童顔、やけに馴染《なじ》まないスーツと大きな眼鏡が特徴的《とくちょうてき》な女性だ。

全く年上には見えず、見るからに頼《たよ》りない彼女だが、これで腕利《うでき》きなのだから人は見かけにらない。

挨拶《あいさつ》を返してから、成瀬《なるせ》の向かいに腰掛《こしか》けた。

「先にお伝えしましたが、『ティアラ☆スターズ』におふたりとも合格しました。今日はその詳細《しょうさい》をご説明できればと」

やわらかな笑《え》みを見せながら、成瀬《なるせ》は資料をこちらに手渡《てわた》してくれる。

担当が替《か》わってすぐ、「こんなオーディションがありまして」と受けるよう言ってきたのが、『ティアラ☆スターズ』という作品だった。

「いやー、さすが成瀬《なるせ》さん。成瀬《なるせ》さんの言うとおりやったら、受かったよ。こんなに良《い》い仕事、ほんとに嬉《うれ》しいです」

「いえいえ。おふたりの実力があってこそですよ」

花火《はなび》がはしゃぐように、『ティアラ』はいい仕事だ。

アプリゲーム、テレビアニメ、イベント、ライブ、ラジオ、と様々な方面に展開されるプロジェクトで、かなり稼働《かどう》が増えるはずだ。

この作品が盛り上がっていけば、自然と自分たちの仕事も増える。

テレビアニメなら一クールごとに仕事が増減する声優にとって、しばらく続く仕事というのはとてもありがたい。

「お、夕暮《ゆうぐれ》ちゃんもいる。成瀬《なるせ》さん、随分《ずいぶん》と自分の担当送ったんですねぇ」

「そういう言い方やめてくださいよお」

ふたりは資料を眺《なが》めながら談笑《だんしょう》している。めくるもキャスト表に目を落とした。

途端《とたん》、ほわっとした気持ちになる。

花火《はなび》が言ったように夕暮夕陽《ゆうぐれゆうひ》が参加している。

それに歌種《うたたね》やすみ、さらには桜並木《さくらなみき》乙女《おとめ》までいる。

ええ。ちょっと。推《お》しが目白押《めじろお》しなんですけど。しかもなに？　また夕姫《ゆうひめ》とやすやす共演してるの？　仲良しか？　仲良しなのか？　それともファンサービス？　ありがとうございます！　担当わかってるな！　ていうかもうこれ実質ハートタルトじゃん。ハートタルトでもあるじゃん。おいおいおいおいお祭りか？　始まってるなお祭りが。このメンバーでライブとかやるわけでしょ？　もうそれはお祭りじゃん。国を挙げてのお祭りじゃん。崇《あが》め ろ崇《あが》めろ、聖母と天使がおるぞ！　つまりこれは聖夜？　春先のメリークリスマス？　ハッピーメリークリスマス！　ありがとう『ティアラ☆スターズ』！　わたしこの作品大好きです！

「めくる？」

「はっ」

花火《はなび》に肩《かた》を叩《たた》かれ、意識を取《と》り戻《もど》す。

花火《はなび》がこちらの顔を覗《のぞ》き込《こ》み、苦笑《くしょう》していた。

「喜ぶのは、部屋に帰ってからにしよう」

「……そうする。ありがと」

お礼を言って成瀬《なるせ》に向き直る。

成瀬《なるせ》は不思議そうにしていたが、特に何も聞かずに話を進めてくれた。

スケジュールの確認《かくにん》や、これからの予定などの説明が始まる。

花火《はなび》はそれを楽しそうに聞いていた。

めくるとしても、嬉《うれ》しい。

推《お》しがいっぱいの空間に放り込まれるという、ファンとしてこの世最大の幸福。

稼働《かどう》が増えてスケジュールが埋《う》まる、声優としての喜び。

しかし、どうしても。

よかったなあ、と笑うことはできなかった。


「いやぁ、楽しみだねえ。こっからどんどん盛り上がってくわけでしょ？　ティアラ声優！　って言ってさ。ありがたい仕事だな～。上手《うま》くいくといいな～」

成瀬《なるせ》との打ち合わせを終えて、ふたり並んで駅に向かう。

話し込んでいるうちに夕方になり、電灯には明かりが灯《とも》っていた。

花火《はなび》は頭の後ろで手を組み、ご機嫌《きげん》そうに口を開いている。

「めくるも嬉《うれ》しいんじゃない？　何せ、乙女《おとめ》ちゃんに歌種《うたたね》ちゃん、夕暮《ゆうぐれ》ちゃんまでいる。あの子たちといっしょにレッスンできるわけだから」

「ミントちゃんもね。嬉《うれ》しいよ。めちゃくちゃ嬉《うれ》しい。レッスンもそうだし、ライブの舞台裏《ぶたいうら》も近くで見られるわけだし。こんなのもうライブブルーレイの特典でしょ。しかもフル収録でVR仕様。わたしどっかで鼻血出るかも。メンバーほんとヤバい」

これ以上ない本音を言うと、花火《はなび》は快活に笑った。

しばらく笑い声を響《ひび》かせたあと、笑《え》みを残したままこちらをじっと見る。

「——その割には、浮《う》かない顔に見えるけどね？」

「…………」

花火《はなび》には隠《かく》し事《ごと》ができないな、と思う。

するつもりもないけれど。

おそらく予想はついているだろうが、めくるは改めて口にする。

「この仕事、わたしがやってよかったのかなって」

めくるはキャスト表を見たとき、胸が躍《おど》った。

大好きなハートタルトのメンバーに、ミントのような変化球を加え、新鮮味《しんせんみ》のある新人たちが名を連ねる。

彼女たちの演技、ライブ、トークを考えるとワクワクした。

それだけに、そのメンバーにめくるが入っていることに違和感《いわかん》を覚えてしまう。

「春日《はるひ》を演じる人は、もっと別の声優がよかったんじゃないかって」

これだけ大きなプロジェクトなら、いろんな人がオーディションを受けたはずだ。

競争率も激しかったろうに、それでも成瀬《なるせ》のアドバイスによってこの仕事にありつけた。

彼女は謙遜《けんそん》していたが、成瀬《なるせ》抜《ぬ》きではきっと受からなかった。

……果たして、それは正解だったのだろうか。

めくるの演じる小鳥遊春日《たかなしはるひ》にしても、めくるならこのキャラに合う声優をスラスラと口にできる。

このプロジェクトにもっと相応《ふさわ》しい人はいたはずだ。

花火《はなび》は足を止めて、こちらをじっと見つめた。

その目がすっと細くなる。

「めくる。あんた、まだ――」

そう言いかけて、首を振《ふ》った。

「いや。どうせめくるはわかってるもんね。言わないよ」

「うん……。ごめん」

「いいさ」

短い言葉を交《か》わす。この話は、これで終わりだった。

花火《はなび》は、気を取り直すように笑《え》みを浮《う》かべる。

「ところで。せっかくいい仕事もらったんだし、美味《うま》いものでも食べにいかない？」

「いいね。焼肉とか？」

「あー、いいねえ。よっしゃ決まり。いやあ、好きなときに焼肉を食べられるって素敵《すてき》〜」

いつかは小銭《こぜに》をチャリチャリ言わせながら、値段と睨《にら》めっこしていた。

だけど今は、たまの贅沢《ぜいたく》くらいなら許される。

穏《おだ》やかな幸せに包まれながら、花火《はなび》と馴染《なじ》みの店に向かった。


ただ、正直なことを言えば。

想定外の部分で、「これは思ったより、大変そうだぞ」と感じたのは確かだった。

「やすみちゃん、リーダーって大変そうだな〜。難しそうだけど、ちゃんとできるのかな？」

口火を切ったのは、飾莉《かざり》だ。

『ティアラ☆スターズ』、初めての打ち合わせ。

制作会社に呼ばれ、さっきまでプロデューサーの榊《さかき》から説明を受けていた。

リーダーに選ばれた歌種《うたたね》やすみ、夕暮夕陽《ゆうぐれゆうひ》にはまだ話があるらしく、彼女たちは会議室に残っている。

めくるを含《ふく》むほかのメンバーが廊下《ろうか》に出ると、開口一番に御花飾莉《おはなかざり》がそう言ったのだ。

ティーカップ所属の一年目。十九歳。

ふわふわの髪《かみ》と同じく、やわらかい雰囲気《ふんいき》の女の子だ。

彼女の独り言を装《よそお》った一言は、周りの反応を窺《うかが》っているように感じた。

誘導《ゆうどう》しているようにも聞こえる。

……考えすぎだろうか。

しかし、もしそうなら、見た目に反してなかなかに食えない子だ。

「いやぁ、本当に。あの人、まだ高校生ですよね？　しかも、なんだか不良っぽい格好ですし。あんな人がリーダーだなんて、フにオチません」

真っ先に呼応したのは、双葉《ふたば》ミント。大吉芸能《だいきちげいのう》所属。

この中でだれよりも芸歴が長い彼女だが、十一歳というぶっちぎりの若さを持っている。

というより、子供だ。

小学生に「まだ高校生なのに」なんて言われたら笑うしかないが、彼女は真剣《しんけん》である。

ミントは、リーダーに由美子《ゆみこ》が選ばれたことが気に喰《く》わないらしい。

先ほども噛《か》みついていた。

だからこそ、飾莉《かざり》の誘導《ゆうどう》に一番に引っかかっている。

「……キャラクターの意味合いが強い、と仰《おっしゃ》っていましたが」

ぼそりとした声を上げたのは、羽衣纏《はごろもまとい》だ。

習志野《ならしの》プロダクション所属の二十五歳。

この中で最も年上ながらも、飾莉《かざり》と同じく一年目である。

全体的に色が希薄《きはく》な女性で、何を考えているか読みにくい人だ。

「別にだれがリーダーでもいいじゃん？　みんなでフォローすればいいんだしさ」

「そうですよ。それに、やすやす先輩《せんぱい》は頼《たよ》りになる人ですよ。もちろん夕陽《ゆうひ》先輩《せんぱい》も！」

花火《はなび》と結衣《ゆい》が続いて口を開く。

納得《なっとく》したわけではないだろうが、それで三人は口を閉ざした。

「…………」

めぐるも、歌種《うたたね》やすみと夕暮夕陽《ゆうぐれゆうひ》がリーダーに相応《ふさわ》しいとは思わない。

むしろ、リーダーとして選ぶことで、こうして余計な軋轢《あつれき》が生まれるのではないか。

そうは感じるものの、あのふたりがリーダーとしてぶつかり合う構図が欲《ほ》しい、という制作側の意図はわかる。

いやむしろ、わかってんな！　と肩《かた》を叩《たた》きたいくらいだ。エモい。そういうの大好き。

「柚日咲《ゆびさき》さぁん」

みんなでエレベーターに向かっていると、飾莉《かざり》がこちらに近付いてきた。

身体《からだ》を寄せるようにしながら、ふわりと笑う。

「あたしは、柚日咲《ゆびさき》さんがリーダーのほうがよかったなあって思いますよ～」

隣《となり》を歩くミントが、ピクッと表情を歪《ゆが》ませた。

余計な発言だ。場を乱したいのだろうか、この子は。

それともこれも、何か反応を窺《うかが》っているのだろうか。

やっぱり食えない子だ。

「あんまりそういうことは、言うべきじゃない」

「そういうものですか～？」

そっけなく言い返すと、飾莉《かざり》は曖昧《あいまい》な返事をする。

ビルから出たあと、ほかの面子《めんつ》とは別れた。

当初の予定どおり、花火《はなび》と飲食街に向かう。

飾莉《かざり》たちが十分に離《はな》れたことを確認《かくにん》してから、花火《はなび》はおかしそうに笑った。

「なんだか、癖《くせ》のある子たちだったなあ。こりゃ、夕暮《ゆうぐれ》ちゃんと歌種《うたたね》ちゃんは大変だ」

今まで堪《こら》えていたのか、くくくっと腹を抱《かか》えている。

めくるも概《おおむ》ね同じ感想だが、ユニットメンバーを頭に浮《う》かべた。どうだろう。

「こっちはヤバそうだけど、花火《はなび》のほうは大丈夫《だいじょうぶ》じゃないの。花火《はなび》も、夕暮《ゆうぐれ》に懐《なつ》いてる結衣《ゆい》ちゃんもいるし。何かありそうだったら、花火《はなび》がフォローするでしょ」

明らかに含《ふく》みのある飾莉《かざり》や、この状況《じょうきょう》が面白《おもしろ》くないと思っているミントに比べれば、〝アルタイル〟はかなり平和に見えた。

羽衣纏《はごろもまとい》はどう動くかわからないが、花火《はなび》と結衣《ゆい》が千佳《ちか》を支えれば、何とでもなりそうだ。

花火《はなび》はポケットに両手を突《つ》っ込《こ》み、歌うように語る。

「実はねー。あたし、夕暮《ゆうぐれ》ちゃんがリーダーやることは成瀬《なるせ》さんから聞いてたんだ。そんで、言われてんの。『夕陽《ゆうひ》ちゃんから助けを求められない限り、手を出さないでほしい』って」

「なにそれ」

怪訝《けげん》な表情になってしまう。

困っていても放っておけ、とはどういう了見《りょうけん》だ。

めくるのその反応すら楽しんでいるように、花火《はなび》は笑った。

「さあ？　でも、なんとなく成瀬《なるせ》さんの意図はわかるよ。今回のことで、夕暮《ゆうぐれ》ちゃんに何か摑《つか》んでほしいんじゃないかな」

「…………」

成長を見込んで、ということだろうか。

千佳《ちか》がリーダーとして自発的に動けば、それだけ彼女にとってプラスになるのは間違《まち》いない。

その成長のチャンスを、成瀬《なるせ》は逃《のが》したくないのかもしれない。

確かにそれは、必要なことに思えた。

夕暮夕陽《ゆうぐれゆうひ》はこれから、大きな壁《かべ》に阻《はば》まれる。

九月のライブが控《ひか》えているのだ。

「ま、どうにもならなくなったら手を出すけどね。そうじゃなかったら見守るよ。夕暮《ゆうぐれ》ちゃんはかわいい後輩《こうはい》だし。羽衣《はごろも》さんも、なんだか癖《くせ》が強そうだしねえ」

「それは、なんかわかる」

ほとんど話していないが、羽衣纏《はごろもまとい》が持つ空気は独特だ。

場違《ばちが》いであると自ら主張するように、居心地《いごこち》悪《わる》そうにしていた。

そのせいもあって、千佳《ちか》と纏《まとい》が上手《うま》くやれる姿が想像できない……。

が、よその心配をしている余裕《よゆう》はない。花火《はなび》はそれを言葉にする。

「ま、そっちよりはマシだと思うけどね。めくるは、歌種《うたたね》ちゃんのフォローに回るの？」

「たぶん。こっちは放っておくとヤバそうだし」

あの空気を見ていると、悠長《ゆうちょう》に構えているとまずいことになりそうだ。

由美子《ゆみこ》のためではなく、自分がスムーズに仕事をするためにも動かなければならない。

そんなことを考えていたら、スマホにメッセージが届いた。

「！　見て！　花火《はなび》見てこれ！　は？　かわいいとか超越《ちょうえつ》してるんですけど？」

「見えない見えない。なに、近いって」

興奮のあまり、花火《はなび》の顔にスマホを押し付けてしまった。

慌《あわ》てて彼女に手渡《てわた》すと、花火《はなび》は届いたメッセージに目を向ける。

話のタネ、歌種《うたたね》やすみからのメッセージだった。

『めくるちゃん、今日はありがとね～。リーダーは不安だけど、めくるちゃんがいっしょのユニットで嬉《うれ》しい！　それに心強いよ。頼《たよ》りにしてる。いっしょにがんばろーね、先輩《せんぱい》！』

花火《はなび》にくっつきながら再びメッセージに目を通すと、めくるの全身から力が抜《ぬ》けた。

「はあ～、かわいい、かわいいよぉ……。なにこの子～、わたしをあんまり喜ばせないでほしい……。今、借金申し込まれたら、無利子で貯金全額差し出すわ……。とりあえずスクショして毎日寝《ね》る前に読も……」

「それ興奮して眠《ねむ》れないんじゃないの？　とりあえず返事しておきなよ。なんて返すの？」

「『ん』。はい、返信した」

「温度差えぐすぎるだろ」

花火《はなび》が腹を抱《かか》えて笑い出す。

これぱかりは仕方がない。

むしろ、返信するだけめくるとしては妥協《だきょう》したほうだ。

「もうちょっとくらい、かまってあげればいいのに。どうせもう中身バレてるんだしさ」

「これ以上ボロを出すわけにはいかないでしょ。なに、歌種《うたたね》の肩《かた》持つの？　わたしの味方してくれないの？　最悪。幻滅《げんめつ》した」

「は？　なにそれめんどくさ。そんなこと言ってないじゃん。いや今ので決めたわ。歌種《うたたね》ちゃんの肩持《かた》つ。あたしだって幻滅《げんめつ》した。めくるなんて嫌《きら》い」

「しょうもな。なにそれ。もう絶交だわ。明日引《ひ》っ越《こ》せ」

「なんであたしが？　めくるが出て行きなよ。それが嫌《いや》なら謝って」

「ごめんね！」

「いいよ！」

じゃれあって、ふたり揃《そろ》って大口を開けて笑う。

このときはまだ、それほど重く受け止めていなかった。

けれど、めくるが予想しているよりも早く、問題児たちは暴れ始めることになる。


まず、次に集まった時点で揉《も》めた。

めくるたちはライブの練習として、トレーナーたちからレッスンを受ける。

会社がレッスンルームを借りてくれたので、ユニット練習や全体練習はそこで行われる。

そして、自主練も。

申請《しんせい》さえすればレッスンルームで自主練をしてもいい、と許可が出たのだ。

家ではどうしても声量や動きに制限が出るので、使わせてもらえるのは大変にありがたい。

由美子《ゆみこ》とミントは、喜んで自主練の予定をたくさん書き込んだ。

しかし、バイトで忙《いそが》しい飾莉《かざり》は自主練にあまり出られない。

そこで、ちょっとした言い争いになってしまった。

禍根《かこん》を残しながらも、何とか収まりはしたが……。

上手《うま》くいかないだろうな……、とは薄々《うすうす》思っていたが、揉《も》めるのが早すぎる。

小学校低学年の男子じゃないんだぞ。

そんなふうに呆《あき》れる中、ある日、飾莉《かざり》とめくるが自主練でふたりきりになった。

「いやぁ、柚日咲《ゆびさき》さんとふたりだなんて。初めてですね～」

「そうね」

「やすみちゃんやミントちゃんなんて、なんだかいっつもいますもんね～」

「そうね」

広いレッスンルームで、ふたりでストレッチをする。

レッスンルームに設置された大きな鏡が、ジャージ姿の飾莉《かざり》を映していた。

彼女は嬉《うれ》しそうに笑って、こちらを見つめる。

「柚日咲《ゆびさき》さん、そっけな～い。仲良くしましょうよ～」

「そういうの好きじゃないから。懐《なつ》くなら、もっと面倒見《めんどうみ》のいい先輩《せんぱい》にしときな」

先輩《せんぱい》や同期は当然だが、後輩《こうはい》とだって距離《きょり》は置きたい。

親しみやすいと思われたら後々困るからだ。

しかし、今日の飾莉《かざり》の態度は気に掛《か》かっていた。違和感《いわかん》がある。

感じが違《ちが》う、とでも言えばいいのか。

仮面のような笑顔《えがお》はそのままでも、ほかの面子《めんつ》といるときと目の奥の色が違《ちが》う。

まるでそれを誇張《こちょう》するように、飾莉《かざり》は声のトーンを落とした。

笑顔《えがお》のままで。

「わたし、柚日咲《ゆびさき》さんと仲良くできると思うんですよね。わたしたち、似てると思うし」

気になる言い回しに、思わず飾莉《かざり》を見つめ返す。

「似てる？」

周りに対して、壁《かべ》を作っていることだろうか。

思い当たるのはその件だが、どうやら違《ちが》うらしい。彼女の表情が物語っていた。

飾莉《かざり》は腹の内を見せて、こちらの反応を窺《うかが》っている。

生意気な後輩《こうはい》め。

めくるは皮肉げに笑った。

「似てるって――、歌種《うたたね》が嫌《きら》いなところとか？」

めくるの答えに、飾莉《かざり》は満足そうに目を細めた。

ふいっと視線を逸《そ》らすと、「ひどいこと言うなあ」とくすくす笑い始める。

「嫌《きら》いとまでは言わないですけど。ただ、尊敬できないかも？　とは思っちゃいますねえ。先《せん》輩《ぱい》って感じもしないし、もちろん、リーダーとして認めているわけでもないですし～」

十分嫌《きら》いじゃないか。

わかっていたことだ。御花飾莉《おはなかざり》が節々で出す、嫌《きら》いというオーラはわかりやすい。

嫌《きら》いなのは由美子《ゆみこ》だけでなく、ミントもだろう。

ミントに対しては加減しているきらいがあるが、由美子《ゆみこ》には割と露骨《ろこつ》だ。

少なくとも、めくるが感じ取れる程度には。

人間なのだから、好《す》き嫌《きら》いがあるのはしょうがない。

けれど、言わずにはいられなかった。

「別にだれを嫌《きら》いだろうと勝手だけど、仕事なんだから態度に出さない。ガキじゃあるまいし。

それで空気悪くしてもいいことないでしょ」

「あー、それはそうですねえ。気を付けます～」

わかっているのかいないのか、飾莉《かざり》はご機嫌《きげん》に言葉を返してくる。

思わずため息を吐《つ》いた。

この際、態度に出すかどうかは重要ではない。

飾莉《かざり》は由美子《ゆみこ》に確かな不信感を抱《いだ》いている。

それをわざわざめくるに伝えるあたり、腹に一物がある。

これからのことに暗澹《あんたん》たる思いを抱《いだ》いていると、レッスンルームの扉《とびら》が開いた。

「おはようございまーす。お、飾莉《かざり》ちゃんとめくるちゃんだ」

元気のいい声とともに入ってきたのは、天使だった。

天使は艶《つや》やかな髪《かみ》を後ろでまとめ、普段《ふだん》のギャル姿とはまた違《ちが》った様相をしている。

彼女のスポーツウェアはお腹《なか》が出るタイプで、活動的な印象をより強めていた。

こんな姿、なかなか見られない。

彼女が歩くたび、髪《かみ》が揺《ゆ》れ、天使の羽がはらはらと舞《ま》う。

レッスンルームが華《はな》やかな彩《いろど》りを帯びていった。

その天使とは、言わずと知れた女性声優・歌種《うたたね》やすみその人である。

「やすみちゃん、おはよ～」

「おはよ」

飾莉《かざり》は先ほどの態度が嘘《うそ》のように、にこやかに挨拶《あいさつ》している。

めくるはめくるで心の昂《たかぶ》りを押し殺し、そっけなく挨拶《あいさつ》を返した。

飾莉《かざり》は絶対にそういうつもりで言ったわけじゃないだろうが、確かに自分たちは似た者同士かもしれない。本心を覆《おお》い隠《かく》している。仮面をかぶっている。

はあ～～～～～～、かわいいよぉ～～～～～～～～～～～～～～～～。

荒《すさ》んだ心に一気に花が咲《さ》いていく……。荒廃《こうはい》した大地を天使がパタパタと舞《ま》って、潤《うるお》いと自然が取《と》り戻《もど》される……。可愛《かわい》すぎる……。ていうか、そのレッスン着なに？　へそ見えてる！

そんなの見ていいんですか……？　い、いいんですか？　え、いいの？　タダ？　いやいやお金払《はら》いますって！　収まりつかないですよこっちも！　やすやすのお腹《なか》がタダなんていけません、いけませんよ！　あ～、練習に集中できないよ～、視線が吸い寄せられるよ～……、悪女だよこの子は……。今世紀最大の魔性《ましょう》の女……。愛してる……。

「この三人が揃《そろ》うなんて珍《めずら》しいねぇ。あたしもストレッチ入れて」

由美子《ゆみこ》は人懐《ひとなつ》っこい笑顔《えがお》で、こちらに寄ってくる。かわいい。

それとは真逆で、飾莉《かざり》は張り付けたような笑《え》みで言葉を返した。

「そうだねぇ。自主練出ておかないと、ミントちゃんにもやすみちゃんにも、何言われるかわからないから～」

露骨《ろこつ》な嫌味《いやみ》を吐《は》き出《だ》す飾莉《かざり》。

先ほど、「あまり態度に出すな」という話をしたばかりなのに。

こちらに対するアピールなのか、当《あ》て擦《こす》りなのか。

何にせよ、随分《ずいぶん》といい性格をしている。

再びため息を吐《つ》きたくなったが、それより先に由美子《ゆみこ》が口を開いた。

「あー、ミントちゃん怒《おこ》ると怖《こわ》いもんね。今日は来るのかな？　あ、この前ね、ミントちゃんすごく可愛《かわい》かったんだよ。ブラックのコーヒーをさー」

「…………」

飾莉《かざり》の嫌味《いやみ》を平然と受け流し、由美子《ゆみこ》はミントの話を楽しそうにしている。

これには飾莉《かざり》も毒気を抜《ぬ》かれたようで、いつの間にか由美子《ゆみこ》の話に聞き入っていた。

嫌《きら》われていることを無視しているのか、それとも嫌《きら》われているとは思っていない一種の傲慢《ごうまん》か。どちらの可能性もありそうだ。

飾莉《かざり》のジャブ程度では由美子《ゆみこ》に響《ひび》かない。

真っ向からはっきりと「お前なんか嫌《きら》いだ」と伝えないと、由美子《ゆみこ》は怯《ひる》まない気がする。

いや。

『嫌《きら》いだから。あんたらみたいに生半可な気持ちで仕事する奴《やつ》らが、一番腹立つ。嫌《きら》い』

『柚日咲《ゆびさき》さん、このあとご飯でも行きませんか』

真正面から散々敵意をぶつけても、むしろ向かってきたな……。

いくら嫌《きら》っても通用しない気がしてきた……、なんなんだこの子……、好き……。

しばらく三人で自主練をしていたが、飾莉《かざり》はバイトで一足先に抜《ぬ》けた。

めくるたちも程々《ほどほど》で切り上げる。

そのあと、由美子《ゆみこ》とふたりで更衣室《こういしつ》に向かっていると。

「あ」

「………」

どうやら、〝アルタイル〟も同じビルで自主練をしていたらしい。

廊下《ろうか》の奥から現れた千佳《ちか》と、ぱったり顔を合わせた。

由美子《ゆみこ》と千佳《ちか》はしばらく微妙《びみょう》そうな表情で見合ったあと、由美子《ゆみこ》のほうが口を開く。

「なに、渡辺《わたなべ》も自主練してたの」

「ええ。それ以外でここに来る理由ないでしょうに。それともあなたは、たこ焼きパーティでもしにきたの？」

「突《つ》っかかるのやめてくんない？ ついでに欲望出すのもやめてくんない？ 渡辺《わたなべ》さんはたこパに憧《あこが》れあるの～？ やればいいじゃん、たこ焼きソロパ」

「出たわ。あなたのそういうところ、本当に嫌《きら》い。人数差があればマウントを取れると思ってるんだから、本当おめでたいわ。頭の中にクラッカー詰《つ》まってるんじゃない？」

「わぁ千佳《ちか》ちゃん、クラッカーって言葉知ってんの？ 博識だねえ。使ったことも見たこともないものを知ってるなんて」

「はいはい、出た出た。お得意のマウントが出たわ。たかだかパーティグッズの使用経験でそのはしゃぎよう、お里が知れるわ。何でも『パ』って付けて喜ぶ民族だものね、あなた」

「こいつ……。そういうあんたは、『パ』の楽しみ方を知らないんでしょ。たこパに参加しても、無言でたこ焼き食べてるだけだろうし。もうそれただの食事じゃん。たこ焼きソロパってそういう意味？」

「？ ……たこ焼きパーティ、って、たこ焼きを食べる会でしょう……？ ほかに何かするの

「……？」

「……いや、まぁ、そうなんだけど。うん……、今度いっしょにやろっか……」

「ちょっと！　なに！　はっきり言いなさいな！　何か別の意味があるっていうの……⁉」

顔を付き合わせた途端《とたん》、至近距離《きょり》で激しく言い争っている。

がるるる、と威嚇《いかく》し合う子犬のようだ。

彼女たちの口喧嘩《くちげんか》はラジオ生配信のようで、見ていて楽しい。そばに体育座りしてじっくり見つめていたい。

けれどさすがに自重して、めくるはそっと更衣室《こういしつ》に向かった。

もしかしたら、由美子《ゆみこ》が真っ向から嫌《きら》える相手は、千佳《ちか》だけかもしれない。

本当に嫌《きら》いかどうかは、置いておいて。

歌種《うたたね》やすみというリーダーは、薄氷《はくひょう》の上をふらふら歩くような危なっかしさがある。

心配で目を離《はな》したくないが、めくるはめくるで問題を抱《かか》えていた。

他人の心配をしている場合か？　と言われれば何も言い返せない。

『柚日咲《ゆびさき》さん。事務所に来られる日ってありますか？　ファンからのプレゼントや資料を持ち帰ってほしくて。そのついででいいんですが、ちょっとお話しできますか？』

ある日、マネージャーの成瀬《なるせ》からそんな連絡《れんらく》が来た。今回はひとりで。

そのうち、こんな日がくると思っていた。

きっと、成瀬《なるせ》は見逃《みのが》してくれないだろう、と。

「わかりました。行きます」

耳を塞《ふさ》いでしまいたいけれど、できるはずもない。

めくるは大人しく、ブルークラウンの事務所に足を運んだ。

会議室に通されて待っていると、成瀬《なるせ》が慌《あわ》てて飛び込んでくる。

「お、お待たせしました。すみません、突然《とつぜん》電話が掛《か》かってきまして……」

大して待っていないが、成瀬《なるせ》は申し訳なさそうに頭を下げていた。相変わらず腰《こし》が低い。

しばらく彼女と仕事のやりとりをしていたが、ふっと空気が変わった。

本題のようだ。

「柚日咲《ゆびさき》さんは、あまりオーディションが好きではありませんか?」

微笑《ほほえ》みをたたえながら、成瀬《なるせ》はまっすぐ問いかけてくる。思わず目を背《そむ》けた。

質問の仕方がやさしいようで、厳しい。

相手が年上の大人であることを実感する。

彼女はすべてを見透《みす》かしたうえで尋《たず》ねたのかもしれない。

黙《だま》っていても仕方がないので、答えを口にした。

「……はい、正直に言えば。得意では、ないです」

微妙《びみょう》に言い方を変えても、本質が変わるわけではない。

けれど、はっきりと口にするのは抵抗《ていこう》があった。

成瀬《なるせ》は苦笑《くしょう》しながら、手に持っていたファイルから一枚の用紙を取り出す。

柚日咲《ゆびさき》めくるのプロフィールデータだ。

それを机の上に置き、出演作の欄《らん》に指を向けた。

「柚日咲《ゆびさき》さんは、メインのキャラを演じた経験が少ないですね。アニメにしても、ゲームにしても、オーディションがないサブキャラが多いです。かといって、出演作が少ないわけではないです」

そのとおりだ。

メインキャラが少ない理由は単純で、オーディションに受からないから。

しかし、役を取る方法はオーディションばかりではない。

重要度の高くないキャラクターは、音響監督《おんきょうかんとく》や制作側が伝手《つて》で声を掛《か》けることがある。

めくるは、それで呼ばれることが多かった。

「出演作が配信などの番組をやる場合、柚日咲《ゆびさき》さんは高確率で呼ばれます。柚日咲《ゆびさき》さんのトーク力は声優の中で群を抜《ぬ》いているからです。柚日咲《ゆびさき》さんがいるだけで、番組の安定感がぜんぜん違《ちが》います」

「ありがとうございます」

この流れでは褒《ほ》められている気がしないが、礼を述べておく。

柚日咲《ゆびさき》めくるは、声優としてはぱっとしない。

それでも声優を続けられているのは、ラジオや特番、イベントなどの話術がものを言う仕事が多いからだ。

そういう声優を目指したから。

成瀬《なるせ》はふっと微笑《ほほえ》みを浮《う》かべ、ゆっくりと言葉を繋《つな》げる。

「柚日咲《ゆびさき》さんの担当になってから、いろんな現場をご一緒《いっしょ》しました。わたしなりに、柚日咲《ゆびさき》さんのことを理解したつもりです。わたしは最初、柚日咲《ゆびさき》さんが仕事に対して、そこまで熱量や意欲がない方なのかと思っていました」

やる気がないから受からない。

万全《ばんぜん》に準備をし、時間と努力を積み重ね、そのうえで受からないのがオーディションだ。

どれかを怠《おこた》っているせいで、受かる確率をさらに下げてしまう。

それなら、わかりやすくて簡単な構図だったろう。

「仕事のやり方は人それぞれです。自分のペースでやりたいと言うのなら、話はそこで終わりです。ですが、柚日咲《ゆびさき》さんは違《ちが》いますよね。非常に真面目で、勤勉な方です。アフレコの仕事は当然きっちり仕上げる。ラジオ系統の仕事にも精力的です。意欲はすごくある方だと思いました。お仕事をもらったときも、きちんと喜んでいる」

たとえば、と成瀬《なるせ》は続ける。

思い出したらしく、ふふっと笑った。

「前、ソーシャルゲームの仕事に受かったとき、喜んでいましたね。そっとガッツポーズをして。可愛《かわい》かったです」

「やめてください……」

よく見ている。指摘《してき》されて、顔が赤くなった。

その作品の主人公役は、桜並木《さくらなみき》乙女《おとめ》だったのだ。

イベントがあればいっしょにいられるだろうし、そりゃ拳《こぶし》も握《にぎ》る。

成瀬《なるせ》は表情を戻《もど》し、真面目な声色《こわいろ》で続けた。

「仕事を振《ふ》れば、きちんと応える。だから呼ばれるんです。オーディションいらずの仕事が多い……、それ自体は大変素晴《すば》らしいことです。ですが――、オーディションに必死になれないことを、良しとする理由にはなりません」

「…………」

核心《かくしん》を突《つ》かれる。

口先で否定するのは簡単だったが、それもできなかった。

したところで、成瀬《なるせ》には通用しない。

黙《だま》り込《こ》むめくるに対し、成瀬《なるせ》は淡々《たんたん》と告げた。

「柚日咲《ゆびさき》さんは意欲がある方です。ですが、オーディションのときだけ、気勢をそがれる。あと一歩、必死になれない。実力を出し切れない。それではいけないんです。オーディションに受からないことが悪いのではありません。スタンスの問題です。このままでは——」

成瀬《なるせ》はそこで言葉を止めるが、何を言おうとしたかは見当がつく。

それでも、めくるはすがってしまう。

めくるが望んだ、理想の声優。

『声優を活《い》かす声優』。ラジオでみんなが幸せになる道を、めくるは選んだ。

理想を叶《かな》えれば、こんな苦しみは背負わなくて済むのではないか。

仕事がないわけじゃない。

努力を怠《おこた》っているわけでもない。

その結果は、きちんと返ってきている。

話術を武器として扱《あつか》えている。

これを積み重ねていけば、いずれは理想に辿《たど》り着《つ》けるのではないか。

そう夢を見てしまう。

もちろん、成瀬《なるせ》の言うとおりにめくるが全身全霊《ぜんしんぜんれい》で挑《いど》めば、現状は変わるかもしれない。

成瀬《なるせ》が持ってくるオーディションの話は、よく考えられていた。

めくるの声質や知名度に合わせ、話術を活《い》かす方法も押し出し、きっちりと狙《ねら》いを付けていた。彼女のアドバイスも的を射ている。

『ティアラ☆スターズ』だってそうだ。

時間を掛《か》けて徹底的《てっていてき》に仕込まれ、実際それで役を勝ち取った。

たまたまかもしれないが、久しぶりにメインのキャラを演じられた。

けれど――、あの場に自分がいる違和感《いわかん》は、決して拭《ぬぐ》われることはない。

めくるが考え込んでいると、成瀬《なるせ》はやわらかい声で話を続けた。

「柚日咲《ゆびさき》さん。わたしは、柚日咲《ゆびさき》さんには大きな才能があると思っています。すごい声優になれるはずです。あなたなら……、いずれはブルークラウンの看板を背負うような、だれもが憧《あこが》れる声優にだって。一歩踏《ふ》み出《だ》せば、なれると思うんです」

だれもが憧《あこが》れる声優。

ブルークラウンの看板を背負う声優。

考えるだけで震《ふる》えるような感情が湧《わ》き立《た》つが、その対象は自分ではない。

めくるはめくるに、そんな期待を抱《いだ》いていない。

たとえば、夕暮夕陽《ゆうぐれゆうひ》に向けられた言葉ならば、きっと大きく頷《うなず》いただろうけど。

そのせいで、成瀬《なるせ》の言葉も響《ひび》くことはなかった。

響《ひび》いていないのが伝わったのか、成瀬《なるせ》は少しだけ肩《かた》を落とす。

そのまま、ゆっくりと口にした。

「……吉沢《よしざわ》さんは待ちました。柚日咲《ゆびさき》さんが、きちんと実力を発揮できるようになるまで。けれど、わたしは待てる自信がありません。才能が眠《ねむ》ったままなんて、あまりにもったいないです。柚日咲《ゆびさき》さんも、もう新人ではありません。どうか、それをよく覚えておいてください」

「……わかり、ました」

めくるは力なく、そう答えるしかなかった。


事務所の廊下《ろうか》をとぼとぼ歩く。

めくるの表情はさぞかし暗かっただろう。

目を逸《そ》らしている現実を真正面から突《つ》き付《つ》けられ、意識させられ、自分が悪いことを重々承知だからこそ、その事実に打ちのめされた。気分が底なしに沈《しず》んでいく。

「このままじゃいけないって……、わかってはいるんだけどな……」

ぽつりと呟《つぶや》くも、だれにも届かずに落ちていく。

声優業界は甘くない。甘い世界ではない。

それはわかっているはずなのに、だれよりも甘い行動をしているのは自分だ。

「本当……、どのツラ下げて説教しているんだか」

後輩《こうはい》に偉《えら》そうなことを散々言っておいて、自分はこの始末だ。

いったいどの口が言うんだ、という話である。

「ん……」

偶然《ぐうぜん》、まさしくその後輩《こうはい》を見掛《みか》けた。

廊下《ろうか》の奥から歩いてくるのは、夕暮夕陽《ゆうぐれゆうひ》だ。

何度も見ている制服姿で、長い前髪《まえがみ》がゆらゆらと揺《ゆ》れている。

同じ事務所の声優だし、事務所内で会うことは稀《まれ》にあった。

最近ティアラでよく顔を合わせるので、彼女の姿を見るのはそれほど珍《めずら》しくない。

けれど、それでも見られて嬉《うれ》しかった。

整った顔立ちと意外にも小さな身体《からだ》は、見ているだけで幸せな気持ちになる。

ありがとう、夕暮夕陽《ゆうぐれゆうひ》。少しだけ、元気が出たよ。

「ん」

「……あ。どうも」

廊下《ろうか》をすれ違《ちが》う。

どこかの人懐《ひとなつ》っこくてかわいい子犬のようなギャル（天使）じゃあるまいし、千佳《ちか》はめぐると会っても特別な反応はしない。静かに会釈《えしゃく》をするくらい。

それはそれで、気高い猫《ねこ》のようで美しい。さらりと髪《かみ》が揺《ゆ》れるのが最高だ。眼福だった。

めくるはめくるで淡泊《たんぱく》に、挨拶《あいさつ》ともつかない声を吐《は》き出《だ》すだけ。

めくるが望むような、ドライで踏《ふ》み込《こ》まない関係性だ。

普段《ふだん》なら、それで終わりのはずだった。

「柚日咲《ゆびさき》さん」

呼び止められて、振《ふ》り返《かえ》る。

千佳《ちか》がぱたぱたと駆《か》け寄《よ》ってきた。なに。美人が走るな。心臓に悪い。

「……なに」

浮《うわ》つきそうな心を抑《おさ》えて、怪訝《けげん》そうに言葉を返す。

由美子《ゆみこ》もそうだが、彼女たちが接触《せっしょく》してくるとろくなことがない。

だからこそ警戒《けいかい》しているのだが、千佳《ちか》は気にせずに口を開いた。

「相談《し》に乗ってほしいことがあるんですが」

「はあ？」

頓狂《とんきょう》な声が出てしまう。それも仕方がないと思う。

千佳《ちか》がそんな話を持ち出すのが意外だし、その相手がめくるというのもまた意外だ。

違和感《いわかん》しかない。

嫌《いや》な予感がしたが、とりあえず理由だけでも尋《たず》ねた。

「なんでわたしに。あんた、わたしのこと嫌《きら》いでしょ」

「まぁ苦手ではありますが」

「可愛《かわい》くないな、あんたは……。相談したい相手にそんなこと言う？」

ため息が漏《も》れる。

正直なことは美徳というが、彼女の場合は純粋《じゅんすい》に可愛《かわい》げがない。

そんなポーズは取りつつも、「嫌《きら》い」と訊《き》いたのにわざわざ「苦手」と言《い》い換《か》えたことに内心でにやけそうになる。

嫌《きら》いではないんだ……、そうなんだ……、嫌《きら》われてないんだ……。あ、そう？　えへ。

その一言でぐらついたのは関係なしに、彼女のそんな姿は魅力的《みりょくてき》だ。

千佳《ちか》は由美子《ゆみこ》相手だと感情剥《む》き出《だ》しになるが、ほかの人には静かに話すことが多い。

これがクールで堪《たま》らない。陰《かげ》のある見た目も相まって、すごく格好いい。それに加えて落ち着いた声色《こわいろ》なのが、もう。もう……！　彼女の低音は鼓膜《こまく》を通して全身に響《ひび》く。染《し》み入《い》る。これで実は小柄《こがら》で華奢《きゃしゃ》なのだから、ギャップで殺しにかかっている。なんて罪な子……。存在が罪……。これで子供っぽいところもあるのだからギャップの多段攻撃《こうげき》だ。盛りすぎじゃない？　何回殺す気？　わたしは不死身か？　不死身でも死ぬわこんな子見たら。

そんな感情はおくびにも出さず、表面上はあくまで呆《あき》れた顔を作った。

「わたしのことが苦手なら、相談相手に選ぶな。別の人にすればいいでしょ」

それに、千佳《ちか》はさらりと言葉を返してくる。

「苦手ですが、声優としては尊敬しているので」

「…………」

は？　かわいい。ここで可愛《かわい》げ出すなよ。喜んじゃうでしょ。

しかし、浮《う》かれかけた心は、一瞬《いっしゅん》で冷や水を浴びたようになった。

「柚日咲《ゆびさき》さんは、プロとして徹底《てってい》していますし。そこはすごいと思っていますから」

それは、言われたくない言葉だった。

きっと千佳《ちか》に他意はない。本気でそう思っているのだろう。

もとより、お世辞を言うような子ではない。

だからこそ、刺《さ》さった。

後輩《こうはい》を騙《だま》し、偽《いつわ》りの尊敬を集めていることに、心がガラスで貫《つらぬ》かれたように痛む。

「……そんなことない。そんなこと、ないんだよ。そんなふうに、言ってもらう資格ない」

「？　柚日咲《ゆびさき》さん？」

口の中で呟《つぶや》いたせいで、千佳《ちか》には届かなかったようだ。

めくるは崩《くず》れかけた表情を戻《もど》し、早口で否定の言葉を組み立てる。

「なんだか知らないけど、ほか当たって。わたしはあんたが嫌《きら》い。相談に乗る義理もない」

淡々《たんたん》と告げて、さっさとその場から逃《に》げ出《だ》す。

いつもの自分だ。崩《くず》れてはいない。

大丈夫《だいじょうぶ》。大丈夫《だいじょうぶ》……。

そう言い聞かせていたが、ぐいっと引っ張られた。

千佳《ちか》が、こちらの腕《うで》を掴《つか》んできたのだ。さすがにむっとする。

「なに。もう話は終わったんだけど」

「一方的に終わらせないでください。わたしは、相談したいと言っているんです」

子供か？　人の話をちゃんと聞けよ、面倒《めんどう》くさい。

そんなふうに吐《は》き捨《す》てようとした。けれど、それは叶《かな》わなかった。

強引に、千佳《ちか》に引き寄せられたからだ。

そのまま、ドン、と壁《かべ》に押し付けられる。

千佳《ちか》が壁《かべ》に手を突《つ》き、ぐっと顔を寄せてきた。

「聞いてください」

「？？？？？？？？？？？？？？？？？？？？？？？？？？？？？？？？？？？？？？？？」

なにが起こったの？？？？？？？？？

夕暮夕陽《ゆうぐれゆうひ》に壁《かべ》ドンされてる？？？？？？

千佳《ちか》とめくるは、それほど身長は変わらない。

そのせいで、ほとんど身体《からだ》はくっつき、顔が異常なほどに近くなっていた。

「な、ななな、ななな、なに、ナニ、なにしてんの……!?」

裏返りまくって声量がめちゃくちゃになりながらも、何とか声を発する。

理性が吹《ふ》き飛《と》ぶギリギリで踏《ふ》ん張《ば》っているが、崖《がけ》っぷちに小指だけで身体《からだ》を支えているようなものだ。

頭は真っ白、顔は真っ赤。目はグルグルし始める。

心臓の鼓動《こどう》が大きくなりすぎて、うるさいし痛い。胸が苦しい。死んじゃう。

はああ。はああ。はああ。しゅうう。しゅうう。しゅうう。

うるさい、なんだこの音……、あ、自分の息が荒《あら》くなってるのか……。あぁ……。

一方、千佳《ちか》は平然と答えた。

「柚日咲《ゆびさき》さんに何かお願いしたいなら、こうしろ、ってやすから教わったので」

あ、声がいい……ッ！

そうじゃない、歌種《うたたね》のやつ……！　ありがとう！　じゃない、余計なことを……！

ダメだ、頭が回らない。

だってだって！　目の前に夕暮夕陽《ゆうぐれゆうひ》の顔があるんだもん！

普段《ふだん》の夕姫《ゆうひめ》の姿じゃないけど、このシチュエーションなら、長い前髪《まえがみ》で目が隠《かく》れているほうが合っているというか……。もう王子様じゃん……。というか、夕姫《ゆうひめ》はやっぱり顔がいいですね……。よく美少女って言われませんか……？　美少女で王子様ってこと？　は？

混乱しているうちに、千佳《ちか》が話を進める。

「わたしはあの女みたいに、柚日咲《ゆびさき》さんを上手《うま》く喜ばせる自信はありませんが。それなりに効果があったみたいで、よかったです」

「あわわわわわわ耳元で囁《ささや》くのやめてくだしゃいぃ……！」

あぁダメだ、どうにかなるぅ……！　だれか、とめて、とめてくださぁい……！

頭がふわふわに蕩《とろ》けそうになっているのに、千佳《ちか》はさらに追撃《ついげき》を仕掛《しか》けてくる。

耳元に顔を寄せて、良《い》い声で囁《ささや》くのだ。

「ペペロンチーノ」

意味わからん。

意味わからんけど、腰《こし》が抜《ぬ》けた。

身体中《からだじゅう》から力が抜《ぬ》けて、頭の中がぶちまけられたようだ。

そのままその場に座り込む。

「……さすがに、そこまで喜ばれると引くんですが」

「……もう殺して……」

千佳《ちか》に呆《あき》れたような顔で見下ろされ、羞恥《しゅうち》でどうにかなりそうだった。

なぜ、なぜこんな辱《はずかし》めを……。

尊敬しているんじゃなかったのか……。

このまま消えたい……、と願っていると、千佳《ちか》がしゃがんで目線を合わせてきた。

「それで、柚日咲《ゆびさき》さん。話を聞いてくれる気になりましたか」

千佳《ちか》は由美子《ゆみこ》と違《ちが》い、いたずらにめくるをからかうことはない。

由美子《ゆみこ》の真似《まね》をしてまで、訊《き》きたいことがあるのだろう。

そう考えたおかげで、ようやく「声優の先輩《せんぱい》」のスイッチが入り直した。無理やり入れた。

よろよろと立ち上がる。このままでは、あまりに格好悪い。

長いため息を吐《つ》いて、頭を掻《か》いた。

「……聞くだけ聞いてあげる。なに」

千佳《ちか》は軽く目を見開く。

そのまま、ぼそりと呟《つぶや》いた。

「さすがにそこまで一気に切《き》り替《か》えられると、びっくりするんですが」

「帰る」

「帰しません」

「手を握《にぎ》らないでくださぁい……」

今のは千佳《ちか》が悪いだろうに、抵抗《ていこう》するとどんどん立場が危うくなる気がする……。

由美子《ゆみこ》とはまた違《ちが》った厄介《やっかい》さだ……。

ずいずいと迫《せま》ってくる千佳《ちか》から目を逸《そ》らし、「早く話を進めてよ……」と投《な》げ掛《か》ける。

それで、ようやく千佳《ちか》は頷《うなず》いた。

ぎらりと光る目をこちらに向けて、言葉を紡《つむ》ぐ。

「リーダーについて訊《き》きたいんです。リーダーは何をすべきか、どう動くべきか、何を考えるべきか。リーダーとして相応《ふさわ》しい行動とは、何か。柚日咲《ゆびさき》さんはどう思いますか」

「リーダー、ね」

そんなところだとは思っていたが。

わざわざめくるに尋《たず》ねるあたり、千佳《ちか》も行《い》き詰《づ》まっているのかもしれない。

きっと花火《はなび》には既《すで》に相談し、彼女も手を貸しているんだろう。

帰ったらその話をしてみようか……、と考えながら、千佳《ちか》に言葉を返す。

「羽衣《はごろも》さんのこと？」

「わかるんですか？」

千佳《ちか》は目をぱちくりとさせる。

「あんたのチームなら、問題はその辺りだろうから。想像はつく」

きっと纏《まとい》が何も問題のない人物だったら、千佳《ちか》がめくるを頼《たよ》ることもない。

どうすればいいか、という問いに答えることはできない。纏《まとい》をよく知らないからだ。

だが、その範疇《はんちゅう》でいいのなら、話せることがある。

「羽衣《はごろも》さんをちゃんと見たわけじゃないけど、何かを抱《かか》えてそうなのはわかる。心に引っかかりがあって、力を発揮できないのはよくあることでしょ。あんたが何かしたいっていうのなら、それが何か見極《みきわ》めて、悩《なや》みを下ろす手伝いをすることくらいじゃない？」

言っておいて、まるで自己紹介《じこしょうかい》だな、と笑いたくなる。

抱《かか》えるもののせいで力を発揮できない、なんて。

だけどそれを本人が解決したいと思えないなら、周りからの手は無意味となる。

さすがにそんな自嘲《じちょう》は、口にしないけれど。

「あとは、そうね。あんたは——」

興が乗ったわけではないが、伝えられることは伝えておく。

彼女は、歌種《うたたね》やすみ以上にリーダーという立場に戸惑《とまど》っているだろうから。

千佳《ちか》は無言で聞いていたが、話が終わるときちんと頭を下げてきた。

「ありがとうございます。参考になりました」

ん、と顎《あご》をしゃくる。

千佳《ちか》に素直《すなお》に感謝されると、何ともむず痒《がゆ》い。以前のことがあるだけに。

ただ、夕暮夕陽《ゆうぐれゆうひ》は可愛《かわい》げのない後輩《こうはい》と言えど、噛《か》みついてくることは少ない。

めくるに真っ向から牙《きば》を剝《む》いたのも、本当に数えるくらいだ。

それは、たとえば。

『——外野がぴぃぴぃ言うのやめてくれませんか。何が間違《まちが》いですか。たられぱを語って悦《えつ》に入《い》るなんて、随分《ずいぶん》と品のないことをしますね。先輩面《せんぱいづら》したいなら、事務所通してくれます？』

彼女の相方が、こてんぱんにされたとき、とか。
バチバチに対立したときのことを思い出していると、千佳《ちか》が咳払《せきばら》いをした。
なんだ？　と思って見ると、彼女は視線を彷徨《さまよ》わせている。
全く何気なさを装《よそお》えていない様子で、こう尋《たず》ねてきた。
「時に柚日咲《ゆびさき》さん。……やすは、どうですか。そっちでは上手《うま》くやってるんですか」
――あらまあ。
もしかしたら、彼女はそれが一番知りたいのかもしれない。
彼女たちはライバル同士だ。
同じリーダーという立場だけに、相手がどんな状況《じょうきょう》なのかは気になるはず。
正直に答えるのなら、「あの子も四苦八苦してるよ」とでも言う。
それで、千佳《ちか》も少しはほっとするかもしれない。
けれど、千佳《ちか》には先ほど散々な目に遭わされた。
少しくらい、いじわるもしたくなる。
「そんなの、本人に訊《き》けばいいでしょ。同じクラスだし、ラジオもやってるんだから」
「それができれば、苦労はしません」
千佳《ちか》は、ぷいっと顔を逸《そ》らしてしまう。
そうだろうな、と笑《え》みをこぼしそうになった。かわいい後輩《こうはい》め。

そこでふと、由美子《ゆみこ》のことを思い出す。

由美子《ゆみこ》も千佳《ちか》と同じく、めくるに本気の怒《いか》りを露《あら》わにしたことがあった。

『そういう脇《わき》の甘さがプロじゃないって言ってんの。何なら夕暮《ゆうぐれ》、わたしが写真撮《と》ったげようか。ネットに写真あがるの、好きでしょ？』

『――あ？』

どれだけめくるから罵倒《ばとう》されようとも、彼女はあまり「怒《おこ》る」ことはなかった。

そんな由美子《ゆみこ》が強い怒《いか》りを表したのも、相方を侮辱《ぶじょく》されたときではなかったか。

「……え、なに？　そろそろオープニング終われ？　嫌だね！　もう少しこの話続けたい！」

「いやもういいよ、そんな話すことないよ。飽きてよ」

「うっそ、めくる急に冷たいじゃん⁉　なんだよー、孤立無援かよー」

「そもそもオープニングで話しすぎなんだって。今何分？　十三分⁉　ばかばか、まーたリスナーに配分下手くそって煽られる！　はい、めくると！」

「花火の！」

「『私たち、同期ですけど？』」

「ということで第267回が始まりました、『めくると花火の私たち同期ですけど？』。この番組は、ブルークラウンの同期であるわたしたちふたりが、楽しくおしゃべりをするラジオ番組です」

「はーい……、いや本当オープニングでしゃべりすぎなんだよ。楽しくおしゃべりしすぎだよ。今日あれじゃない？　メールかコーナー、カットになるんじゃない？」

「どっちカットするんです？　あ、カット前提で話しちゃった。……はいはい、コーナー」

「まー、確かに。ただでさえフリートーク盛り上がって、ぜんぜんメール読まないからね」

「すまんな、リスナーのみんな」

「毎週謝ってる気がするな」

「毎週同じ過ちを繰り返してるからね。

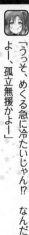

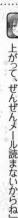

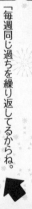

## 第267回
# めくると花火の私たち同期ですけど？

学ばんな。というわけで、一通……。えー、ラジオネーム、〝おっさん顔の高校生〟さんから頂きました。『めくるん、花っち、こんばんは！』」

「はーい、こんばんは」

「『めくるんのツイッターで、〝ティアラ☆スターズ〟のライブのため、みんなでレッスン頑張っている、という投稿がありました。ぜひ、練習時のお話を聞きたいです！』」

「『ティアラ』のラジオに送れば？」

「じゃあこれ転送しときます」

「はい、次のメール……、は可哀想だから話すか。そうだねえ、最近ご飯がおいしいな」

「メールの内容一切聞いてないんだけどこの人」

「いやいや。ほら、練習頑張ってるじゃん？　それでまー、お腹が減って減って」

「あぁ、そういうこと？　なるほ……、いや、結局、『練習時のお話を聞きたいです』って質問無視してるんだけど。まぁいいか……、わたしも最近よく食べるんだけどさー」

「食べてるね」

「ライブ前だからダイエットもしなきゃなんだけど。でも、運動してるじゃん？　結構レッスン頑張ってるのね？　カロリー消費してるからプラマイゼロだろって思うんだけど」

「体重計に乗って悲鳴あげたそうです、この人」

「だって増えるのはおかしいでしょ⁉　ひどいよ！　慈悲がなさすぎる！　運動してご飯も我慢しろってか⁉」

**to be continued……**

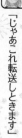

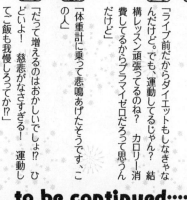

「めぐるや、トイレ行ってくるから待っててくれ」

「いっしょに行ってあげようか？」

「やーん、やさしい～。学生気分満喫《まんきつ》できそうだけど、そんなの御免《ごめん》だから残ってて」

『めぐると花火《はなび》の私たち同期ですけど？』の収録が終わり、「お疲《つか》れ様《さま》でした～」と廊下《ろうか》に出たあと、花火《はなび》とそんなやりとりをする。

花火《はなび》がトイレに向かうのを見送り、めぐるは廊下《ろうか》でぼうっと待っていた。

「お。めぐるちゃんだ。収録終わり？　〝わたうき〟かな」

すると、スウェット姿の女性に声を掛《か》けられた。

放送作家の朝加美玲《あさかみれい》だ。

ぼさぼさの髪《かみ》にノーメイク、額には見慣れた冷えピタが貼《は》ってある。

容姿はめちゃくちゃな彼女だが、作家としては頼《たよ》りになる人だ。

めぐるとの付き合いも長い。

挨拶《あいさつ》を返していると、朝加《あさか》はニコニコしながら口を開いた。

「めぐるちゃん、最近なんだか調子よさそうだねえ」

「そうですか？」

悪印象を与《あた》えない程度に、短く言葉を返す。

朝加《あさか》はやさしく微笑《ほほえ》みながら、答えた。

「そんな感じするよ？　仕事、上手《うま》くいってるのかなって。〝わたうき〟も〝くるメリ〟も良《い》い感じだし。『ティアラ』も大きい仕事みたいだしさ」

「あー……、どうでしょう……」

本心から、微妙《びみょう》な表情を浮《う》かべてしまう。

確かに『ティアラ☆スターズ』は良《い》い仕事だ。大きい仕事だ。

成瀬《なるせ》の手腕《しゅわん》のおかげで、ほかの仕事も増えている。

けれど、依然《いぜん》としてオーディションには受かっていない。問題は抱《かか》えたままだ。

それに、『ティアラ』だって、ラジオで言っているほど気楽でも順調でもない。

そこで、ふと思い立った。朝加《あさか》を見つめる。

「……そういえば、朝加《あさか》さん。歌種《うたたね》はどうですか？　『ティアラ』ではいろいろと苦戦しているみたいなんですが。そっちの番組ではどんな様子ですか」

素直《すなお》に尋《たず》ねると、朝加《あさか》は少しだけ目をぱちくりとさせた。

意外に思ったのかもしれない。

朝加《あさか》のいいところは、ここで何も詮索《せんさく》しないところだ。

めぐるが望むように、訊《き》かれたことだけを答えてくれる。

「そうだねえ。番組内ではもちろん出さないけど、結構いっぱいいっぱいみたい。今やってる別の仕事の現場が大変なことになってたり、進路のこともあったりで。『ティアラ』でもリーダーなんだっけ。わたしもできるかぎりフォローしたいけど、番組の外のことになるとね」

朝加《あさか》は、唸《うな》りながら顎《あご》に手を当てている。

そうか、と思う。

由美子《ゆみこ》にも抱《かか》えているものがたくさんある。

由美子《ゆみこ》は大人に頼《たよ》ることを躊躇《ちゅうちょ》しないし、朝加《あさか》ともプライベートで付き合いがあるから、相談に乗ってもらうこともあるかもしれない。

しかし、朝加《あさか》の言うとおり、番組外では力になれないことも多いだろう。

『ティアラ』に関しては、やっぱり自分がフォローしないと……。

めくるが考え込んでいると、朝加《あさか》が廊下《ろうか》の奥を指差した。

「何なら、コーコーセーラジオの収録観《み》ていく？　今からだけど」

「…………………」

やめてよ、そんな魅力的《みりょくてき》な提案するの……。咄嗟《とっさ》に「行く！」って返事しそうになっちゃった……。

声優のラジオ番組で、ほかの声優が調整室に入ってくる展開は稀《まれ》にある。

朝加《あさか》の言うような見学や、挨拶《あいさつ》だ。

それにパーソナリティが反応することもある。

普段《ふだん》とは違《ちが》う空気感になり、その声優との関係性が垣間見《かいまみ》えて、めくるは大好きな展開だ。

何より、観《み》たい。

コーコーセーラジオの生収録……、生やすやすと生夕姫《ゆうひめ》……。

「いえ。遠慮《えんりょ》しておきます。花火《はなび》もいますし」

鋼《はがね》の意志で断る。

行きたい行きたい行きたぁい！　と叫《さけ》ぶ自分の心を抑《おさ》え付《つ》けて。

それに、朝加《あさか》の話を聞いていると、あまりのんきに構えてられないと思ったのだ。

案の定、爆発《ばくはつ》した。

問題が起こった。

地雷《じらい》を踏《ふ》んだのは、ミントだ。

〝ミラク〟と〝アルタイル〟、初めての合同練習の話である。

自主練を積み重ねた由美子《ゆみこ》とミント、場数を踏《ふ》んでいるめくるは、特に問題なく合同練習を終えられた。

〝ミラク〟で問題があったのは、飾莉《かざり》だけ。

彼女は振《ふ》り付《つ》けを間違《まちが》え、ほかの人にもぶつかりそうになっていた。

初めてのレッスンでは褒《ほ》められていただけに、ミントたちに追《お》い抜《ぬ》かれたのは本人としてもショックだろう。

そこにミントが追い打ちをかけた。

『ま、これが自主練のセイカですよ。御花《おはな》さんももっと練習しないと。バイトが大変、と仰《おっしゃ》っていましたけど、何とかしたらどうですか？　バイトを減らして、時間を作るべきですよ』

以前、その件で一度揉《も》めている。

それは「しょうがない」で済んだ話なのに。

よりによって、このタイミングでミントが蒸《む》し返《かえ》してしまった。

『ごめんねぇ、ミントちゃん。親は頼《たよ》れないんだ〜。うち、貧乏《びんぼう》だから。声優目指すって言ったときも、めちゃくちゃキレられたし〜。ほとんど勘当《かんどう》……、あー、もう親子じゃない、みたいな。貧乏人《びんぼうにん》が夢を追うなんて不愉快《ふゆかい》かもしれないけど、そこは許してほしいかなあ』

最悪な空気のまま、飾莉《かざり》は「バイトがある」とレッスンルームから出て行ってしまった。

由美子《ゆみこ》が青い顔で飾莉《かざり》を追う。

失言によってダメージを受けたミントを置いて、めくるもふたりを追いかけた。

廊下《ろうか》で彼女たちは何やら話し込んでいたが、飾莉《かざり》はひとりで立ち去ってしまう。

由美子《ゆみこ》の表情を見るに、とても解決したとは思えない。

手を伸《の》ばす由美子《ゆみこ》を制して、めくるは廊下《ろうか》を駆《か》けた。

「めくるちゃん」

「ついてくるな。ややこしくなる」

由美子《ゆみこ》では逆効果だ。きっと飾莉《かざり》は話を聞かない。自分が行くしかなかった。

素直《すなお》に由美子《ゆみこ》は足を止めたので、めくるは飾莉《かざり》の元へ向かう。

「御花《おはな》」

飾莉《かざり》に追いついて声を掛《か》けた。

飾莉《かざり》はその場に立ち止まってくれたので、ひとまず安堵《あんど》する。

けれど彼女はこちらに背を向けたまま、返事をしない。

しかし、その肩《かた》が震《ふる》えていた。少しずつ姿勢が前のめりになっていく。

やがて、彼女は気持ちを爆発《ばくはつ》させた。

「は、腹立つぅ～……ッ！　なんなんだよ、めんどくさいぃ……！　バイトもしたことない、実家暮らしのお子ちゃまのくせにぃ……ッ！」

「…………」

押し殺した声で、呪詛《じゅそ》を振《ふ》りまいている。感情を吐《は》き出《だ》していた。

こんな飾莉《かざり》は初めてだ。それを見て、めくるはぽかんとしてしまった。

けれど、しばらくしてからふっと息を吐《は》く。

飾莉《かざり》はすぐさま咎《とが》めるような視線を向けてきた。

「なんですか、柚日咲《ゆびさき》さん」

「いや。思ったより大丈夫《だいじょうぶ》そうで安心した」

「はあ？　大丈夫《だいじょうぶ》じゃないです。めちゃくちゃムカついてますけどお」

嫌《いや》そうに顔を顰《しか》めている。こんな表情は、あのふたりには見せないだろう。

だからこそ、めくるに晒《さら》している。

歌種《うたたね》やすみを嫌《きら》う、めくるにだから。

自分が来てよかったな、とめくるは改めて思った。

はあー、と大きく息を吐《は》いて、飾莉《かざり》は髪《かみ》をかき上げる。

「やっぱりわたし、あのふたり嫌《きら》いです。ぬくぬく育ててもらってるくせに、あんな偉《えら》そうに。わたしだって、自主練したいけど生活カツカツだから、バイトしてるだけなのに。年下にあんなこと……。なんで、なんでこんな惨《みじ》めな思いしなきゃいけないんですか……」

言っているうちに辛《つら》くなってきたのか、飾莉《かざり》の目にじわりと涙《なみだ》が浮《う》かぶ。

先ほどのような怒《いか》りではなく、違《ちが》う感情で声が震《ふる》えていた。

それを見られるのは不本意のようで、こちらに背を向ける。

ぐしぐしと袖《そで》で涙《なみだ》を拭《ぬぐ》っていた。

めくるはため息を吐《つ》いて、その背中に声を掛《か》ける。

「御花《おはな》。あんた、さっきバイトって言ってたけど、すぐ？」

「……出ていくための口実ですけどお。バイトはありますけど、もうちょっとあとです」

「じゃあ晩ご飯付き合え。それくらいなら奢《おご》ったげるから」

めくるの言葉に、飾莉《かざり》は「むっ……」と声を上げる。

おそるおそる振《ふ》り返《かえ》るが、その表情には葛藤《かっとう》や躊躇《ためら》いが大きく表れていた。

「ご、ご馳走《ちそう》してくれるんですか……」

「まあ。わたしが指定する店でいいなら」

「……で、でもでも。これでわたしがついていったら、食べ物につられた、というか、奢《おご》ってもらえるからついてく、みたいになるじゃないですか～……」

まごまごと指を絡《から》めながら、小さな声で物申す飾莉《かざり》。

別に構わないと思うが。

変なところを気にする子だ。

それとも、彼女なりの美学や基準があるんだろうか。

それに付き合う義理はないので、めくるはそっけなく言葉を返す。

「先輩《せんぱい》が後輩《こうはい》に奢《おご》るんだから、別におかしくはないでしょ。いいなら行くよ」

先導してさっさと歩き出す。

飾莉《かざり》は迷っていたようだが、おずおずといった具合についてきた。

着替《きが》えてからビルを出たあと、しばらく黙《だま》って街の中を歩く。

先ほどのこともあって気まずいのかもしれない。飾莉《かざり》は口調を戻《もど》し、こちらを窺《うかが》うように口を開いた。

「柚日咲《ゆびさき》さんがこんなことしてくれるの、意外です〜。ほかの声優と、あんまり交流しないって聞いてましたし」

「合ってるよ。今だって、あんたが一年目だからってだけ。そうじゃなければ、ご飯なんて誘《さそ》わない」

「はぁ……。まっさらな新人には、やさしくしてくれるってことですかね……？」

そうじゃない。

まだ御花飾莉《おはなかざり》に対して、声優であると認識《にんしき》できていないだけだ。

今はよくても、飾莉《かざり》が仕事を積み重ねていけば、声優として好きになってしまう可能性がある。そうなれば、壁《かべ》を作らなきゃ耐《た》えられない。いっしょにご飯なんてもってのほかだ。

後々の保身を考えるならば、今だって交流は避《さ》けたい。

けれど、リーダーのフォローはしないとダメだろう。

もちろんそれらを伝えることはなく、黙《だま》って目的地に向かった。

飾莉《かざり》を連れて行ったのは、花火《はなび》と頻繁《ひんぱん》に通っていた定食屋だ。

最近はあまり行かなくなってしまったが、味のある古びた店構えにほっとする。

「いらっしゃいませー。お、めくるちゃん！　久しぶりだねえ」

扉《とびら》を開けると、おばちゃんが笑顔《えがお》を見せてくれた。

「ご無沙汰《ぶさた》してます。ふたり、いいですか？」

「はいはい、好きなところ座って！　今日は……、後輩《こうはい》の子？　花火《はなび》ちゃん、この前もふらっと来てくれたよ～。またふたりでも来てね」

「はい。また来ます」

軽く言葉を交《か》わしている最中、飾莉《かざり》は所在なさげにしていた。

話が自分に向いたときだけ、おどおどと頭を下げる。

ふたりでテーブル席に座っても、飾莉《かざり》はきょろきょろ辺りを見回していた。

「ここ、安くておいしくて量も多いから。カツだったらここ以上の店はないよ。花……、同期が、お金ないときはよくお世話になってた。スタジオ近くにあるこういう店、ピックアップしておくから。あ、量食べる自信ないなら小盛にしときな」

「は、はい」

こういう定食屋は馴染《なじ》みがないのか、さっきから落ち着きがない。

そんな姿は十代の女の子、といった感じで可愛《かわい》げがあると言えなくもない。

飾莉《かざり》にいろんなお店を教えているうちに、トンカツ定食がふたりの前に並ぶ。

飾莉《かざり》は迷っていたようだが、結局並盛にした。めくるは小盛だ。

飾莉《かざり》はそろそろとカツを一口かじると、目を見開き、せっせとご飯を詰《つ》め込《こ》み始める。

「おいしかったです……」

「それはよかった」

食べ終えて温かいお茶を飲んでいると、ようやく飾莉《かざり》も落ち着いてきたようだ。

彼女は改めて空になった食器を見つめ、メモを入力したスマホを机に置いた。

畏《かしこ》まった様子で深く頭を下げる。

「ご馳走様《ちそうさま》でした。それとお店もありがとうございます。このご恩は忘れません」

「大袈裟《おおげさ》」

下手な冗談《じょうだん》だ、とめくるは鼻を鳴らす。

しかし、飾莉《かざり》は「いや本当に」と顔を上げる。そこに戯《たわむ》れの色はない。

「いや、大した額じゃないし……」

むしろ、めくるのほうが戸惑《とまど》ってしまう。

もしかしたら、飾莉《かざり》はこちらの想像よりも困窮《こんきゅう》しているのかもしれない。

それならば、ミントや由美子《ゆみこ》にあれだけキレていたのも納得《なっとく》がいくけれど……。

お店は教えるだけ教えて、もっと高いもの食べさせてあげればよかったかな……。

思わず考え込んでいるうちに、飾莉《かざり》は調子を戻《もど》していた。

「いやぁ、すごくお腹《なか》いっぱいになりました～」

そんなふうに、ゆるやかな笑《え》みを浮《う》かべている。

そこからぽつぽつと会話をしていると、飾莉《かざり》は上目遣《うわめづか》いでこちらを窺《うかが》ってきた。

「あの～、柚日咲《ゆびさき》さん。愚痴《ぐち》ってもいいですか？」

「今日だけね」

「今日だけですか～？」と飾莉は笑う。

けれど、やわらかい笑顔《えがお》は薄《うす》い微笑《ほほえ》みに変わり、彼女はすっと目を細めた。

「やっぱりあたしは、納得《なっとく》できないんですよね～」

「歌種《うたたね》がリーダーやってることが？」

「そうじゃないです～。あぁいや、そうかもしれません。あたしが納得《なっとく》できないのは、やすみちゃんが普通《ふつう》に声優やってることですかね」

お茶をずず……、と啜《すす》ってから、穏《おだ》やかじゃないことを言う。

のんびりとした口調で、飾莉《かざり》は淡々《たんたん》と続けた。

「夕暮《ゆうぐれ》さんも、ミントちゃんも同じです。あの子たちが声優を続けているのを見ると、う～ん？　って首を傾《かし》げちゃいます」

「なんで」

「それは、柚日咲《ゆびさき》さんがよくわかってるんじゃないですか～？」

話の内容にそぐわない、嬉《うれ》しそうな笑《え》みを浮《う》かべる。

あえて答えないでいると、飾莉《かざり》は笑顔《えがお》のまま語った。

「あの三人は、失敗しました。ミントちゃんは子役がダメだったから声優業界に来ただけですし、あのふたりが何をやらかしたかは言うまでもないですね。裏営業疑惑《ぎわく》の一件です」

だろうな、と思う。

不貞腐《ふてくさ》れているだけの文句かと思いきや、飾莉《かざり》にも思うところがあるらしい。

湯呑《ゆのみ》に目を落としながら、呟《つぶや》く。

「声優志望は言うに及《およ》ばず、事務所に所属している声優だけでもどれだけいると思います？　声優になるためにバカみたいな倍率を勝《か》ち抜《ぬ》いたのに、ここからさらに、少ない椅子《いす》を取り合わないといけない。後ろが詰《つ》まってるんです。失敗した人が戻《もど》ってくるスペースなんてないですよ。ここはもういっぱいです！　って言いたいですね〜」

飾莉《かざり》は手で小さくバッテンを作ってみせる。

彼女の言うように、椅子《いす》の数は本当に少ない。

昔に比べて作品数は増えたと言っても、それ以上に声優の数も今や膨大《ぼうだい》だ。

さらに多くの仕事が、実績と知名度がある声優に任される。

志望者や声優の数が異常に多いのに対し、圧倒的《あっとうてき》にチャンスが少ない。

それはずっと、問題視されていることであった。

だから、まっさらな新人の飾莉《かざり》は、「いや順番譲《ゆず》ってよ」と反感を持つのかもしれない。

「…………」

飾莉《かざり》は、失敗を犯《おか》した三人を批難している。

めぐるには何も言っていない。

けれど、飾莉《かざり》が本当のめぐるを知れば、めぐるを見る目はきっと変わる。

オーディションで力を発揮できず、椅子《いす》の周りでモタモタするめぐるに、飾莉《かざり》はどんな目を向けるだろうか。

自分が受かるよりも、ほかの人が活躍《かつやく》するほうが嬉《うれ》しい、と本気で思ってしまうめぐるに。

きっと軽蔑《けいべつ》し、こんなふうに食事についてくることもない。

痛い。

彼女に説教を垂れる前に、やるべきことがあるのではないか。

そんな胸の痛みに耐《た》えていると、飾莉《かざり》の双眸《そうぼう》がこちらを覗《のぞ》いていた。

考えを読まれたのかと思ったが、そうではないらしい。

にっこりと微笑《ほほえ》んで、飾莉《かざり》は続ける。

「聞きましたよ。柚日咲《ゆびさき》さんも、あのふたりには業《ごう》を煮《に》やしているって。やすみちゃんと夕暮《ゆうぐれ》さんに、随分《ずいぶん》とキツく当たっていたらしいじゃないですか」

「……だれから聞いたの？」

「事務所の先輩《せんぱい》から～。あの裏営業疑惑《ぎわく》で、あの子たちは間違《まちが》いを犯《おか》した。ファンを裏切った。やってはならないことをした。だから、嫌《きら》っていると」

めぐるは頭の中で、噂《うわさ》の出所を考える。

けれど、すぐに諦《あきら》めた。言《い》い触《ふ》らしたわけではないが、殊更《ことさら》気を付けて由美子《ゆみこ》たちと接したわけではない。聞いている人もいただろうし、その人が口を滑《すべ》らせることもあるだろう。

それに、まぎれもない事実だ。

柚日咲《ゆびさき》めくるは、歌種《うたたね》やすみと夕暮夕陽《ゆうぐれゆうひ》を許してはいない。

それは、今でもだ。

そこにシンパシーを感じて、飾莉《かざり》はめくるに好感を持っているのかもしれない。

しかし、言っておくべきことがある。

「まずひとつ、忠告。真偽《しんぎ》がわからない噂話《うわさばなし》を信じない。大抵嘘《たいていうそ》っぱちだから」

「わかってますよぅ。だから直接訊《き》いてるじゃないですか。本当なんでしょう？」

首を傾《かし》げ、目を細める飾莉《かざり》。

正直に答えるか迷っていると、飾莉《かざり》はそのまま歌うように続けた。

「わたしもどうかと思いますよ。間違《まちが》いを犯《おか》したんだから、許されるのは変です。そういう時代じゃないですか。そうは思いませんか？　思ってるんですよね、柚日咲《ゆびさき》さんは。だからやすみちゃんたちを嫌《きら》っている。わたしのように。柚日咲《ゆびさき》さんも、同じなんでしょう？」

そのとおりだ。

そう言ってしまえば、この話は終わりだ。飾莉《かざり》は納得《なっとく》する。それでいいかもしれない。

余計なことは言うべきじゃない。

……そう思っているはずなのに。

どうしても、我慢《がまん》できなかった。

「……御花《おはな》。これからする話は絶対に、だれにも言うな」

そう前置きすると、飾莉《かざり》は笑《え》みを深くする。

飾莉《かざり》が望むような、罵詈雑言《ばりぞうごん》が飛び出してくると思ったのかもしれない。

その目から逃《のが》れるように、めくるは視線をテーブルに落とした。

「歌種《うたたね》も夕暮《ゆうぐれ》も、許されないことをしたよ。わたしだって、最初は本当に許せなかった。だからこそ、わざわざあの子らに物申したんだ」

あのときの怒《いか》りは、柚日咲《ゆびさき》めくるとしても、藤井杏奈《ふじいあんな》としても本物だった。

先輩《せんぱい》として忠告せずにはいられなかったし、ファンとして嘆《なげ》いた。

彼女たちの失敗と選択《せんたく》は、今でも間違《まちが》っていると言い切れる。

けれど、彼女たちはけじめをつけにいった。

ファンはそれを見届けた。

そのことについて――、とやかく言う権利はだれにもないはずだ。

「だけど、あの子たちは代償《だいしょう》を払《はら》った。間違《まちが》いを理解して謝って、ファンを失って、それでも最初から進むことを決めたの。禊《みそぎ》は済んだ。あのことに文句を言っていいのは、以前からのファンだけ。あんたが石を投げていい理由にはならない」

飾莉《かざり》の目を見ながら、まっすぐに伝える。

飾莉《かざり》の目が大きく開く。動揺《どうよう》が瞳《ひとみ》を揺《ゆ》れ動《うご》かした。

彼女は前のめりになりながら、早口で言葉を並べ始める。

「ま、待ってくださいよ。それなら、それなら……、柚日咲《ゆびさき》さんだって同じじゃないですか。柚日咲《ゆびさき》さんだって、これ以上文句を言うべきじゃない。でも、柚日咲《ゆびさき》さんは許してないんでしょう？　まだ、怒《おこ》ってるって……」

「そうだよ。わたしは許してない。でも今となっては、歌種《うたたね》たちが、『いつまで引きずってるんですか』って言ったら、この話は終わる。……あの子たちは、言わないけどね」

彼女たちが「禊《みそぎ》は済んだ」と思っているなら、話はまた違《ちが》ったかもしれない。

けれど、あのふたりは胸に抱《かか》えると決めている。

だから、めぐるも同じように手に持つだけだ。

飾莉《かざり》は、意味がわからない、とばかりに首を振《ふ》った。

「何を言ってるんですか……？」

「わたしはあのふたりに対して、許していない、怒《おこ》ってるってポーズを作ってるだけ。本気で怒《おこ》ってるわけじゃない」

「なんですか、それ……。何のために……？」

飾莉《かざり》の顔が、さらに困惑《こんわく》の色を強める。

彼女がここまで表情を変えるのを、初めて見るかもしれない。

めくるはもう一度、「絶対言うなよ」と念押ししてから、続きを口にした。

「歌種《うたたね》も夕暮《ゆうぐれ》も、同じ間違《まちが》いは犯《おか》さないと思うけど……。あのふたりは向こう見ずなところがあるから。特に歌種《うたたね》は視野が狭《せま》くなるし、危なっかしくて仕方ない。――もしかしたら、何かの選択《せんたく》を迫《せま》られたとき。大きな過《あやま》ちを、ラインを越《こ》えてしまうことがあるかもしれない。だけど、そばでぐちぐち昔のことを言ってる奴《やつ》がいたら、踏《ふ》み留《とど》まるかもしれないでしょ」

あのふたりを信頼《しんらい》してないわけじゃない。

でも同じくらい、不安なのだ。

だれかのために、すべてを台無しにすることがあるかもしれない。

もう二度と、あんなふうになってほしくない。

踏《ふ》み留《とど》まってほしい。選択肢《せんたくし》を探してほしい。

自分を犠牲《ぎせい》にすることを、最善だと思わないでほしい。

そんな願いを込《こ》めて、めくるはいつまでも嫌《いや》な先輩《せんぱい》として文句を言い続けている。

けれど、それは到底《とうてい》理解できる話ではなかったらしい。

飾莉《かざり》はこちらに、おかしなものを見るような目を向けた。

「そんなことで、柚日咲《ゆびさき》さんは嫌《きら》われ役をしているんですか……？　何の得もないのに……？　そんなこと、あるかどうかもわからないのに……？」

「そうなるかもね」

「なんで……？」

「先輩《せんぱい》だからじゃないの。あんたにご飯奢《おご》るのと同じ。現場で後輩《こうはい》を叱《しか》るのと同じ。仕事の姿勢について指摘《してき》するのと同じ。そうしたところで先輩《せんぱい》に得はないし、嫌《きら》われるかもだけど、そういうもんでしょ」

後輩《こうはい》から嫌《きら》われるのも、先輩《せんぱい》の役目だろう、と。

もっともらしいことを言ったが、めくるは嘘《うそ》を吐《つ》いた。

結局のところ、あのふたりのことが可愛《かわい》くて仕方がないのだろう。

それは、藤井《ふじい》杏奈《あんな》としてではなく、柚日咲《ゆびさき》めくるとして。

だから、何かしてあげたくなるだけ。

多少は腑《ふ》に落ちたようだが、それでも飾莉《かざり》は不本意そうにしている。

繋《つな》げるつもりはなかったが、ユニットのことに話を戻《もど》した。

「歌種《うたたね》だって、本当は御花《おはな》にあんなこと言いたくないと思う。あの子だって嫌《きら》われ役だよ。でも、だれかがやらないと成り立たないでしょ。あんたが歌種《うたたね》を嫌《きら》うのは勝手だけど、少しは歩み寄ってもいいんじゃないの」

飾莉《かざり》は途端《とたん》に面白《おもしろ》くなさそうにする。

「結局、お説教じゃないですか～……」と唇《くちびる》を尖《とが》らせた。

しかしそのあと、空になった皿に視線を向ける。

嘆息《たんそく》してから、ゆるゆると「まぁ、柚日咲《ゆびさき》さんにはご馳走《ちそう》になりましたし……」と言葉を絞《しぼ》り出《だ》していた。

余計な一言かもしれないが、めくるは特に何も考えずに口を開く。

「それに御花《おはな》。あんた、ぐちぐち言ってる割に歌種《うたたね》のこと嫌《きら》いになれないでしょ」

「は、はぁ⁉」

途端《とたん》、飾莉《かざり》は裏返った声を上げる。

赤い顔をして、前のめりになった。

「へ、変なこと言わないでください。だれが好きになるものですか、あんな人」

「好き、とまでは言ってないけど。なに、もうそこまでいっちゃったの？」

「い、いってないですぅ、言葉の綾《あや》ですぅ」

こちらに噛《か》みつかんばかりに、飾莉《かざり》は牙《きば》を剝《む》く。

そんな彼女を受け流すように、めくるは目を逸《そ》らして続きを口にした。

「自分に好意を持った人間は嫌《きら》いづらい、とは言うけど。そういうタイプなのかな、歌種《うたたね》は……。ま、あんたが一生懸命《いっしょうけんめい》嫌《きら》いになろうとするのを、横で見てるよ」

あるいは、それは自嘲《じちょう》だったのかもしれない。

かつての自分はそうだったけれど、今となってはすっかり腑抜《ふぬ》けにされた。

それの照《て》れ隠《かく》しで、からかうようなことを言ってしまった。

飾莉《かざり》はさらに顔を赤くさせると、こちらをキッと睨《にら》み付《つ》けてくる。むず痒《がゆ》そうに唇《くちびる》をうにうに動かしながら。


このとき、めくるが飾莉《かざり》に言《い》い含《ふく》めたから。

そんなふうに胸を張るつもりはないが、多少は効果があったんじゃないかと思う。

飾莉《かざり》の態度に、以前ほどの露骨《ろこつ》さはなくなっていた。

ある程度は、上手《うま》くいき始めた。

何より大きかったのは、由美子《ゆみこ》が声を掛《か》けて集まった、お祭りでの親睦会《しんぼくかい》だ。

そこで双葉《ふたば》ミントの持つ悩《なや》み、胸中をメンバー全員が知った。

『ミントちゃんは子役として失敗したから、声優業界に来ただけ』と言っていた飾莉《かざり》にとって、ミントが洗いざらい話したことは相当な意味を持ったと思う。

それからは雰囲気《ふんいき》も悪くなく、飾莉《かざり》もほかのメンバーに心を開き始めていた。

けれど、そこにやってきたミントの不調。

彼女はしばらくレッスンを休むことが決まった。

きっと飾莉《かざり》は、ミントが可愛《かわい》くなっていたんだと思う。ほだされていたはずだ。

『わたしは。やすみちゃんを責めてるんだけど』

だからこそ、ミントの不調を見逃《みのが》した由美子《ゆみこ》を責め立てた。

先ほど、ミントは病院に連れて行かれた。

そのあとでの騒動《そうどう》。

空気が冷え切ったレッスンルームで、めくるは迷う。

呆然《ぼうぜん》としている由美子《ゆみこ》を置いて、飾莉《かざり》が部屋から出て行ってしまったからだ。

「………………」

由美子《ゆみこ》を置いていくのは心配だが、飾莉《かざり》を放っておくわけにもいかない。

「こっちはわたしが話をつけるから」

あとで戻《もど》ってこよう、と決めて、まずは飾莉《かざり》を追いかけた。

飾莉《かざり》は、人気《ひとけ》のない廊下《ろうか》を大股《おおまた》で歩いている。

「御花《おはな》！」

背中に声を掛《か》けても、彼女は立ち止まらない。

舌打ちしたいのを堪《こら》えながら、飾莉《かざり》の腕《うで》を摑《つか》んだ。

思ったより力が強く、振《ふ》りほどかれそうになる。

「御花《おはな》」

再び名前を呼ぶと、飾莉《かざり》は振《ふ》り返《かえ》った。

目に涙《なみだ》を浮《う》かべて、こちらをキッと睨《にら》み付《つ》けてくる。

こちらが引かないのを察してか、険のある声を投げつけてきた。

「柚日咲《ゆびさき》さん、わたし、何か間違《まちが》ったことを言いましたか。だから追いかけてきたんですか。わたしにも説教しますか？」

「頭冷やせっての。あんたがカッカしたところで、何かが変わるわけでもないでしょうが」

そう言うと、ようやく彼女の手から力が抜《ぬ》ける。

飾莉《かざり》は悔《くや》しそうに唇《くちびる》を噛《か》んでいた。

子供に言い聞かせるように、めくるは言葉を続ける。

「それは、歌種《うたたね》に当たっても同じ。意味がない。ミントちゃんのことを思うなら、やるべきことはほかにあるでしょ」

飾莉《かざり》の目が泳ぐ。

けれど、その目がギュッと閉じられた。呻《うめ》くように口を開く。

「……でも、わたしは。やっぱり、あの人は間違《まちが》っていると思いました。柚日咲《ゆびさき》さんの言うとおりです。向こう見ずで、視野が狭《せま》くて、危なっかしい。だからこんな間違《まちが》いを犯《おか》した。夕暮《ゆうぐれ》夕陽《ゆうひ》にこだわったからです。わたしは、納得《なっとく》できません」

「それは……」

口を開きかけて、閉じた。

飾莉《かざり》に言い聞かせることはできる。その材料はある。納得《なっとく》させられるかもしれない。

だけどそれは、自分がすべきではない。

リーダー、歌種《うたたね》やすみが自分で見つけ、飾莉《かざり》に語り、それで解決すべき問題だ。

何せ、次のライブはともかく、九月のライブではユニットも別れてしまう。

ただでさえ、桜並木《さくらなみき》乙女《おとめ》率いる〝アルフェッカ〟とぶつかり合うという、無茶な要求をされているのだ。

ここで手を貸すのは、むしろ余計な手出しになってしまう。

「……あの子はちゃんとみんなを導くよ。確かに今回トラブルはあったけど、致命傷《ちめいしょう》ってわけじゃない。乗《の》り越《こ》えられる。その答えをリーダーが持ってくる。あんたがすることは、それを待つこと。わかった？」

飾莉《かざり》は、こちらをじっと見つめてくる。

何か言いたげではあったが、矛《ほこ》を収める気にはなったらしい。

深呼吸すると、ゆっくりとした口調で言葉を並べた。

「柚日咲《ゆびさき》さんがそう言うなら、いいですけど～。あたし、どうなっても知りませんよ～。さっさと見限ったほうが、これからのためだと思いますけどね～」

憎《にく》まれ口《ぐち》を叩《たた》くものの、これ以上は事を荒立《あらだ》てる気もないようだ。

そのまま、飾莉《かざり》は更衣《こうい》室《しつ》に向かった。

またご飯を食べさせて落ち着かせたいところだが、飾莉《かざり》だけを構うわけにもいかない。

めくるは踵《きびす》を返《かえ》して、レッスンルームに戻《もど》った。

「ったく……、世話焼かせるなあ、がきんちょどもは……」

いくら年長者とはいえ、ここまで手を焼かされるとは。思わず天井《てんじょう》を仰《あお》ぐ。

面倒《めんどう》くさい、と投げ出したいところだが、そうもいかない。

由美子《ゆみこ》は由美子《ゆみこ》で、メンタルはそれほど強くない子だ。

だからフォローしないと……、とめくるが扉《とびら》を開けて、その光景に胸がきゅっとなる。

由美子《ゆみこ》は、壁《かべ》に背を預けて体育座りをしていた。

それまで顔を伏《ふ》せていたらしく、めくるが戻《もど》ってくると同時に顔を上げる。

明らかに泣いた跡《あと》。

しょんぼりとした表情。

ああ、何か声を掛《か》けないと……。こういうときは、まず、うわあああああああああああへこんでるやすやすかわいい――――――――――――ッ！

アッ！　ダメ！　そんな顔しないで……！　濡《ぬ》れた瞳《ひとみ》で見ないで！　だーめだって、そんなの！　庇護欲《ひごよく》がすごくなっちゃうでしょうが……！　いやこれは母性……？　きゅうん！　ってしちゃう……、キュンって……。ぎゅっとしたい……。すき……。

いやいや、そういう空気じゃないだろうが。

めちゃくちゃ真面目な空気だ。ときめいている場合ではない。抑《おさ》えろ。

「歌種《うたたね》」

なんとか持ち直して、普通《ふつう》に声を掛《か》けた。

いや、よく持ち直したよ、今の状況《じょうきょう》で。涙目《なみだめ》のやすやすを相手にさ。世が世ならスタンディングオベーションだよ。ファインプレイだよ。頑張《がんば》った頑張《がんば》った。

「めくるちゃん……」

あ――――――――――！　ダメ――――――――――！

涙声《なみだごえ》で人の名前呼ばないで！　ばか！　狂《くる》う、狂《くる》う！　今、庇護《ひご》欲《よく》と母性が膨《ふく》れ上《あ》がって大変なことになってるんだって！　ねー、罪作りすぎない？　なにこの子？　天使だよ！

感情がドッカンドッカンとなりつつも、何とかぐっと堪《こら》えた。

落ち込む姿に興奮されていると知れば、さすがの由美子《ゆみこ》でもドン引きだ。

呼吸を整えて、飾莉《かざり》は心配ないことを伝えた。

心ばかりの励《はげ》ましの声も掛《か》けた。

そのくらいにして、ほどほどで退出する。

それ以上は語るべきではないと判断した――、というのは、まぁ建前で。

このままへこんだやすやすといっしょにいると、どうにかなりそうだったからだ。

扉《とびら》を閉めて、両手で顔を覆《おお》う。

「あーもー……、こういうのよくない……、よくないよー……」

へこんだ後輩《こうはい》を見てきゅんきゅんするなんて、なんてひどい先輩《せんぱい》だろうか。


それから由美子《ゆみこ》は、きちんと答えを持ち帰ってきた。

彼女が修学旅行から帰ってきたあとのレッスンで、由美子《ゆみこ》は正直な気持ちをユニットのメンバーに伝えた。

飾莉《かざり》もミントも、その答えをまっすぐに受け取った。

何度も躓《つまず》き、バラバラになりかけた〝ミラク〟だったが、ようやく一丸となれたと思う。

それからの練習は、ごくごく平和だった。

飾莉《かざり》も自主練を増やしていたし、ミントも無理はせずに練習に励《はげ》んでいた。

由美子《ゆみこ》は由美子《ゆみこ》で、あの一件で変化があったらしい。

たとえば、ある日のレッスン中。

休憩《きゅうけい》に入った途端《とたん》にこんなことを言い出した。

「あ、そうだ。飾莉《かざり》ちゃん、今日うちにご飯食べに来る？」

「はあ？　なんで」

突然《とつぜん》すぎる提案に仮面をかぶるのも忘れ、怪訝《けげん》な表情を出してしまう飾莉《かざり》。

それを流して、由美子《ゆみこ》は話を続けた。

「や、前に生活がしんどいって言ってたじゃん。あんまりちゃんとしたもの食べてないんじゃないかと思って。飾莉《かざり》ちゃん、自炊《じすい》しなさそうだし」

「失礼だなぁ……、まぁしないけどお。それで、ご飯食べに来いって〜？」

「そういうこと。うち、夜は親いないし。食べたいものあったら作るけど」

「…………」

めくるは離《はな》れた場所で、それを眺《なが》めていた。

相変わらず、不思議な距離《きょり》の詰《つ》め方をする子だ。

普通《ふつう》、あんだけボロカスに言ってきた相手を家に誘《さそ》うか？

しかも、手料理まで振《ふ》る舞《ま》うなんて。

飾莉《かざり》は飾莉《かざり》で、あの一件以来、多少は本音を晒《さら》すようにしたらしい。

なので、その誘《さそ》いも「行くわけないじゃ〜ん」と断るものかと思ったが……。

「……行くぅ〜」

渋々《しぶしぶ》といった様子で、頷《うなず》いている。

あれは気を遣《つか》ったんじゃなく、単に家庭料理につられたんだろう。

わかる。やすやすの手料理、食べたい。

いや、やっぱ無理かも。胸が詰《つ》まって入らなそう。

「こら──！　ミントちゃん！　ちゃんと休む！　水飲みなさい！」

そんな会話をしていたふたりだが、突然《とつぜん》、由美子《ゆみこ》が声を上げた。

ビクッとして動きを止めたのは、スマホで振《ふ》り付《つ》けを確認《かくにん》していたミントだ。

確かにさっきから、視界の端《はし》でぱたぱたと足を動かしていた。

ミントは唇《くちびる》を尖《とが》らせながら、ぷいっとそっぽを向く。

「ちょっと確認《かくにん》してただけですし……。というか、その言い方、嫌《きら》いです。子供扱《こどもあつか》いしないでください」

「子供扱《こどもあつか》いされたくなかったら、叱《しか》られるような行動しない。次言うこと聞かなかったら、帰ってもらうからね」

それこそお母さんのように、腰《こし》に手を当てて怒《おこ》る由美子《ゆみこ》。

まだミントはぶつぶつと文句を言っていたが、大人しく従うようだ。

水筒《すいとう》からごくごくと水を飲んでいる。

由美子《ゆみこ》は振《ふ》り返《かえ》って、今度は飾莉《かざり》ににっこり笑いかけた。

「飾莉《かざり》ちゃんは、あたしと無理しようねー。今日はいっしょに帰るわけだし、とことんやろ」

「なぁにぃ、やすみちゃん。スパルタじゃ～ん。あたしは無理していいって？」

「飾莉《かざり》ちゃんは自己管理しっかりしてるでしょー。練習増やすっていうなら、あたしたちもフォローするしさー。それに……」

図々《ずうずう》しさを手に入れた、とでも言うのか。

いや、この場合は思い出した、だろうか。

慣れないリーダーという立場なうえに、曲者揃《くせものぞろ》いだったせいか、由美子《ゆみこ》の持ち味が今まで出ていなかった気がする。

今となっては以前のぎこちなさが嘘《うそ》のように、場を動かしていた。

「あ、そうだ。めく……、柚日咲《ゆびさき》さーん。ちょっと相談あるんだけど」

今だって、図々《ずうずう》しくめくるに相談を持《も》ち掛《か》けてくる。

反射的に、「なんでわたしが」と言い返すと、由美子《ゆみこ》は肩《かた》を竦《すく》めた。

「あたし、リーダーだから。柚日咲《ゆびさき》さんに拒否権《きょひけん》ありませーん。ライブのことだから、協力してってば」

……彼女がリーダーとして動くのなら、めくるも拒絶《きょぜつ》するわけにはいかない。

ため息を吐《つ》いていると、飾莉《かざり》が茶化すようなことを言ってくる。

「そこまでして、夕暮《ゆうぐれ》さんに勝ちたいの～？　負《ま》けず嫌《ぎら》いにもほどがない？」

「あいつには勝ちたいけど、それとクオリティ上げるのは別の話です～」

憎《にく》まれ口《ぐち》を叩《たた》き合《あ》っている。

ギスギスして、ちょっと触《ふ》れただけでもケガをしそうな空気はもうない。

歌種《うたたね》やすみは、立派にリーダーをやっているんじゃないだろうか。

「？　なに、めくるちゃん」

「なにも」

きっと彼女に、それを伝えることはないだろうけど。

次の仕事があるので、めくるは一足先に練習を切り上げた。

着替《きが》えてから廊下《ろうか》を歩いていると、「めくるちゃーん」と後ろから声を掛《か》けられる。

由美子《ゆみこ》がレッスン着のまま、駆《か》け足《あし》で寄ってきた。

また何か厄介事《やっかいごと》か？　と訝《いぶか》しんでいると、彼女は辺りを確認《かくにん》して顔を寄せてきた。近い。突《とつ》然《ぜん》のファンサなんなの？　顔の良さを自覚してください。好きになるだろ。もうなってたわ。

「なに」

「これ。持って帰って。ほかのふたりには内緒《ないしょ》だよ」

唇《くちびる》に人差し指を当てつつ、差し出してきたのは小ぶりの保冷バッグだった。

なんだこれは。

視線で問いかけると、彼女はいたずらっぽい笑《え》みを浮《う》かべた。

「牛乳寒天作ったから、おすそ分け。めくるちゃん、ライブ前のダイエット、頑張《がんば》ってるでしょ？　あたしもダイエットしてるんだけどさー。甘いものは食べたくなるじゃん？　そのときのための、とっておき。カロリー控《ひか》えめだけど、おいしいよ」

ずずい、と押し付けてから、由美子《ゆみこ》はため息を吐《つ》く。

「ミントちゃんがさー、あたしがダイエット中なの知ってるから、少しでも甘いもの食べようとすると猛烈《もうれつ》に注意してくるんだよ。飾莉《かざり》ちゃんも面白《おもしろ》がって真似《まね》してきてさ。頑張《がんば》りすぎても息詰《いきづ》まっちゃうのに。ねえ？」

困ったように言っているが、どこか楽しそうな声色《こわいろ》だ。

由美子《ゆみこ》は保冷バッグを指差しながら、くるりと背を向けた。

「いっしょにダイエット頑張《がんば》ろーね。ひとりじゃないなら心強いわ。じゃねー」

こちらの返事も待たずに、パタパタとレッスンルームに戻《もど》っていく。

ほわほわとした空気が漂《ただよ》う中、めくるはぽつんと取り残された。

じんわりと心が温かくなるのを無視しながら、はあ、と無理やりにため息を吐《つ》く。

「推《お》しが自分を慕《した》ってくれる後輩《こうはい》だなんて……、どんな妄想《もうそう》だよ……」

彼女が押し付けてくるのは、牛乳寒天だけではない。夢のような状況《じょうきょう》もだ。

我慢《がまん》しきれず、保冷バッグをきゅっと抱《だ》き締《し》める。

やっぱり、天使だ。大切に食べよう……。あと、写真めっちゃ撮《と》ろう……。

声優、やっててよかった……。

こんな状況《じょうきょう》は望んではいけないとわかっているが、それでも幸せを噛《か》みしめてしまう。

しかし。

いくら、めくるが妄想《もうそう》のような世界で夢現《ゆめうつつ》になっていても。

既《すで》に現実は、めくるの肩《かた》に手を掛《か》けていた。

ある日、成瀬《なるせ》から事務所に来るよう言われた。

また注意されるのだろうか。

そんなふうに身構えたがそうではなく、単に仕事の話がしたいらしい。

ブルークラウンの会議室にふたりで入り、資料や台本を受け取った。

丁寧《ていねい》に、次に受けるオーディションの説明を受ける。

成瀬《なるせ》は以前と変わらず、めくるに合った仕事を見極《みきわ》め、オーディションに受かるための的確なアドバイスをくれる。

今回も、しっかりと時間を掛《か》けてレクチャーしてくれた。

そして、唐突《とうとつ》にその話をされる。

辛《つら》い話は、いつだって唐突《とうとつ》だ。

仕事の話もほとんど終わり、そろそろ解散だろうか、とめくるが感じた頃《ころ》。

ふっと、こう言われた。

「それと、柚日咲《ゆびさき》さん。残念ですが、『ジュードルらじお』は次の改編期で終了《しゅうりょう》です」

「え……」

咄嗟《とっさ》に、返事ができなかった。

『ジュードルらじお』は、めくるが出演していたアニメ、『十人のアイドル』の放送と同時に始まった、ラジオ番組だ。

『十人のアイドル』は、『ティアラ☆スターズ』ほど大きなプロジェクトではないが、系統は同じアイドルもの。

アニメが放送され、ライブも行い、めくるはメインキャラを演じた。

柚日咲《ゆびさき》めくるの数少ない代表作と言える。

新人声優ばかりで最初はラジオも無茶苦茶だったが、最終的に面白《おもしろ》い番組に育ったはずだ。

MCはめくるで固定されているものの、毎回パーソナリティが代わることで、飽《あ》きさせない変化がある番組だと思っていた。

それが、終了《しゅうりょう》。

けれど、成瀬《なるせ》は終了《しゅうりょう》を嘆《なげ》くよりも、ここまで続いたことを称《たた》えた。

「本当にすごいです。こういう形のラジオは、アニメ放送終了《しゅうりょう》と同時に終わるのが普通《ふつう》です。その状況《じょうきょう》で、ジュードルはそのあとも多少の稼働《かどう》があったとはいえ、大きな動きではありませんでした。200回以上も続いたんですから。柚日咲《ゆびさき》さんの手腕《しゅわん》があってこそですよ」

成瀬《なるせ》のやわらかい笑顔《えがお》に、「お疲《つか》れ様《さま》でした」という労《いた》わりの色が見える。

……成瀬《なるせ》の言うとおり、このコンテンツが稼働《かどう》していたのは、せいぜい二年程度。

アニメが終わってからは、ちょっとしたイベントやライブがあったくらい。

今となっては、ラジオとラジオ番組イベントが唯一《ゆいいつ》の稼働《かどう》だった。

完全に過去の作品と言えるし、「あれまだラジオやってんの？」と驚《おどろ》く声も多い。

続いたほう。続いたほうだ。

終わるのが自然だ。今の状況《じょうきょう》が、むしろおかしい。

しかし、どれだけ言い聞かせても、腹の中に暗い闇《やみ》が広がっていく。

めくるが落ち込むのが見て取れたのか、成瀬《なるせ》は慌《あわ》てた。

「そ、そんなにショックですか……？　言っては何ですが、もう随分《ずいぶん》前に終わった作品ですよ？　ここまでよく持った、と誇《ほこ》ってもいいくらいで……。それに、〝くるメリ〟や〝わたうき〟は順調ですし、終わったからといって柚日咲《ゆびさき》さんが不安になることはないですよ……？」

成瀬《なるせ》は、あわあわと無意味に手を動かす。

その姿は可愛《かわい》らしいが、和《なご》む気にはならなかった。

そうじゃない。そうじゃないんだ。

あの番組に、続いてほしかったんだ。

それを説明する気にはなれず、成瀬《なるせ》から続く話もなかったので、めくるは事務所をあとにした。

「わかってる……、続いたほうだよ……」

帰り道をとぼとぼと歩きながら、ひとり呟《つぶや》く。
よく続いた。頑張《がんば》った。すごいことだ。胸を張っていい。普通《ふつう》ならもう終わってる。
そんなことはわかっている。
だけど、『ジュードルらじお』が続いていることが、めくるの心の拠《よ》り所《どころ》だった。
もしかしたら、オーディションに受かるよりも嬉《うれ》しかったかもしれない。
なぜならあれは、『みんなが幸せになれる番組』だったから。
めくるの理想だったはずなのに。
マンションに帰ってくると、自分の部屋ではなく、花火《はなび》の部屋を訪ねた。
インターホンを押すと、花火《はなび》が驚《おどろ》いた顔で出迎《でむか》える。
「まぁ入んなよ」
表情で何かあったことを悟《さと》ったのだろう、花火《はなび》は何も言わずに招き入れてくれた。
めくるが自分用のクッションに腰《こし》を下ろすと、花火《はなび》は温かいお茶を淹《い》れてくれる。
それを飲んでいると、花火《はなび》がこちらを覗《のぞ》き込《こ》んできた。
「それで、どうしたのよ」
「『ジュードルらじお』が終わるって言われた」
端的《たんてき》に伝えると、花火《はなび》は少しだけ目を見開く。
困った顔でぽりぽりと頭を掻《か》いたあと、ゆっくりと口にした。

「よく、頑張《がんば》ったほうじゃないの」

成瀬《なるせ》と同じ感想だ。

きっと、ほかの声優やマネージャー、どんな人に言ったって同じ言葉が返ってくる。

めくるだって、それはわかっていた。

成瀬《なるせ》の前では驚《おどろ》きとショックが表に出てしまったが、他人にこんな気持ちは晒《さら》さない。

けれど、花火《はなび》だけには本音を伝えた。

「でもわたしは、続けたかった……。続けたかったよ……。そのために、頑張《がんば》ったのに……」

偽《いつわ》らざる本音だ。どう言われようと、続けたかった。残してほしかった。

それは、『十人のアイドル』という作品が自分にとって大切だけれど。

それ以上に——。

「……ほかの声優のためにも？」

花火《はなび》に言われ、びくりとする。

その答えを口にできるのは、夜祭花火《よまつりはなび》以外にいない。

ともすれば傲慢《ごうまん》と言われかねない、めくるの気持ちを代弁することは。

花火《はなび》はめくるから目を逸《そ》らし、淡々《たんたん》と続ける。

「ジュードルは、ティアラみたいに新人声優ばっかで固めてた。めくるは今も生き残れてる。だけどほかの人は、言っちゃなんだけど仕事があるとは言い難《がた》いね。仕事はもう、『ジュードルらじお』だけって人もいたんじゃない。だからこそ、めくるはすがってたんでしょ？」

花火《はなび》は改めて言葉にしてしまう。

そうすることで、めくるに現実を突《つ》き付《つ》けるようだった。

当然かもしれない。

めくるの現状は、彼女にとっても歓迎《かんげい》できることではないからだ。

「あのラジオがある限り、彼女たちといっしょに仕事ができる。同じ業界にいられる。みんな幸せになれる。それがめくるの願いだったね。『声優を活《い》かす声優』。めくるの理想」

そうだ。そんな傲慢《ごうまん》な願いのために、めくるは必死で番組を盛り上げていた。

みんなで、必死になって少ない椅子《いす》を取り合うよりも。

みんなで仲良く、いっしょに座ったほうが絶対に幸せだ。

大好きな声優たちと争うことなんて、したくなかった。

彼女たちの活躍《かつやく》を、純粋《じゅんすい》に喜んでいたかった。

守る椅子《いす》が、どれだけ小さくなろうとも。

だけど、言わせてほしい。

「わたしだって……、最初からそんなつもりだったわけじゃない……。単に、面白《おもしろ》いラジオを作って、ほかの声優の良さを伝えたかっただけ……。だって、だってみんないい人だから、すごくいい声優だったから……。それを、伝えたくて……」

その気持ちは今だって変わっていない。

ほかの声優の良さを伝えたい。

話術を活《い》かしたい。

そんな声優になりたい。かつて大野《おおの》が、自分を活《い》かしてくれたように。

それを目指して、ずっと頑張《がんば》っていただけで。

「わかってる。結果的にそうなっただけ。めくるが最初からそんなふうに思ってた、なんて考えてないよ」

花火《はなび》はめくるを抱《だ》き締《し》めて、背中をぽんぽんと叩《たた》いてくれた。

めくるは、己《おのれ》の理想に近付けるようがむしゃらになっていただけだ。

配信番組で大野《おおの》と初めて会い、そのあと花火《はなび》の部屋に飛び込んでから、ずっと。

そうなれるように走り続けていたのに。

その世界にヒビが入った。

ずっとずっと、気付いてはいたけれど、無視していたヒビが大きくなっている。

まるでそれを証明するように、花火《はなび》はめくるから身体《からだ》を離《はな》した。

肩《かた》に手を置き、確かめるように口にする。

「あのね、めくる。これだけはわかってほしいんだけど」

聞きたくない、と思っても、花火《はなび》は続けてしまう。

「めくるはラジオに活路を見出《みいだ》して、立派に仕事してると思うよ。努力してる。だけどね、あたしたちはどう頑張《がんば》っても、『パーソナリティもできる声優』にはなれても、『声優もできるパーソナリティ』にはなれないんだよ」

それは、避《さ》けられない結論だった。

いくら話が上手《うま》くなろうと、回しができるようになっても、根幹がないと成立しない。

自分たちは、声優だから成り立っている。

だからこそ、その根幹から目を背《そむ》けるめくるに、花火《はなび》は言わずにはいられないのだ。

「あたしたちは、年齢《ねんれい》を重ねる。いずれ若さを失う。長年いっしょにやってきてわかったけど、そうなってからもラジオだけで食べていくのは、本当に難しいと思うよ」

否定できなかった。

もし、若さも容姿も、声優の力さえも必要なく、トーク力だけで食べていける実力があれば、花火《はなび》はこんなことを言わない。

結局——。

いくら努力しても、柚日咲《ゆびさき》めくるにはそれほどの力は宿らなかった。

だから花火《はなび》は、めくるの今を否定する。

「いい加減、覚悟《かくご》しないとダメなんだよ。ほかの子たちを蹴《け》り落《お》として、少ない椅子《いす》にすがりついて、必死にならなきゃ。そんな人しかいないじゃん。必死になって必死になって、それでもダメなのがこの業界でしょ。このままだったらさ――」

花火《はなび》は息を吐《は》いて、まっすぐにこちらを見た。

「めくるだって、消えちゃうよ」

彼女の言葉は、決して大袈裟《おおげさ》ではない。

頭の中に、いろんな声優たちが浮《う》かぶ。

歌種《うたたね》やすみも、夕暮夕陽《ゆうぐれゆうひ》も、桜並木《さくらなみき》乙女《おとめ》でさえも、前へ進むために必死にもがいていた。

彼女たちのように、死力を尽《つ》くさなければ生き残れない業界だっていうのに。

「それでもまだ、ほかの人に役を取ってほしいって思うのかい」

そんな生ぬるい思いを、めくるは抱《かか》えている。

オーディションで力を発揮できない理由。

だれよりも自分が役に相応《ふさわ》しい、と言えない。

役を取りにいけないハングリー精神のなさ。

尊敬する声優や憧《あこが》れる声優を相手に、戦おうと思えない意志の弱さ。

だって、自分が声を当てるよりも、ほかの人が声を当ててくれたほうが絶対にいい。

藤井《ふじい》杏奈《あんな》としての自分が、邪魔《じやま》をするせいで――。

「あぁ――」

身体《からだ》から力が抜《ぬ》ける。

なんて、なんてことだろう。

こんな簡単なことに、今まで気付かなかったなんて。

現実に直面するまで、目を逸《そ》らし続けていたせいだ。

どれもこれも、その一点が原因だ。

もっともらしい言い訳を散々積み重ねておきながら、結局はたったひとつのどうしようもない事実のせい。

結局、柚日咲《ゆびさき》めぐるは。

「わたしは、あのときから、ずっとずっと……、声優に憧《あこが》れているだけの……、ただの女の子のままだ――」

プロ意識が決定的に欠けている。

ずっと、ファンとしての自分と、声優としての自分を切《き》り離《はな》せていると思っていた。

だけど、それは明らかな勘違《かんちが》いで。

あの頃《ころ》から一切《いっさい》変わっていない、舞《ま》い上《あ》がった女の子のままだったんだ。

「一番プロを舐《な》めていたのは、わたしだったんだよ。柚日咲《ゆびさき》めぐる――」

自嘲《じちょう》が涙《なみだ》とともに零《こぼ》れ落《お》ちていく。

偉《えら》そうに後輩《こうはい》に講釈《こうしゃく》を垂れておいて、自分はこの有様《ありさま》だ。

彼女たちは前に進み、花火《はなび》も乙女《おとめ》も、この業界から去っていった秋空紅葉《あきそらもみじ》でさえも。

覚悟《かくご》を決めて各々《おのおの》の道をかきわけて、進んでいるというのに。

めぐるだけは、その場で彼女たちの背中を見ているだけ。

オーディションに全力で挑《いど》むことができず、逃《に》げ、別の道にすがった。

考えをすり替《か》え、結論を先延ばしにし、ひたすら逃《に》げ回《まわ》る。

ラジオに活路を見出《みいだ》すのはいい。話術を武器として鍛《きた》えるのもいい。

けれど、それらはすべて「オーディションから逃《に》げていい理由」にはならない。

呆然《ぼうぜん》としているめぐるを、花火《はなび》は再び抱《だ》き締《し》める。

「ねぇ、杏奈《あんな》。あたしは、この生活が好きだよ。ずっと杏奈《あんな》といっしょにいたいよ。でも、このままじゃいっしょにいられない。変わらなきゃいけないんだよ。じゃないと、ほかのものが変わっちゃうんだよ――」

そんな花火《はなび》の声だけが、遠くから聞こえていた。

「みなさん、ティアラーっす。今回パーソナリティを務める、小鳥遊春日役、柚日咲めくるですー」

「みなさん、ティアラーっす！　同じくパーソナリティを務める、北国雪音役、夜祭花火でっす！」

「この番組は『ティアラ☆スターズ』に関する様々な情報を、皆さまにお届けするためのラジオ番組です」

「はーい。というわけで、今回はこのふたりでやっていきますー。拍手！」

「まぁ我々もラジオやってるコンビなんで、人によっては聴き馴染みがあると思うんですけども」

「そーねぇ。本当ならそのことについても触れていきたいところ、なんですが！　今日は、ライブの感想メールがいっぱい届いてるから。そっち読んでいくねー」

「あー、先日終わった〝ミラク〟VS〝アルタイル〟のね」

「そうそう。それをたくさん読みつつ、あたしらも振り返っていきたいんだけども」

「いや、なんかもう、あれよね。もう次のライブのレッスン始まってるからさ。前のライブのことなんて、だいぶ記憶から抜け落ちてるんだけど」

「正直ぜんぜん覚えてない」

「やすみちゃんが開幕から泣いてたのは覚えてる」

「わはは。泣いてたね。可愛かったなー」

# ティアラ☆スターズ☆レディオ！

「あと、乙女ちゃんがサプライズで登場したときが一番盛り上がってた」

「いやあれ本当大概よ。なに一番盛り上がってんだ。あたしらが散々頑張ったのに、全部持ってくな」

「気を遣いなさいよ、お客さんも乙女ちゃんも」

「そうだぞー。乙女ちゃん盛り上げすぎだぞー。感想メール読むの、ちょっとヒヤヒヤしたよ。みんなあたしらのこと覚えてないんじゃないかって」

「みんなちゃんと覚えてたね」

「覚えてないのはあたしらだけっていうね」

「わたしたちも思い出しつつ、メール読んでいきましょうかね。あー、あとはレッスンの話もしたいね。今回、わたしと花火は同じユニットだし」

「乙女ちゃんもね。確かになー、レッスンのときの乙女ちゃんと結衣ちゃんが面白くてねえ。この話もしたいんだよね。やばいな、時間足りるかな」

「もうメール読まなくていいんじゃない？」

「いっか。未来の話しようぜ！」

Tiara★Stars Radio

to be continued……

『いやいや、今行かなくてどうすんのよ。めくる、あんなに楽しみにしてたじゃん。行かなかったら一生後悔《こうかい》するって。いや、わかるけどさ。気晴らしのつもりで行ってきな。大事でしょ、そういうの。はい、この話終わり！　今だけは全部忘れろ！　忘れて楽しめ！　……いや、本当。めくるが行ってくれないとあたしのほうが落ち込むよ』

花火《はなび》にたっぷりと背中を押され、めくるは何とかその提案を受け入れた。

わかった、忘れる、普段《ふだん》どおりにする、と。

そして、その日。

めくるは、大阪にいた。

「さくちゃ――――んッ！　大好き――――ッ！」

遠くで手を振《ふ》る桜並木《さくらなみき》乙女《おとめ》に、めくるは力いっぱいに思いを咆哮《ほうこう》する。

乙女《おとめ》は可愛《かわい》らしいドレスのような衣装《いしょう》を着て、豪華《ごうか》なステージの上でニコニコしていた。

彼女が歌い終わった瞬間《しゅんかん》、周りの観客もめくるのように溢《あふ》れた情熱をぶちまけている。

ここは大阪のライブ会場。

だだっ広い客席に、めくるたちはぎゅうぎゅうに詰《つ》められていた。

観客がそれぞれサイリウムを振《ふ》っているため、会場全体が光に包まれている。

異様な数のサイリウムがゆらゆらと揺《ゆ》れる姿は、幻想的《げんそうてき》でさえあった。

乙女《おとめ》はそれらを愛《いと》おしそうに眺《なが》めながら、口元にマイクを近付ける。

『寂《さび》しいもので、全国ツアーもこの大阪で千秋楽！　そのお別れが、いよいよ近付いてきてしまいました』

「やだぁ――――――――――ッ！」

めくるが吠《ほ》えたのと同じく、周りから「えー！」や「寂《さび》しいー！」といった声が上がる。

『わたしもやだ――――――――っ！』

乙女《おとめ》も力いっぱいに叫《さけ》んだ。そして、照れくさそうに笑《え》みを浮《う》かべる。

それを見て、めくるはなぜか涙《なみだ》がぶわっと溢《あふ》れてしまった。

眼鏡を掛《か》けているので拭《ぬぐ》いづらいが、このままではマスクに涙《なみだ》が吸われる。

マスクがびたびたになるのは嫌《いや》だ。

眼鏡を外して、涙《なみだ》をぐしぐしと拭《ぬぐ》う。

帽子《ぼうし》もかぶっているしマスクもある。服装は物販《ぶっぱん》で買ったライブTシャツだが、柚日咲《ゆびさき》めくるだとバレることはないだろう。関係者席に座っているわけでもないし。

眼鏡を掛《か》け直《なお》し、ステージに視線を戻《もど》す。

乙女《おとめ》は荒《あら》い息を整えながら、マイクを両手で包んだ。

『では、最後の曲、聴《き》いてください――、『あなたへ』……』

その瞬間《しゅんかん》、めくるは全身に鳥肌《とりはだ》が立った。

会場全体がぐらぐらと揺《ゆ》れるような大歓声《だいかんせい》が、凄《すさ》まじい勢いで駆《か》け抜《ぬ》けていく。

地震《じしん》が起きたのかと思った。

しかし、イントロが流れると同時に、スゥ、と一瞬《いっしゅん》で声が引く。

めくるはボロボロと涙《なみだ》を流しながら、乙女《おとめ》の歌声を聴《き》いた。

まだアンコールもあるっていうのに、涙《なみだ》を拭《ぬぐ》うのも忘れてサイリウムを振《ふ》り続けた。


「いやあ、最高だったな……」

「チケット取れて本当によかった……、最高……」

「最高すぎた……」

「最高だったよな……」

語彙力《ごいりょく》が小学生になった人たちの感想を耳にしながら、めくるは会場を出て行く。

ぞろぞろと塊《かたまり》になって、観客たちは駅に向かっていた。

彼らは静かな熱気と、冷めやらぬ興奮に夢現《ゆめうつつ》のようだ。

もちろん、めくるも同じ。

大成功に終わった乙女《おとめ》のライブをあとにして、ぼんやりと幸福感に包まれていた。

「んへへ……、んふふ……、本当可愛《かわい》かったなあ……」

顔のにやけが止まらない。

マスクをしていてよかったな、と思うものの、この場ではだらしない表情をさらけ出しても違和感《いわかん》はなかった。

みんな似たような顔をしているからだ。

最高のライブだった……、来られてよかった……、仕事入らなくてよかった……。

チケットを取れたのは僥倖《ぎょうこう》だったが、スケジュールが埋《う》まらなかったのも幸運だった。

明日は普通《ふつう》に仕事なので、今から新幹線に飛び乗るけれど。

行きの新幹線ではプレゼントボックスに入れる手紙に思いを綴《つづ》り、帰りは余韻《よいん》に浸《ひた》る。

幸せな道中だった。

「それにしてもさくちゃん、なんか前より歌上手《うま》くなってない？」

「あー、それわたしも思った。ダンスもキレッキレだったし、歌も最高だった。高音えぐい」

「なんかこう、キラキラしてる？　すごかったよね、今日のさくちゃん」

「なんというかさくちゃんも摑《つか》んだっていうか化けたっていうかすごく成長してるよね僕も注目していたけど演技やパフォーマンスはどんどん進化しているしやっぱりそれは周りの影響《えいきょう》あぁこの場合の周りの影響《えいきょう》っていうのは具体的にはあ〜これ言っていいのかなまずいよなでも」

「出たよ木村《きむら》の早口」

少しは興奮が収まってきたのか、周りがライブの内容について語り始める。

彼らが言うように、めぐるも同じことを感じた。

ここまでの熱狂《ねっきょう》を作り出したのは、彼女のパフォーマンスがすごかったからだ。

乙女《おとめ》のライブは何度か観《み》に行ったが、ここまで仕上げてくるのは初めてかもしれない。

「…………ん」

スマホの電源を入れ直していると、着信があった。

ディスプレイに花火《はなび》の名前が表示されている。

「もしもし」

『お、出た。もう乙女《おとめ》ちゃんのライブ終わったの？　今日、帰れそう？』

「うん、だいじょぶ。今、駅に向かってる」

『ん。着く時間わかったら教えて。駅まで迎《むか》えに行くから。で？　ライブどうだった？』

「さいっ……………こうだった」

『溜《た》めえぐいな』

ケラケラと笑う声が聞こえてくる。

感想を一通り語りたいところだが、電車に乗るまでの時間では到底《とうてい》足りない。

だから、感謝の気持ちだけ先に伝えた。

「花火《はなび》、ありがと。来てよかった」

『だろー？　そのほうがいいって。それで、会場はどんな感じだった？』

花火《はなび》はあえて流したのだろう。別の話題を投《な》げ掛《か》けてくる。

めくるはそれを受け取り、素直《すなお》に答えた。

お客さんの熱が凄《すさ》まじいこと、乙女《おとめ》のパフォーマンスが抜群《ばつぐん》だったことを伝える。

『そっかぁ。やっぱ乙女《おとめ》ちゃんすげーなー。そんな人と同じユニットなのはプレッシャーだけど……、ま、あっちほどじゃないか』

めくるも頷《うなず》く。

彼女が隣《となり》にいると視線をすべて持っていかれそうだが、真っ向からぶつかってこられるよりはマシだ。

七月のライブも無事に終わり、いよいよ、『ティアラ☆スターズライブ〝オリオン〟VS〝アルフェッカ〟』に向けて、進み始めている。

乙女《おとめ》はおそらくライブツアーの関係で、前回のライブでは一曲だけの登壇《とうだん》だった。

けれど、今回はフルで参戦する。

めくるたちも、身を引《ひ》き締《し》めないといけない。

引《ひ》き締《し》めた身がほろほろと崩《くず》れそうだった。

花火《はなび》とともに、〝アルフェッカ〟初めてのレッスンに向かったときだ。

すっかり通うことに慣れたビルに入り、更衣《こうい》室《しつ》で着替《きが》え、指定されたレッスンルームの扉《とびら》を開く。

そこまでは、以前と同じだった。

「あ！　めくるちゃんに花火《はなび》ちゃん。おはよう～」

違《ちが》うのは、そこに桜並木《さくらなみき》乙女《おとめ》が立っていること。

可愛《かわい》らしい笑顔《えがお》で手をふりふりと振《ふ》っている。

「………………」

つい先日、自分が絶叫《ぜっきょう》していた相手がそこにいて、当たり前のように挨拶《あいさつ》してくる。

脳に異常が発生しそうだ。

どういう状況《じょうきょう》？　死ぬ前に見る夢？

一瞬《いっしゅん》思考が止まったが、めくるはにこやかに挨拶《あいさつ》を返す。

「おはようございます、桜並木《さくらなみき》さん」

「おー、乙女《おとめ》ちゃんおっすー」

花火《はなび》はめくるの肩《かた》をぽんと叩《たた》いた。

よくできました、とでも言いたいのかもしれない。

そのまま、花火《はなび》は乙女《おとめ》と話し始める。

「乙女《おとめ》ちゃん、ライブ終わったんでしょ？　どうだった？」

「あー、何とか無事に終えられたよ～。いろいろと大変だったけど、楽しかった」

まさか、そのライブにめくるがいたとは思うまい。

心の中で微笑《ほほえ》みながら、めくるはそっと乙女《おとめ》を観察する。

「……聖母だ」

口の中でぼそっと呟《つぶや》く。

彼女は〝ミラク〟VS〝アルタイル〟のライブTシャツを着て、下は普通《ふつう》のジャージを穿《は》いていた。とてもライブ練習っぽい。すごくぽい。Tシャツ姿なのに、なぜこんなにときめくのか……。今度、同じTシャツ着ようかな……、そしたらお揃《そろ》い……。お揃《そろ》いだ……。

「おはようございまーす！」

考えに耽《ふけ》っていたが、元気のいい声で現実に引《ひ》き戻《もど》された。

高橋結衣《たかはしゆい》だ。

いっぱいの笑顔《えがお》と元気な挨拶《あいさつ》が心地《ここち》よい。

黒髪《くろかみ》を揺《ゆ》らしながら、部屋に入ってくる。

彼女が着ているのは、学校の体操着だった。健康的に日焼けしているのもあって、まるで部活中の学生だ。袖《そで》をまくり、裾《すそ》を縛《しば》っているので、白い肩《かた》とお腹《なか》が眩《まぶ》しい。

小さな身体《からだ》で元気いっぱい！　という姿は何とも和《なご》む。かわいい。かわいい……。でへへ、ってなってしまいそうだ。甘やかしたい。飴《あめ》ちゃん食べる？

結衣《ゆい》はまだ二年目だが、急速に頭角を現してきた声優だ。

出演作を勢いよく増やし、『魔女見習《まじよみなら》いのマショナさん』では、早くも主演を果たした。新人離《ばな》れした演技力を持つ、ブルークラウン期待の新星である。

にも関わらず、裏表のない快活としたすごくいい子だ。

ひそかに注目していた身としては、間近に見られるのはとても嬉《うれ》しい。

「あ、もうみんな揃《そろ》ってるのね。ごめんねー、ちょっとだけ時間もらうよ～」

次に扉《とびら》を開けたのは、トレーナーではなく『ティアラ』のプロデューサー。

榊《さかき》だ。

熱意がありすぎて変わり者のきらいはあるが、『ティアラ』を力強く引っ張っている。

今日は、〝アルフェッカ〟が揃《そろ》う初めての日でもあった。

榊《さかき》からレッスン前に「話をさせてくれ」と言われたので、早めに集まったのだ。

「みんなも二回目のライブだから、勝手はわかってると思うんだけども。いろいろとお話をさせてください。まず一点、大事なことですが。今回もリーダーを決めます！」

榊《さかき》は楽しそうに、パンッと手を叩《たた》いた。

めくるは内心で渋《しぶ》い顔をしてしまう。

前回のライブでもリーダーは選出されたが、それが原因でかなり揉《も》めた。

しかし、榊《さかき》は腰《こし》に手を当てて、しみじみと口を開く。

「いやぁ、やっぱりリーダーがいると盛り上がるしね。前回もそれで大成功だったし。それに引っ張ってくれる人がいると、場も締《し》まるから」

結果を見れば、確かにそうかもしれない。

悪いことはあったが、いいこともあった。

それに、〝ミラク〟が荒《あ》れていたのは、問題児を抱《かか》えていたせいでもある。

〝アルフェッカ〟の面々を見ていると、そんな展開はなさそうだ。

「そして、肝心《かんじん》のリーダーですが。桜並木《さくらなみき》さんにお任せするわ」

「え、わたしですか？」

榊《さかき》が指名すると、乙女《おとめ》は驚《おどろ》きの声を上げる。

榊《さかき》は強く頷《うなず》くと、人差し指を揺《ゆ》らした。

「エレノア・パーカーは作中で、究極のアイドルと言われています！　それを演じる桜並木《さくらなみき》さんこそ、リーダーに相応《ふさわ》しいわ！」

前回と同じく、キャラクターとしての意味合いが強いらしい。

それはそれとして、乙女《おとめ》がリーダーなのは納得《なっとく》の人選だ。

そうだろうな、と頷《うなず》く。

しかし、当の乙女《おとめ》は困惑《こんわく》していた。

口元に手を当てて、周りの顔を窺《うかが》っている。

「でも、あの。わたし、前のライブはソロだけだったし……。みんなは、わたしでいいの？」

どうやら、見当外れな気遣《きづか》いをしているらしい。

すぐさま、三人が答える。

「乙女先輩《おとめせんぱい》がリーダーやってくれるなら、すっごく心強いです！」

「乙女《おとめ》ちゃんほど相応《ふさわ》しい人もいないでしょ。みんなちゃんとついていくよ」

「はい。よろしくお願いします」

当然のように反対意見はない。

あの桜並木乙女《さくらなみきおとめ》が引っ張るのなら、だれだってついていく。

乙女《おとめ》はまだ戸惑《とまど》っていたが、きゅっと拳《こぶし》を握《にぎ》ると、「わかりました！」と声を上げた。

こちらは何も心配はない。

けれど、「リーダーを決める」という話はめくるに不安をもたらした。

「あの。〝オリオン〟のリーダーはだれになるんでしょうか」

めくるは手を挙げ、榊《さかき》に尋《たず》ねる。

意図はもちろんないだろうが、こちらが平和である代わりに〝オリオン〟に問題児を集めたようになっている。

何せ、歌種《うたたね》やすみ、夕暮夕陽《ゆうぐれゆうひ》、双葉《ふたば》ミント、御花飾莉《おはなかざり》、羽衣纏《はごろもまとい》の五人だ。

心配しかない。……本当に心配しかない。

そんなグループをだれがまとめるのか、気になるのは当然だろう。

榊《さかき》は答えようとしたが、含《ふく》み笑《わら》いをして口を閉じてしまった。

顎《あご》に手を当てて、おかしそうに笑う。

「それは、あとのお楽しみかな？　わたしの口からは内緒《ないしょ》にしておこう」

「…………」

何やら意味深なことを言う。

からかっているのか、本当に何か意味があるのか、微妙《びみょう》なところだ。

榊《さかき》は楽しそうに笑ったあと、乙女《おとめ》に目を向けた。

冗談《じょうだん》交じりで口にする。

「では、リーダー。抱負《ほうふ》を一言」

また困らせるようなことを……、とめくるは思ったが、意外にも乙女《おとめ》は乗り気だった。

ぐっと拳《こぶし》を握《にぎ》ったまま、力強く口を開く。

「今回のライブは、最初からみんなといっしょにいられてすごく嬉《うれ》しいです！　このメンバーで、最高のライブにしよう！　そして、このライブは〝オリオン〟との対決ライブです。わたしは絶対に負けたくない！　悔《く》いのないよう、一生懸命頑張《いっしょうけんめいがんば》ろう！」

……カリスマ感ある～。一生ついていきたい。この人にならば何を命令されてもいい……。

思った以上に堂に入っていた。

案外、他人を引っ張るのが性《しょう》に合《あ》っているのかもしれない。

わかっていたことだが、このユニットで心配事はなさそうだ。

ほかの四人がパチパチと拍手《はくしゅ》し、乙女《おとめ》が照れくさそうに笑う。

ちょうど時間が来たようで、トレーナーが部屋に入ってきた。

特に問題は起きないだろうし、それならなおのことレッスンを頑張《がんば》らなくてはいけない。


レッスンが始まり、意外だったことがひとつある。

「はい、ワンツー、ワンツー……」

トレーナーの指示で、めくるたちは覚えたばかりのステップを踏《ふ》んでいた。

初日ということもあって、動きはぎこちない。

三人がバラバラと振《ふ》り付《つ》けをこなしていく。

例外は結衣《ゆい》だけだ。

彼女は完全に振《ふ》り付《つ》けを記憶《きおく》していて、鋭《するど》いステップとキレのある動きで、だれよりも綺麗《きれい》に舞《ま》っている。

『あー、高橋《たかはし》、人の真似《まね》が得意なんです。一回見たら、大体は真似《まね》できると思います！』

以前のレッスンで花火《はなび》が尋《たず》ねると、そんな答えが嫌味《いやみ》もなく返ってきたそうだ。

羨《うらや》ましい才能である。

既《すで》にステージに立っても問題ないくらい、彼女の動きは洗練されていた。

ただ、結衣《ゆい》の才能は花火《はなび》から伝え聞いている。

驚《おどろ》きはあったが、意外というほどでもない。

意外だったのは、乙女《おとめ》の動きだ。

「はい、一旦《いったん》そこまで！　休憩《きゆうけい》入って～。みんな、水分摂《と》ってね」

トレーナーがパンパン、と手を叩《たた》く。

すると、乙女《おとめ》が汗《あせ》だくのまま、「ふひ～」と膝《ひざ》に手を突《つ》いた。汗《あせ》がつーっと流れる。

その色っぽい姿に目が釘付《くぎづ》けになりそうだったが、見惚《みと》れている場合ではない。

「あ、あたしトイレ行ってきますねー」

同じく汗《あせ》だくになっている花火《はなび》が、トレーナーに告げて部屋から出て行った。

めくるもトレーナーに声を掛《か》け、慌《あわ》てて花火《はなび》を追う。

すると背中から、乙女《おとめ》たちの会話が聞こえてきた。

「結衣《ゆい》ちゃん、すごいねー……。もう振《ふ》り付《つ》けバッチリじゃない？」

「そうですか？　でも、高橋《たかはし》としてはまだまだです！　いっぱい頑張《がんば》りますよ！」

「うう、眩《まぶ》しい……。十代ってすごいなあ……」

微笑《ほほえ》ましい会話にほっこりしつつ、廊下《ろうか》に出た。

花火《はなび》の背中に追いつき、指でトトトトとつつく。

「花火《はなび》花火《はなび》花火《はなび》花火《はなび》花火《はなび》花火《はなび》」

「なになになになになになに」

くすぐったそうに笑う花火《はなび》に、ぴったりくっつく。

レッスンの途中《とちゅう》で心配になったせいで、早く相談したくて仕方なかった。

「ねぇ、さくちゃん、調子悪そうなんだけど……。あんまり、動きにキレがない。もしかして、また疲《つか》れが溜《た》まってるんじゃないの……？」

踊《おど》る乙女《おとめ》を視界の端《はし》で捉《とら》えていたが、お世辞にも華麗《かれい》とは言《い》い難《がた》かった。

自分たちと変わらない、不格好な動きだ。

それがどうにも引っかかり、心がざわざわしている。

しかし、花火《はなび》は「そうかぁ～？」と首を傾《かし》げた。

「あんなもんじゃないの？　初めてのレッスンなんだし。結衣《ゆい》ちゃんがすごいだけだって」

「でも、この前観《み》たライブはめちゃくちゃすごかったし。びっくりするくらい綺麗《きれい》でさ。手の振《ふ》りひとつ取っても、鮮《あざ》やかっていうか、華《はな》があるというか」

「そりゃ練習したからでしょ？　仕上げたんだよ。確か乙女《おとめ》ちゃん、そこまでダンス得意じゃなかったと思うよ。あたしらと同じくらいでしょ」

花火《はなび》の言わんとすることはわかる。普通《ふつう》はそう考える。

でも、桜並木《さくらなみき》乙女《おとめ》を真正面から受けためくるには、どうしても腑《ふ》に落ちなかった。

その疑問をそのまま口にする。

「じゃあなに？　さくちゃんって、スタートラインはわたしたちと同じなのに、あそこまで仕上げたってこと？　嘘《うそ》でしょ？」

「あたしはそのライブを観《み》てないから、何とも言えんけどさ。そういうことじゃないの？　努力の人なんだよ」

「…………」

そう考えるのが一番自然だ。

最初はたどたどしくても、練習を重ねるうちに洗練され、やがて完成に近付いていく。

けれどその進路の先に、あのとき観《み》た乙女《おとめ》の姿があるとはとても思えなかった。

乙女《おとめ》のライブで、めくるは心から熱くなり、燃え上がるほどの昂《たかぶ》りを覚えた。

周りが熱狂《ねっきょう》し、めくる自身も熱狂《ねっきょう》し、その熱がぐるぐると会場を巡《めぐ》る様は、まるで別世界の出来事だった。

それを引き出したのは、乙女《おとめ》のパフォーマンスがあってのこと。

めくるは考える。

ならば、自分は今からレッスンをして、ライブで観《み》た乙女《おとめ》のような姿にまで仕上げられるだろうか。

正直に言えば、自信はなかった。

それは、めくるが手を抜《ぬ》くからでも不真面目だからでもない。

むしろ、花火《はなび》もめくるも、成瀬《なるせ》から「本当におふたりとも真面目で嬉《うれ》しいです。吉沢《よしざわ》さんも胸が張れますね」とニコニコされるくらいには優等生だ。

自主練にだって仕事に支障がない限り出るつもりだし、練習熱心だと思う。

けれど、乙女《おとめ》とは根本の部分で違《ちが》いがある気がしてならない。

彼女の芯《しん》に、何かがあると感じる。

他人の情熱を引き出すような、彼女自身の情熱が。

レッスンルームに戻《もど》ると、乙女《おとめ》は結衣《ゆい》とともに何やら振《ふ》り付《つ》けの予習をしていた。

その姿が、やけに眩《まぶ》しかった。


メンバーは違《ちが》えど、形式は前回のレッスンとあまり変わらない。

それは自主練に関しても同じだった。

レッスンを終えたあと、トレーナーは紙の束を乙女《おとめ》に渡《わた》す。

「予定表を渡《わた》しておくから、自主練に出たい日を書き込んでね。申請《しんせい》すればレッスンルームを使っていいことになってるから。それじゃ、あとはリーダーの乙女《おとめ》ちゃんよろしく！」

トレーナーは、そう言って部屋から出て行った。

乙女《おとめ》は微笑《ほほえ》みながら、用紙をほかの三人に配っていく。

「じゃあみんな、予定表に書き込もっか」

めくるは頷《うなず》きながら、以前のことを思い出す。

〝ミラク〟ではここで一度揉《も》めて、空気が一気にピリついた。

けれど、今回は穏《おだ》やかな雰囲気《ふんいき》の中、みんな頭を悩《なや》ませている。

やはり、問題が起こることはなさそうだ。自分のことに集中できる。

どれだけ出られるだろうか……、とスケジュールを見比べていると、隣《となり》で花火《はなび》が声を上げた。

「え、結衣《ゆい》ちゃん、そんなに出るの？」

「はい！　高橋《たかはし》、できるかぎり練習しておきたいので！」

見ると、結衣《ゆい》の予定表はかなり埋《う》まっている。

確かにこの四人の中では、仕事は一番入っていないかもしれない。

けれど、出演作は増えているし、オーディションだってあるはずだ。

そもそも、彼女は高校に通っているはずだが……、大丈夫《だいじょうぶ》だろうか。

「結衣《ゆい》ちゃん、大丈夫《だいじょうぶ》？　あんまり無理しちゃダメだよ？」

同じ心配に至ったのか、乙女《おとめ》が結衣《ゆい》の顔色を窺《うかが》う。

すると、結衣《ゆい》は己《おのれ》の予定表を見つめ直した。

しばらく眺《なが》めたあと、「いえ、大丈夫《だいじょうぶ》です！」と満面の笑《え》みを浮《う》かべる。

体力のある子だ……。

それとも、これが高校一年生が持つパワーなんだろうか……。

結衣《ゆい》は予定表を掲《かか》げ、元気よく続けた。

「高橋《たかはし》は、これくらい練習しないとダメなんです。なんと言っても、あっちには夕陽先輩《ゆうひせんぱい》がいますからね！　夕陽先輩《ゆうひせんぱい》に負けないためにも、いっぱい頑張《がんば》ります！」

むふー、と鼻息を荒《あら》くする結衣《ゆい》。

それに対し、三人とも首を傾《かし》げた。

疑問を言葉にしたのは花火《はなび》だ。

「夕暮《ゆうぐれ》ちゃん？　いやぁ、夕暮《ゆうぐれ》ちゃんも練習熱心だけど、結衣《ゆい》ちゃんが負けることはないんじゃない？」

前回、同じユニットの花火《はなび》が言うと説得力がある。

夕暮夕陽《ゆうぐれゆうひ》は特筆するほどダンスが上手《うま》いわけではない。運動だって苦手だ。（かわいい）

飛《と》び抜《ぬ》けた才能を持つ結衣《ゆい》が、脅威《きょうい》に感じる理由がわからなかった。

そこで結衣《ゆい》は、むふふ、と表情を緩《ゆる》ませる。

「いえいえ、夕陽先輩《ゆうひせんぱい》は常に高橋《たかはし》の上をいく方なんです。そう言ってくれましたから。特に今回はやすやす先輩《せんぱい》もいます。全力以上の全力でぶつかって、そのうえで高橋《たかはし》を倒《たお》してもらうんです。夕陽先輩《ゆうひせんぱい》はやってくれると思います」

両手をぎゅーっと握《にぎ》り、結衣《ゆい》はキラキラした目で天井《てんじょう》を見上げる。

その表情は今までで一番、輝《かがや》いていた。

――めくるたちは、あずかり知らぬことだが――

『魔女見習《まじょみなら》いのマショナさん』で、千佳《ちか》たちは結衣《ゆい》の驚異的《きょういてき》な才能を跳《は》ね返《かえ》した。

結衣《ゆい》がどれだけ力を出し切っても、千佳《ちか》はさらにその上をいく。

だから安心してぶつかってこい。

そうやって千佳《ちか》は先輩《せんぱい》の意地を見せて、結衣《ゆい》はますます千佳《ちか》に惚《ほ》れ込《こ》んだ。

だから今回も、結衣《ゆい》は力いっぱいぶつかって、それをぶち抜《ぬ》いてもらうことを楽しみにしている。自分がどこまでクオリティを上げようと、千佳《ちか》はそれを超《こ》えていくからだ。

……ただ、それはあくまで演技の話であって。

この話を千佳《ちか》にすれば、「え、ダンスの話はしてなくない？」と戸惑《とまど》うだろうが。

閑話休題《かんわきゅうだい》。

乙女《おとめ》は結衣《ゆい》の話を興味深そうにふんふんと聞き、結衣《ゆい》の予定表を覗《のぞ》き込《こ》んでいる。

「なるほど……」と、呟《つぶや》く乙女《おとめ》の予定表は真っ白である。

それに気付いた結衣《ゆい》が首を傾《かし》げた。

「乙女先輩《おとめせんぱい》は、書かないんですか？」

「うーん、わたしも結衣《ゆい》ちゃんみたいにいっぱい書きたいんだけど……。ちょっとマネージャーさんと相談するよー。あんまり詰《つ》めると怒《おこ》られちゃうし」
乙女《おとめ》は笑いながら頰《ほお》を搔《か》く。きちんと体調管理をしているようだ。
なのでめくるは、乙女《おとめ》がどれほど自主練の予定を書き込んだかは知らない。
けれど、めくるが自主練に行くと、乙女《おとめ》がいる確率は高かったように思う。

『ティアラ』で忙《いそが》しくはなったが、すべてを忘れられるほど忙殺《ぼうさつ》されたわけではない。
そうなってくれれば、よっぽどよかったのに、と思うけれど。
めくるは、スタジオの廊下《ろうか》を黙々《もくもく》と歩いていた。ラジオ収録のためだ。
すると、見覚えのある人物が目に留まる。……留まってしまう。
「あ」
「げ……」
ちょうど相手が部屋から出てきたところで、バチッと目が合ってしまった。
制服姿の千佳《ちか》だ。
どうやら、さっきまで収録をしていたらしい。
前回、事務所で会ったときを思い出して顔を顰《しか》めてしまう。
すると、千佳《ちか》は目を細めてこちらを眺《なが》めてきた。

「げっ、とはご挨拶《あいさつ》ですね、柚日咲《ゆびさき》さん。まるで害虫か何かを見つけたような反応で」

「害はあるでしょうが……。前に散々嫌《いや》がらせをしてきたんだから……」

「嫌《いや》がらせ？　わたしはそんなつもりはありませんでしたが？」

「近付くな寄るな来るなやめろ！」

千佳《ちか》が無表情でこちらに迫《せま》ってくるので、慌《あわ》てて飛《と》び退《の》く。

なんと質《たち》の悪い後輩《こうはい》だろうか。

由美子《ゆみこ》も大概《たいがい》だが、彼女も十分ひどい。

間合いを詰《つ》められるとあっという間に陥落《かんらく》するので、めくるは必死で距離《きょり》を取った。

そんなめくるに、千佳《ちか》は呆《あき》れたような目を向ける。

「別に何もしませんよ。そんな警戒《けいかい》しなくとも」

「どうだか……」

前科がある人間に何を言われても、説得力なんてない。

じっと千佳《ちか》を見張っていると、彼女の手が持ち上がった。

「……っ」

思わず、ビクッとして身体《からだ》を引く。

しかし、千佳《ちか》は自身の髪《かみ》に触《ふ》れただけで、何かしようと思ったわけではないらしい。

それどころか、過敏《かびん》に反応しためくるに目を丸くしている。

「柚日咲《ゆびさき》さん……」

「……うん、今のはわたしが悪かった……」

カアッと顔が熱くなり、彼女の哀《あわ》れみの目から逃《に》げるように俯《うつむ》く。

後輩《こうはい》が腕《うで》を上げただけでビビるなよ……、恥《は》ずかしい……。

穴があったら入りたい……。

これ以上、千佳《ちか》といてもボロが出るだけだ。

さっさと立ち去ろうとしたが、自分の目的地を思い出して暗澹《あんたん》たる思いを抱《いだ》く。

それから逃《に》げようとして、結局逃《に》げられない話題を口にしていた。

「ねぇ、夕暮《ゆうぐれ》。訊《き》きたいことがあるんだけど」

「なんですか」

「コーコーセーラジオの終了《しゅうりょう》を知らされたとき、あんたどう思った？」

千佳《ちか》は露骨《ろこつ》に怪訝《けげん》そうな表情になる。

そのままじろじろとめくるを見たあと、そっと視線を逸《そ》らした。

「なぜ、そんなことを答えなくてはならないんですか」

いい思い出じゃないのは承知している。

数字が回復したから復活できたけれど、元々あの番組は打ち切りが決定していた。

楽しく話せることではない。

けれど、あのときの夕暮夕陽《ゆうぐれゆうひ》は何を感じ、何を思ったのか。

今、それを訊《き》いてみたかった。

「わたしは前、あんたの相談に乗ってあげたけどね」

「…………」

貸しがあることをちらつかせると、千佳《ちか》は気まずそうに口を曲げる。

とはいえ、本当に言いたくないならそれでもいい。

「答えたくないなら、無理にとは言わないけど」

めくるがそう続けると、千佳《ちか》は大きなため息を吐《つ》いた。

視線を再び逸《そ》らして、小さな声で呟《つぶや》く。

「そんなに昔のこと、あまり覚えていませんが」と悪あがきのような前置きをした。

そこまで前のことじゃないだろうに。

何とも無理がある宣言だが、ここは流しておく。

「……ショックでしたよ。自分でも驚《おどろ》くほど。目の前が真っ暗になるような、得体の知れない感覚を味わいました。もう二度と、あんな思いはしたくない」

「…………」

悔《く》いるような、呻《うめ》くような声を漏《も》らす。

あぁ、そうだろうな、とめくるは思う。

そうなんだよ、と同意しそうになった。

自分の持つラジオ番組が終わる。終わってしまう。

このどうしようもない絶望感は、無遠慮《ぶえんりょ》に心を引《ひ》き裂《さ》いてしまう。

めくるは思わず目を瞑《つぶ》りそうになったが、千佳《ちか》は言葉を続けた。

「……ただ、わたしはラジオのレギュラーはあれが初めてです。初めてだから、そう思うだけかもしれませんが」

彼女は静かにそう言ったが、それは違《ちが》うとめくるは思う。

初めてだからショックが大きい……、それは間違《まちが》いではないが、正解とも言《い》い難《がた》い。

めくるも何度か、ラジオの終わりには立ち会ってきた。

その中でも、感情が大きく動いたラジオは限られる。

千佳《ちか》が味わったような感覚は、そのラジオに対する想《おも》いに比例する。

自分にとって、大事な番組であればあるほど、大切にしていたものほど。

なくなると知ったときに、大きな喪失感《そうしつかん》に襲《おそ》われる。

千佳《ちか》にとって、『夕陽《ゆうひ》とやすみのコーコーセーラジオ！』はそんな番組なのだろう。

きっと彼女は否定するだろうから、めくるは何も言わないけれど。

そして今、めくるも大切なラジオ番組を失おうとしていた。

千佳《ちか》と別れ、今度こそ目的地のブースに向かう。

その日、めくるがスタジオにやってきたのは、『ジュードルらじお』の収録のためだ。

次の改編期で、このラジオは終わってしまう。

終わってほしくない。もっと続いてほしい。

そんなふうに嘆《なげ》き悲《かな》しんでも、ラジオの終了《しゅうりょう》が撤回《てっかい》されることはない。

『夕陽《ゆうひ》とやすみのコーコーセーラジオ！』は打ち切りからの復活を果たしたが、あれは特例中の特例だ。

そして終了《しゅうりょう》が決まってからも、当然ながら収録はある。

『ジュードルらじお』は柚日《ゆび》咲《さき》めくるがＭＣを担《にな》い、ほかの声優が代わる代わるパーソナリティを務める番組だ。

これからめくるは、毎回のように別れの挨拶《あいさつ》をするかもしれない。

いっしょにやってきた、パーソナリティの声優とだ。

めくるがブースに入ると、既《すで》に今日のパーソナリティが着席していた。

「や、めくるん。おはよ～」

「おはようございます」

気さくに声を掛《か》けてきたのは、今年七年目の女性声優、辻優香《つじゆうか》だ。

デビュー当時は童顔なこともあって、小悪魔《こあくま》チックな姿がとても愛らしかった。

ここ数年でとても大人っぽくなり、今では落ち着いた雰囲気《ふんいき》を纏《まと》っている。

彼女が二年目で演じた、『まんけん！』のキャラクター、柊夢子《ひいらぎゆめこ》がめくるは好きだった。

特にキャラソンがたまらなく可愛《かわい》く、イベントで歌う姿は今でも目に焼き付いている。

本人に言ったことはないけれど。

「めくるん、聞いた？」

辻《つじ》は困ったように笑いながら、こちらを窺《うかが》う。

主語がないせいで、却《かえ》って何の話かわかってしまった。

「聞きました。次の改編期までと」

「そっか。そりゃ聞いてるよね。めくるんが頑張《がんば》ってくれたけど、ここまでみたい」

「…………」

その言葉は、めくるには重い。

けれど、辻《つじ》の表情はどこか吹《ふ》っ切《き》れたようだった。

卓上《たくじょう》のマイクやカフを愛《いと》おしそうに眺《なが》めながら、笑顔《えがお》で口にする。

「でも、ここまで続いたのはめくるんのおかげだから」

「そんなことは……」

「あるよ～。ジュードルは新人ばっかで、芽が出たのはめくるんだけだし。わたしたちはみんな鳴かず飛ばずだったけど、人気も話術もなかったけど、めくるんが回してくれたおかげで番組は成り立ってたんだよ」

なんと答えていいかわからず、黙《だま》り込《こ》んでしまう。

めくるも逐一《ちくいち》チェックしているが、『十人のアイドル』のほかの声優は、年々活動が少なくなっている。

中にはここ数年、全く作品に出演していない人もいた。

辻《つじ》もそのひとりだ。

辻は頬杖《ほおづえ》を突《つ》いて、苦笑《くしょう》してみせた。

「わたしも頑張《がんば》ったつもりだったんだけどね。ダメだったなあ。まぁ、さすがに諦《あきら》めもついたよ。心の整理もできたし」

そんなこと言わないで、と口にしかけたが、どうにか抑《おさ》えた。

「そんな最後みたいに……」

冗談《じょうだん》のように流そうとした。けれど、上手《うま》くいかなかった。

彼女のそれは、この状況《じょうきょう》に対する弱音かと思ったが、表情は別のものを表している。

諦観《ていかん》だ。

むしろ、どこか晴れ晴れとした様子で、辻《つじ》は言葉を続ける。

「いやー、もう最後だよ。さすがに、ここから声優として大成するのは無理でしょ。身《み》の程《ほど》知ってるし。わたし、実家帰ろうと思ってるからさ」

「実家に……」

それは、事実上の引退だ。

この道を諦《あきら》め、環境《かんきょう》を変え、声優としての立場を捨てようとしている。

オファーがあれば受けるかもしれないが、自発的に仕事をすることはもうない。

当然、オーディションを受けることもない。

彼女――、辻優香《つじゆうか》の声優の道はここで終わりだ。

頭がガンガンと殴《なぐ》られるような、嫌《いや》な感覚を覚えた。

大好きな声優がいなくなるのは、いつだって辛《つら》い。

更新《こうしん》されないウィキペディアを眺《なが》めては、ざわめく胸を抑《おさ》えるばかりで。

本人が納得《なっとく》しているのは喜ばしいけれど、置いていかれるのはやっぱり寂《さび》しかった。

そんなめくるの胸中を知らない辻《つじ》は、穏《おだ》やかに笑う。

「でも、わたしは恵《めぐ》まれてたと思う。最後まで声優だったって思えたもん。それは、このラジオのおかげだよ。めくるんのおかげ。だから、お礼を言わせてよ。ありがとね」

さっぱりとした笑《え》みを見せないでほしい。

踏《ふ》ん切《ぎ》りがついた顔をしないでほしい。

そんな表情が、何より見たくなかっただけなのに。

「……わたしは何もしてないですよ。このラジオは、みんなで協力して作ったものですから」

何とか言葉を返したが、辻《つじ》はより笑《え》みを深めるばかりだった。

そうして、ぽつりと呟《つぶや》く。

「めぐるんは、わたしたちに線引いてるけどさ。一番、わたしたちのことを考えてくれてたのは、めぐるんだってみんな知ってるからね」

彼女の言葉に、今度こそ何も言えなかった。

収録が終わり、スタジオから出る。

もしかしたら、辻《つじ》とはもう会うことはないかもしれない。

だというのに、辻《つじ》とはいつもどおり別れた。特別なことはしなかった。

辻《つじ》はめぐるのことを理解しているから、そうしたのだと思う。

めぐるは踏《ふ》み込《こ》まない。踏《ふ》み込《こ》ませない。

けれど、今日のめぐるにそんな意図はなかった。単に現実を受け入れたくなかっただけだ。

彼女が演じる声を、もう聞くことはないかもしれない。

ラジオでのとぼけたトークを、もう聞くことはないかもしれない。

そう考えると、心の中が暗い闇《やみ》でいっぱいになる。

はあ、とため息を吐《つ》いても、気持ちはちっとも楽にならない。

夜の街をとぼとぼ歩く。まっすぐ帰る気にはなれなかった。

気が付けば、知っている道を無意識に歩いている。

「あぁ……、そうだろうな……」

思わず、自嘲気味《じちょうぎみ》に苦笑《くしょう》する。

自分の目的地に気付き、暗い道をすいすいと歩いた。

めくるの目的地は、スタジオの程近《ほどちか》くにある大きな公園だ。

既《すで》にとっぷりと日が暮れているから、当然子供たちは遊んでいない。

電灯が不十分で暗いせいか、ランニングに使う人もおらず、人通りがほとんどない。

その奥ともなると、人の気配は全くなかった。

ぽつんと置いてあるベンチに腰掛《こしか》ける。

黒色に塗《ぬ》り潰《つぶ》された木々が風に揺《ゆ》られ、ばさばさと音を立てた。

静かな場所だ。

嫌《いや》なことがあったときや、仕事が上手《うま》くいかなかったとき、めくるはここにやってきた。

ここならだれにも見られないし、自分の声も届かない。

引《ひ》っ越《こ》す前は家にいつも家族がいたし、今は花火《はなび》が隣《となり》にいる。何かを察すれば、きっと飛んできてしまう。

だけど、今だけはひとりになれた。

「いい、声優だったのにな」

ぼそりと呟《つぶや》いても、返事をするのは風の音だけ。
遠くにある月だけが、めくるを見ていた。
辻優香《つじゆうか》。可愛《かわい》らしい声の持ち主で、トークが暴走すればするほど面白《おもしろ》い人だった。
ライブのときは率先《そっせん》してお客さんを煽《あお》って、盛り上げ上手な一面もあった。
「大好きだったのにな」
声優としても、仲間としても。
だけど、彼女はいなくなってしまう。
椅子《いす》の取り合いに勝てなかったから。
だれかに弾《はじ》かれてしまったから。
だっていうのに、あんな晴れやかな顔をして、お別れを告げるなんて。
「う……」
ずっと我慢《がまん》していた巨大《きよだい》な感情が、ひとりになったことで一気に溢《あふ》れ出《だ》す。
ここにはだれもいない。
声も届かない。
それを自覚した瞬間《しゅんかん》、壁《かべ》が一気に崩壊《ほうかい》した。
「うわあああああああああああああん……！」
大口を開けて、子供みたいに泣いた。

わんわんと泣いた。

恥《はじ》も外聞もなく、嗚咽《おえつ》を上げ、しゃくりあげ、ただただ涙《なみだ》を流した。

そうしなければ、どこかでパンッと破裂《はれつ》してしまいそうだった。

なぜなら、めくるを襲《おそ》ったのは辻《つじ》との別れだけではない。

目の前で動いたことによって、どうしようもない現実を自覚させられた。

「わたしは……、なれなかった……、『声優を活《い》かす声優』には……っ！」

めくるが目指した声優は、めくるにとっての理想。

仕事を取り合うのではなく、ほかの声優と張り合うのではなく、協力して全員が幸せになる。

ラジオ番組はそうなれる世界だと思っていたし、それを目指して頑張《がんば》ってきた。

彼女たちの活躍《かつやく》を、ひとりのファンとして喜んでいたかった。

あの世界にすがっていた。

けれど、容易《たやす》く崩壊《ほうかい》した。

もうあの世界は戻《もど》ってこない。

あるいは、辻《つじ》たちは「そんなことないよ」と言ってくれるかもしれない。

めくるは『ジュードルらじお』を盛り上げるために必死になったし、それは成果を上げた。

辻《つじ》たちの言葉を素直《すなお》に受け取るならば、めくるの功績は確かにあった。

けれど、辿《たど》り着《つ》いた先にあったのは、番組終了《しゅうりょう》と仲間たちとの別れだ。

薄々《うすうす》わかっていた。気付いていた。

けれど決定的なことが起こるまで、花火《はなび》に言葉にされるまで、自分が気付くまで、めくるはずっと目を逸《そ》らし続けていた。

声優としての土台が脆《もろ》ければ、どれだけパーソナリティの能力を積み上げたとしても、いずれは崩《くず》れる。

声優の土台がなければ成立しない。

柚日咲《ゆびさき》めくるでは、『声優もできるパーソナリティ』にはなれない。

デビューしてから数年間、すがっていたものが手の中で泡《あわ》のように消えていく。

それすらも結局、「オーディションに必死になれない自分」に対しての言い訳でしかなかった。逃げ込んだだけ。夢を見ていただけ。現実から目を逸《そ》らしていただけ。

己《おのれ》がすがった大事なものは消え去り、残ったのはプロ意識が欠けた自分のみ。

どちらも手に入れられなかった、哀《あわ》れな道化《どうけ》。

それは杏奈《あんな》の人生の中で、味わったことがないほどの大きな挫折《ざせつ》であった。

公園からのっそりと出て行く。

存分に泣いて弱音を吐《は》き出《だ》したものの、気分が晴れたわけではない。

多少落ち着いただけで、泥《どろ》のような感情はずっとお腹《なか》の中に溜《た》まっている。

それでもずっとあの場所にいるわけにはいかず、駅に向かった。

夜はさらに更《ふ》けて、足音がやけに響《ひび》いて聞こえる。

ずず、と鼻を鳴らしながら、収録スタジオの前まで戻《もど》ってきた。

窓からは光が漏《も》れて、中ではまだまだ仕事中であることが見て取れる。

別に意味があるわけじゃないが、なんとなく足を止めた。

「…………」

「あれ？」

ぼうっと見上げていると、中から出てきた人が声を上げた。目が合う。

その人は、よく見知った人物だった。

涼《すず》しげな白いトップスと、黒いレースのロングスカートを穿《は》き、長い髪《かみ》を腰《こし》の後ろで揺《ゆ》らしている。大人っぽくも、可愛《かわい》らしい服装だ。

綺麗《きれい》な顔をくしゃっと笑顔《えがお》にして、「わー！　めくるちゃん！」と駆《か》け寄《よ》ってきた。

「桜並木《さくらなみき》さん……」

スタジオから出てきたのは、桜並木乙女《さくらなみきおとめ》だった。

普段《ふだん》ならば、偶然《ぐうぜん》の出会いに心が湧《わ》き立って仕方なかっただろう。

けれど、ここまで落ち込んでいては、さすがのめくるでもはしゃげない。

そんな心情を知らない乙女《おとめ》は、嬉《うれ》しそうに笑顔《えがお》を振《ふ》りまく。

「や、めくるちゃん偶然《ぐうぜん》だね！　めくるちゃんもお仕事？」

「あー……、まぁ、そうですね。仕事です」

厳密には仕事終わりとは言いづらいが、説明が面倒《めんどう》なので流してしまった。

「わたしも～。今日の分はさっき終わったんだ。そしてなんと！　明日はオフなのです～」

ぴすぴす、と可愛《かわい》らしくピースサインを作る乙女《おとめ》。

明日が休みなうえに、知り合いと会ってテンションが上がっているらしい。

それで沈《しず》んだ心が、多少は穏《おだ》やかになった。

帰《かえ》り際《ぎわ》にいいものが見られたな……、と思っていると、乙女《おとめ》がおずおずと口を開く。

「それで、めくるちゃん？　めくるちゃんもお仕事終わりなら……、軽く飲みに行かない？」

一杯《いっぱい》どうか、と誘《さそ》われた。

めくるがこの手の誘《さそ》いを受けないことは、乙女《おとめ》もわかっているはずだ。

何度断ったかわからない。けれど、乙女《おとめ》はそれでも懲《こ》りずに誘《さそ》ってくれる。

もちろん、普段《ふだん》なら絶対に行かない。

しかし、今日だけは――、だれでもいいから、そばにいてほしかった。

花火《はなび》に泣きつこうにも、以前のことがあるだけに抵抗《ていこう》がある。

だから。

「……いいですね。行きましょうか」

そんな答えを返していた。

乙女《おとめ》は誘《さそ》っておいて、「えっ！」と声を上げ、目をぱちくりとさせる。

「うわあああ……！　いいの……？　えー、嬉《うれ》しい！　行こう行こう！」

すぐに破顔一笑《はがんいっしょう》して、はしゃいだ様子を見せる。

本当に可愛《かわい》らしい人だ。

そんな彼女に対し、少しだけ罪悪感が湧《わ》く。

彼女の誘《さそ》いを受けたのは、試《ため》したいことがあったからでもある。


近くに良《い》い店があるというので、大人しく乙女《おとめ》についていく。

連れてきてくれたのは、雰囲気《ふんいき》のいい静かな飲み屋だった。

内装がオシャレで、品がいい。

ふたりとも晩ご飯は済ませていたが、軽くつまみながら飲むにはちょうどよさそうだ。

カウンター席にふたりで並び、料理を適当に注文し、お酒は数種類あるビールから選んだ。

「それじゃかんぱーい」

「乾杯《かんぱい》」

乙女《おとめ》がご機嫌《きげん》にグラスを差し出してくるので、こつんと鳴らす。
乙女《おとめ》はグラスを傾《かたむ》けて喉《のど》を鳴らしたあと、ほう～、と熱い息を吐《は》く。
「おいしい～……。仕事終わりの一杯《いっぱい》は最高だねぇ～……」
ふにゃふにゃとしながら、おじさんっぽいことを言っている。
焼肉に行ったときも同じことを口にしていた。
確かに、仕事を気持ちよく終えたあとのお酒は、とてもおいしい。
だからこそ、今日はあまり味が感じられなかった。
「…………」
そういえば、焼肉のときにめくるは悩《なや》みを吐露《とろ》してしまった。
オーディションに必死になれないことについてだ。
普段《ふだん》なら絶対に口にしないから、やはりあの場とお酒に酔《よ》っていたのかもしれない。
ぽつりぽつりとなんてことはない話を続けていたが、自然と『ティアラ』の話になる。
自主練のことだ。
「最近よくいっしょになるんだけど、結衣《ゆい》ちゃんっていい子だよねぇ」
めくるは首肯《しゅこう》する。
夕暮夕陽《ゆうぐれゆうひ》を崇拝《すうはい》している彼女だが、だれの目から見ても可愛《かわい》らしい。
後輩《こうはい》っぽいというか、子犬っぽいというか。

例外的に千佳《ちか》からは難しい態度を取られているが、彼女に懐《なつ》けばまぁそうなる。

さらに結衣《ゆい》は、圧倒的《あっとうてき》な才能を持ち合わせている。

乙女《おとめ》は、そのことに触《ふ》れた。

「結衣《ゆい》ちゃん、すっごくダンス上手《うま》いじゃない？　だから、よく教えてもらってるんだ。でも、なかなか結衣《ゆい》ちゃんみたいに綺麗《きれい》にできなくて、困っちゃう」

「教えてもらうんですか」

「うん？　うん。だって、結衣《ゆい》ちゃんわたしより断然上手だし。いつもお世話になってるよ」

さらりと言って笑う。

確かに結衣《ゆい》は抜群《ばつぐん》に上手《うま》いし、教われば効率的かもしれない。

けれど、乙女《おとめ》のように第一線で活躍《かつやく》する大人気声優が、十代半ばの新人に教えを乞《こ》うのは不思議な構図だ。

そういうことを気にしないところが、人気声優になれる所以《ゆえん》だろうか。

そんな彼女でも、躓《つまず》き転ぶことがあるのがおそろしい。

ずっと訊《き》きたかったことを、この機会に問いかける。

「ところで……、桜並木《さくらなみき》さん。最近、自主練も頑張《がんば》っているみたいですが、無理はされていませんか」

多忙《たぼう》だろうに、乙女《おとめ》は精力的に自主練に参加している。

仕事に対する姿勢は立派だけれど、それが度を過ぎて彼女は倒《たお》れてしまった。

どうしても心配が先に立つが、乙女《おとめ》は穏《おだ》やかに笑う。

「あのときはごめんね。みんなにも心配かけたね」

それはもう。

めくる自身、しばらくは食事が喉《のど》を通らなかった。

乙女《おとめ》が配信中に倒《たお》れた『ハートタルト』の番組はもちろん観《み》ていたし、むしろ倒《たお》れたことを知っためくるを心配して、花火《はなび》が部屋に飛び込んでくるほどだった。

二度とあんな思いはしたくないが、乙女《おとめ》もそれは同じらしい。

こちらの目を見ながら、丁寧《ていねい》に言葉を並べる。

「でももう心配ないよ。お休みもちゃんともらってるし、お仕事の量も調節してもらってるから。というか、そうじゃなければ自主練だって参加できないでしょ？」

そうかもしれない。

自主練の予定を書くときも、マネージャーと相談すると言っていた。

明日は休みと聞いたばかりだ。

そして、彼女は明日もレッスンルームに行くのかもしれない。

気になったのは、そこだ。

しばらくふたりでグラスを空にして、酔《よ》いが十分に回ってきた。

アルコールの力を借りて、再び彼女に質問を投《な》げ掛《か》ける。

「なぜ、桜並木《さくらなみき》さんはそこまで頑張《がんば》れるんですか」

質問の意図がわからなかったらしく、彼女は可愛《かわい》らしく首を傾《かし》げる。

顔は赤く、彼女も酔《よ》いが回っていることがわかった。

失礼だと言われても仕方がない質問だが、どうしても訊《き》いてみたい。

めくるは言葉を繋《つな》げた。

「桜並木《さくらなみき》さんは、すごく頑張《がんば》ってらっしゃると思います。いっぱい仕事があるのにどれも一生懸命《いっしょうけんめい》で、驕《おご》らず、忙《いそが》しくても自主練をたくさんやってて。なぜ、そこまで頑張《がんば》れるんですか。その理由を知りたいです」

あるいは、これはただの八つ当たりかもしれない。

めくるは、自分の理想のために今まで頑張《がんば》ってきた。

それらは決して無駄《むだ》にはならないが、ついぞ理想に到達《とうたつ》することはなかった。

どれだけ努力を重ねても、届かないことを知った。

諦《あきら》めるしかないけれど、手を抜《ぬ》いたことはないし、これからも抜《ぬ》くことはない。

けれど、挫折《ざせつ》したのは確かだ。

乙女《おとめ》はまっすぐに努力を積み重ねている。

その先に見えているものがあるんじゃないか。だから頑張《がんば》れるんじゃないか。

めくるは、それが知りたかった。

「そうだねえ」

乙女《おとめ》はグラスに口を付けて、ぼんやりとした目を前に向ける。

そのまま、独り言のように呟《つぶや》いた。

「前は、少しでも立ち止まったら、この業界から消えちゃうって怯《おび》えてた。必死で走り続けてた。無理してたと思う。でも今は、そんなことなくて。手を抜《ぬ》いたら消えちゃうとは思ってるけど、努力を欠かさなければ、わたしは声優を続けていける……、と思う」

そのとおりだと思う。

慢心《まんしん》さえしなければ、きっと桜並木《さくらなみき》乙女《おとめ》は安泰《あんたい》だ。

逆に言えば、少しくらいは肩《かた》の力を抜《ぬ》いていいはず。

それはわかっているだろうに、彼女はそれでもハイペースで長距離《ちょうきょり》走《そう》を続けている。

以前のような強迫観念《きょうはくかんねん》から来るものではなく。

もっと違《ちが》う感情で、前を見据《みす》えている気がしてならなかった。

乙女《おとめ》はグラスを揺《ゆ》らしたあと、とろんとした目でめくるを見た。

「実は、目標ができたの。わたしが頑張《がんば》れるのは、きっとそのおかげ。それを達成するために、ひたむきになれてるっていうのかな」

「目標……」

すとん、と腑《ふ》に落ちた。

随分《ずいぶん》昔に、めくるも同じように目標を掲《かか》げた。ラジオを頑張《がんば》ると決めた。

その目標のおかげで、めくるの今の地位があるのは間違《まちが》いない。

そうなると、どうしても気になってしまう。

「その目標っていうのは、どういうものなんですか？」

めくるの問いかけに、乙女《おとめ》の赤い顔がさらに赤くなる。

顔を前に戻《もど》して、視線を彷徨《さまよ》わせ始めた。

おもむろに手を挙げる。

「あ、あのー……、注文いいですか……」

「桜並木《さくらなみき》さん」

「ま、待って……、うん、待ってよめくるちゃん……」

新しく注文したお酒が来ると、彼女は一気に半分近く飲み干した。

現状でも結構な量を飲んでいるけれど、大丈夫《だいじょうぶ》だろうか。

はあー……、と大きく息を吐《は》いたあと、乙女《おとめ》の綺麗《きれい》な顔が再びこちらを向く。

「えっと、めくるちゃん……。内緒《ないしょ》にできる？　わたし、これ恥《は》ずかしくてだれにも言ってないんだ。やすみちゃんにも内緒《ないしょ》なんだよ」

「誓《ちか》います。言いません」

「ん、んん……。同期のめくるちゃんだから、言うんだからね……。あと、引かないで、それと笑わないで、聞いてほしいんだけど……」

乙女《おとめ》はグラスを手で包み、しばらくもじもじとしていた。

やがて意を決したように、口をきゅっと結ぶ。

酒の勢いを借りても、十分にアルコールが回っても、なかなか口に出せなかった目標。

それが納得《なっとく》できるほど、桜並木《さくらなみき》乙女《おとめ》の掲《かか》げる目標はとても大きなものだった。

「日本で一番の声優になりたくて……」

乙女《おとめ》は手で顔を隠《かく》しながら、本当に恥《は》ずかしそうに口にした。

「日本で一番……」

その壮大《そうだい》な目標をオウム返しすると、乙女《おとめ》は見る見るうちに顔を真っ赤にした。

ぱたぱたと手を動かし、言い訳のようなものを積み重ねる。

「いや、わかってるよ？　何をもって一番って決めるのか、とか、お前ごときが何を生意気な、って思われるかもしれないけど、思われそうだから黙《だま》ってたの！　あ、あくまでこれは、目標で、『なりたい』ってことで、目指して頑張《がんば》ろうってことだから！」

ここまで焦《あせ》る乙女《おとめ》は初めて見たかもしれない。

めくるは決して茶化すことなく、表情で続きを促《うなが》す。

それでようやく、乙女《おとめ》は落ち着いた口調で話し始めた。

「演技力がある人、声の幅《はば》が広い人、演じ分けが上手《うま》い人、無二の声質を持つ人、弁が立つ人、歌唱力がある人……。何をもって、『一番』って決められることじゃないと思う。でも、声優で一番すごいのは、桜並木乙女《さくらなみきおとめ》だなって言われるような、そんな声優を目指したいの」

グラスを見つめる瞳《ひとみ》に、並々ならぬ感情があった。

桜並木乙女《さくらなみきおとめ》は、飛ぶ鳥を落とす勢いの声優だ。

けれど、彼女自身は野心家ではないし、自信家でもない。

目の前のことを一生懸命《いっしょうけんめい》やっているうちに、この地位まで辿《たど》り着《つ》いた人だ。

だからこそ、彼女がそんな大それた野望を持つ理由が気になった。

「なぜ、一番を目指しているんですか……？　昔からなりたかったわけじゃないですよね？」

「うん。そう思うようになったのは、復帰してからかな？」

ここ数ヶ月のことだ。

乙女《おとめ》はグラスを傾《かたむ》けて飲み干すと、はあ、と息を吐《は》いた。

微笑《ほほえ》みながら、熱に浮《う》かされたように呟《つぶや》く。

「わたしの肩《かた》には、たくさんの人の想《おも》いが乗ってる。応援《おうえん》してくれる人たち、事務所の人たち、関係者の人たち、そして──、やめていった人たち。たくさんの、たっくさんの想《おも》いを抱《かか》えて、桜並木乙女《さくらなみきおとめ》っていう声優は走ってる。わたしは、その人たちに報《むく》いたいんだと思う」

空っぽのグラスを指でなぞって、静かに続ける。

「みんなが応援《おうえん》してくれた、桜並木《さくらなみき》乙女《おとめ》はここまで大きくなりました。みんなの想《おも》いのおかげです。そうなれば――、少しは応援《おうえん》した甲斐《かい》もあるんじゃないかって、思うんだ」

その気持ちは、わかる。

応援《おうえん》する側の人間として。

もし、応援《おうえん》している人が日本一の声優になってくれたら、それはその人にとっても誇《ほこ》らしいことだ。嬉《うれ》しくて仕方がないと思う。

心に宿った光は、きっと本当に本当に温かい。

めぐるだって、心からそうなってほしいと願う。

そして、彼女の言う『やめていった人たち』というのは――。

「…………」

乙女《おとめ》の背中に、かつての同期の姿が映る。

秋空紅葉《あきそらもみじ》。

彼女の話は、由美子《ゆみこ》からある程度は教えてもらった。

志半ばで声優業界を去った彼女だが、今は穏《おだ》やかに生活しているらしい。

乙女《おとめ》との関係も良好で、みんなでご飯を食べに行ったこともあるとか。

もし、彼女が業界で一番になった乙女《おとめ》を見たら。

あぁ、よかったなあ、とやわらかく笑えるのだろうか。

けれど、乙女《おとめ》が挑《いど》もうとする道はひどく険しい。

そして、めくるが進もうとしていた道とは真逆とも言えた。

「桜並木《さくらなみき》さんは、だれにも負けたくない、ということですよね……？　相手がだれであろうと、その人を超《こ》えて一番になりたい。それがたとえば、森《もり》さんであったとしても……」

嫌《いや》がらせのような質問になってしまったが、問わずにはいられなかった。

彼女の名前を出したのは、一番というワードで思《おも》い浮《う》かんだのが森香織《もりかおり》だったからだ。

乙女《おとめ》が言うように、何をもって一番と言うかは難しい。

それは重々承知だったが、めくるの中では森香織《もりかおり》こそが『日本一の声優』に相応《ふさわ》しかった。

演技の化け物。

声優になるために生まれてきた存在。

めくるも彼女に強い憧《あこが》れを持っているし、もしオーディションで役が被《かぶ》ったら、「どんなふうに演技するんだろう！」と目をキラキラさせ、自分が演じることなんてきっと忘れてしまう。

そんな相手だろうと、乙女《おとめ》は張り合うと言えるのか。

不躾《ぶしつけ》な質問にも関わらず、乙女《おとめ》は気を悪くした様子はなかった。

「森《もり》さんかあ」と苦笑いを浮《う》かべたあと、ゆっくりと頷《うなず》く。

「――うん。そう。そういうことになる。頑張《がんば》るよ。今はびっくりするほど遠い人たちばかりだけど、頑張《がんば》る。一歩一歩、頑張《がんば》る。いつか超《こ》えられるように」

「――――」

ごまかすわけでも、強がるわけでもなく、実力不足を認めたうえで目指すと彼女は言う。

すごい、と口に出しそうになった。

憧《あこが》れを憧《あこが》れのままにせず、あくまで同じ声優として森《もり》を見据《みす》えている。

めくるは乙女《おとめ》が一番になれることを願うけれど、同時に森《もり》にもずっと憧《あこが》れでいてほしい。

そんないろいろな想《おも》いが混じって、乙女《おとめ》がやけに眩《まぶ》しく感じられた。

けれど、乙女《おとめ》は乙女《おとめ》で大言壮語《たいげんそうご》した自覚はあるらしい。

すぐに気まずそうな表情になった。

「あ、あの、すみません……。注文、いいですか……」

乙女《おとめ》が逃《に》げるように視線を逸《そ》らし、そろそろと手を挙げた。

さっきからペースが上がっている。既《すで》に結構な量を飲んでいるのに。

「桜並木《さくらなみき》さん、もうやめておいたほうが……」

「だって！　めくるちゃんが恥《は》ずかしいこと言わせるから！　飲まなきゃやってられないの！

ほら、めくるちゃんも飲んで！」

顔を真っ赤にして、ガーッ！　と吠《ほ》える乙女《おとめ》。

乙女《おとめ》らしからぬ大きな野望だったし、口にするのが恥《は》ずかしいというのもわかる。

言わせた責任は取るか……、とめくるもメニューを眺《なが》めた。

結果的に言えば、あまりよろしくない選択《せんたく》だったと思う。

店を出る頃《ころ》には、乙女《おとめ》はもうべろべろになっていたからだ。

「めぐるちゃ～ん、もう一軒《いっけん》いこ、もういっけ～ん！」

乙女《おとめ》はひとりでは歩けないようで、めぐると肩《かた》を組んでご機嫌《きげん》に笑っている。

確かにめぐるは、気分がとんでもなく落ち込んでいた。

あまりに沈《しず》んでいたからこそ、乙女《おとめ》とふたりきりでも飲みに行けたのだ。

だからといって、これはやりすぎだ。

推《お》しが肩《かた》を組んでくるのは違《ちが》う。

想像してほしい。

好きで好きで仕方がない、ガチ恋《こい》してる声優がふにゃふにゃ笑いながら肩《かた》を組んできたらどうなる？　答えは死ぬ。

腹筋鍛《きた》えてるからパンチしてみて！　って言ってきた人に、バットをフルスイングするようなものだ。そこまでしろとは言ってない。加減をしろ。

「ふしゅー……、ふしゅー……」

「？　どうしたの、めぐるちゃん。息荒《あら》いよ？」

「わたしも結構飲みましたから」

アルコール全部飛びましたけどね。

酔《よ》いとは違《ちが》う理由で頭がぐわんぐわん、視界がぐるぐるしている。

由美子《ゆみこ》の話だと、乙女《おとめ》はお酒は好きだが、普段《ふだん》はそこまで酔《よ》っぱらうことはないそうだ。

照《て》れ隠《かく》しで相当飲んでいたから、きっとそのせいだろう。

少しでも力を抜《ぬ》けば気を失いそうだが、集中して乙女《おとめ》を連れていく。

「めくるちゃ〜ん、もっと飲もうよ〜、今日は朝までのも〜」

「桜並木《さくらなみき》さん、飲みすぎですよ。今日はもう帰りましょう」

「え〜？　だってぇ。めくるちゃんが付き合ってくれて、嬉《うれ》しいんだもん〜。今日は本当に、ありがとね〜」

乙女《おとめ》がくすぐったそうに笑って、頭をぐりぐりしてくる。

「あっ――」

……一瞬《いっしゅん》、事切れた。

凄《すさ》まじい体験に全身が粟立《あわだ》ち、この世を去りかけた。いや、一回去った。ただいま現世。

さっさとタクシーに放り込まないと、これ以上は本当に身が持たない。

さっきから変な声が自分から漏《も》れている。手も震《ふる》えている。

大通りに出ると、何とかタクシーを捕《つか》まえられそうで安堵《あんど》した。

「え～、めくるちゃん。もう一軒《いっけん》行かないの～？」

「今日はやめときましょう。明日、起きられなくなりますよ」

乙女《おとめ》は残念そうに唇《くちびる》を尖《とが》らせたが、それ以上は粘《ねば》らなかった。

んふふ、と笑い、またこちらの命を取るような発言をする。

「今日はありがとねぇ、めくるちゃん。だいすき～」

肩《かた》を組む手に力を入れて、とんでもないことを言う。

けれど、こちらは既《すで》に致死量《ちしりょう》を超《こ》えていたらしく、却《かえ》って冷静に言い返せた。

「はいはい、わたしも大好きですよ」

あしらうように言うと、乙女《おとめ》は「ふわあああ～」と口を大きく開けた。

手で頬《ほお》を押さえ、嬉《うれ》しそうに笑う。

「めくるちゃんに好きって言われちゃった～。うれしい～。でもごめんなさい」

「そっちから告白しておいてフるのはどうなんですか……？」

「んだあってぇ～。わたし、やすみちゃんと結婚《けっこん》する約束してるもん～」

「え、本当ですか。結婚式《けっこんしき》呼んでくれませんか」

冗談《じょうだん》に対して、あまりに本気のトーンで返してしまった。

幸い、乙女《おとめ》は気にした様子もなく、緩《ゆる》やかに言葉を続ける。

「呼ぶ呼ぶ～。関係者席も作る予定だから、そこの席を空けておくね～」

「い、イベント形式……⁉」

この人は天才かもしれない。結婚式《けっこんしき》をイベントにするなんて。

桜並木《さくらなみき》乙女《おとめ》と歌種《うたたね》やすみの結婚式《けっこんしき》なんて、会場のキャパシティはどれくらい必要になるだろう……。ドーム……、ドームか……？　一番大きい会場って、何万人までいけたっけ……。

めくるが乙女《おとめ》の商才に慄《おのの》いていると、タクシーが停《と》まった。

乙女《おとめ》をその中に放り込んで、タクシーを見送る。

乙女《おとめ》は最後までご機嫌《きげん》そうに、ふにゃふにゃと手を振《ふ》っていた。

「……ふう」

タクシーが見えなくなってから、ほっと息を吐《は》く。

とんでもない体験をしてしまった。

いくら気持ちが落ち込んで仕方なかったとはいえ、あの桜並木《さくらなみき》乙女《おとめ》とサシ飲みである。

普段《ふだん》の自分では決してありえない。

よくもまぁ、ボロを出さなかったものだ。おそらく、もう二度としないだろうが――。

「――え」

呆《あき》れるような笑《え》みを浮《う》かべた瞬間《しゅんかん》、不可思議なことが起こった。

目の前の光景が――、理解、できなかった。

真っ白な頭で、真っ赤に染まった右手を見つめる。

血だ。

なんだ——、これは。

どこから。なにが起こった。

なぜ、手にだれのものともわからない、血がついている？

はっ——、と口を開け、その息苦しさに絶句した。

そこで、そこでようやく、理解が追いつく。

「は、鼻血出とる……」

慌《あわ》てて上を向く。血の臭《にお》いと味が喉《のど》の奥を刺激《しげき》した。

それと同時に、足からへなへなと力が抜《ぬ》けていく。

血を見たからではなく、おそらく臨界点を突破《とっぱ》した。身体《からだ》が限界を超《こ》えたのだ。

推《お》しの過剰摂取《かじょうせっしゅ》だ……ッ！

「まずいまずい……ッ！　絶対、なんかの神経が壊《こわ》れた……っ！」

ティッシュで鼻を押さえながら、めくるはほうほうの体でそこから離《はな》れた。

なんとか家には帰れたが、その夜、原因不明の高熱を出した。

花火《はなび》に看病してもらえたからよかったものの、ひとりだったら危《あや》うかったかもしれない。

「あ、花火。次のメール読んでってさ」

「はいはーい。えー、ラジオネーム、〝リンリン〟さん。『めくるん、花っち、こんばんは！』」

「はい、こんばんはー」

「『わたしはアニメや漫画、声優さんが好きです』。だろうね」

「声優ラジオ聴いているくらいだからね」

「『そんなオタクのわたしですが、最近彼氏ができました』。お？　なんだ？　急に空気変わったな？　突然の自慢？　喧嘩か？」

「言葉に気を付けてほしいね。ここから先のメールの内容次第で、〝リンリン〟ちゃんへの対応変わってくるよ」

「『しかし、彼氏はオタク趣味に理解がありません。いい歳なんだからそういうの卒業しなよ、と文句を言ってきます』。……雲行き怪しくなってきたな」

「惚気メールのほうがよかったな、これ……」

「『彼氏に言われたからといって、卒業はしません。でも、いずれは卒業しなくちゃいけないのかな、と思うと寂しくなりました。おふたりは何か卒業したものってありますか？』」

「とりあえず、悲しい結末にならずに済んでよかったよ……」

「まだまだあたしたちに付き合ってくれ～、〝リンリン〟ちゃん。あとその彼氏はあたしの代わりに殴っといて」

「あ、わたしも。一発分で」

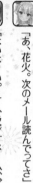

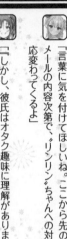

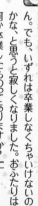

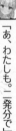

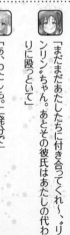

# 第274回 めくると花火の私たち同期ですけど？

「追加注文みたいに言うね。まぁでも、〝リンリン〟ちゃんの言うように、卒業するタイミングってあるよねー……。進学、就職、結婚……。それで離れちゃう人、結構いるらしいし」

「そうねえ……。忙しいと趣味って疎かになっちゃうしねー……。でも、大好きなものを卒業しなくちゃいけないって辛いねえ」

「したくなくても、そうせざるを得ないってこともあるしね」

「そうそう。わたしも、詳しくは言わないんだけどさ。最近、大好きなものを卒業することがありまして」

「うん」

「大好きなものだから卒業するのは寂しいし、嫌だな、とも思うんだけど。わたしの場合も、しょうがないことだったから」

「うん」

「でも、それで大好きだった過去が変わるわけじゃないし、楽しかった思い出は残るんだから、それはそれでいいのかな、とも思ったね。うん、よかったと思う」

「そっか」

「まぁもちろん、この場合は――」

to be continued……

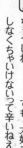

「……んんぅ」

めくるは、ベッドの上でのっそりと起き上がった。

カーテンの外から太陽がさんさんと照らし、時計はお昼過ぎを示している。

おでこに手をやると、熱は下がっているようだった。ほっと息を吐《は》く。

「あ、起きた。めくる、大丈夫《だいじょうぶ》そう？」

声を掛《か》けてくれたのは花火《はなび》だ。

持っていたスマホを置いて、こちらに寄ってくる。

昨夜、めくるの介抱《かいほう》をしたあと部屋に戻《もど》っていたから、起きてからまた様子を見に来てくれたらしい。

隣《となり》の部屋に彼女がいてくれて本当によかったと思う。

めくるは首や頰《ほお》に手を当てながら、質問に答えた。

「たぶん。熱は下がってるっぽい」

「そ？　それならよかった。でも一応、熱測っておきな」

体温計を手渡《てわた》されたので、めくるはもぞもぞと脇《わき》に挟《はさ》む。

花火《はなび》は苦笑《くしょう》しながら、ベッドに座るめくるを見下ろした。

「昨日はびっくりしたよ。呼ばれて見に行ったら、めくるがぶっ倒《たお》れてるんだから。飲みすぎたのかと思ったら、鼻血と熱が出たって言うし」

「面目《めんぼく》ない……。世話かけたね」

「別にいいけどさ。そんなに乙女《おとめ》ちゃんとの飲み会、すごかったの？」

「すごかった、なんてもんじゃない！」

昨夜は目を回してそれどころではなかったが、伝えたいことはいくらでもある。

「さくちゃんがね、この距離《きょり》、こ、の、距離《きょり》！　ここ！　ここにいてわたしに笑いかけてくるんだよ!?　そんなことある!?　ない！」

「あるんだけどね」

「お酒に酔《よ》ってるさくちゃん、ほんっとう可愛《かわい》いっていうか美しいというか美の象徴《しょうちょう》というかあれはもう国宝とにかくすごかったのよていうか酔《よ》ったさくちゃん見たことあるないよねそうよねあんなの普通《ふつう》メディアに載《の》せないよ載《の》せたらやばいその美しさで国が亡《ほろ》ぶんじゃない現代の傾国《けいこく》の美女ってことやばくないやばいあぁ好きすぎて胸が苦しいもうこれ恋《こい》を超《こ》えて愛」

「うーん、めくるや。病《や》み上《あ》がりだから、それくらいにしたほうがいいよ。夜から仕事あるんだし」

花火《はなび》の冷静な言葉に、はっと動きを止めた。

そうして、じわじわと実感が伴《ともな》ってくる。

それから目を逸《そ》らすように、めくるは体温計を取り出した。

熱は下がった。もう熱はない。

熱は、なかった。

ふっと息を吐《は》き、改めて現実に向き合う。

めくるは声優が好きだ。

乙女《おとめ》を含《ふく》め、ほかの声優に抱《いだ》く感情はとても強い。

思わず興奮しながら話してしまう情熱がある。

これが――、声優としては邪魔《じゃま》なんだと、深く実感した。

ずっと考えていたことだ。

昨日一日の出来事は、自分の中で踏《ふ》ん切《ぎ》りをつけるきっかけになったかもしれない。

乙女《おとめ》とふたりきりになったのは、落ち込んでいたから。

そして、今までの自分を捨てるためでもあった。

「――うん。わたし、もうこういうのやめるから」

「めくる?」

めくるの声のトーンが変わったことに、花火《はなび》は目ざとく気が付く。

苦笑いしながら、めくるは言葉を続けた。

「わたしは声優に憧《あこが》れて、声優になった。その憧《あこが》れは今も消えてない。でも、もうプロの声優なんだから、プロに徹底《てってい》すべきって思い知った。いつまでもファン気分でいるから、覚悟《かくご》ができてないから、甘っちょろいままなんだなって……。その結果がオーディションのあれだよ。

必死になれない原因」

「…………」

花火《はなび》から表情がなくなり、無言でこちらを見つめる。

彼女にも心配を掛《か》けた。

このままではいけないとわかっていただろうに、彼女はずっと隣《となり》で待っていてくれた。

花火《はなび》を――、美咲《みさき》を安心させるためにも、この選択《せんたく》をしなければならない。

花火《はなび》に微笑《ほほえ》みかける。

「わたしはもう、ファンをやめる。卒業だよ。柚日咲《ゆびさき》めくるとして生きる。声優ごっこは、もうおしまい」

声優ファンの藤井杏奈《ふじいあんな》と、声優である柚日咲《ゆびさき》めくる。

それを切《き》り離《はな》すことができなくて、ファンの自分が邪魔《じゃま》をして、オーディションに全力で挑《いど》むことができなかった。

自分がやるくらいなら、ほかの人が演じるほうがよっぽど嬉《うれ》しい。

そんなふうに思う自分が邪魔《じゃま》なら、それを切り捨てる必要がある。

だってもう、めくるはプロの声優なのだから。

そうすればきっと、今度こそオーディションで戦えるようになる。

大好きな声優たちと向かい合って、椅子《いす》を取り合うことができる。

ようやくそれで、スタートラインだ。周回遅《おく》れのスタートだ。
当たり前にすべきことを、めくるはできていなかった。
しゃべりだけでは生きていけない、と自覚した。
今までどおりトークを鍛《きた》えながら、全力で役を取りにいく。
ほかの声優と戦う。そうする必要がある。
そのために、邪魔《じゃま》なものは捨てないといけない。
めくるの告白を、花火《はなび》はじっと聞いていた。
「んー……」
花火《はなび》は両目を瞑《つぶ》り、難しそうな表情で髪《かみ》をぐしぐしと掻《か》いている。
てっきり、彼女は喜んでくれると思ったのに。
煮《に》え切《き》らない態度の花火《はなび》は、やがて、ふぅー……、と息を吐《は》いた。
「まぁ、なんだ。今はもうちょい休んでなよ。熱がぶり返すかもしれないし」
肩《かた》をぽんぽんと叩《たた》かれ、ベッドに横になるよう促《うなが》される。
熱は下がっているし問題ないとは思うが、心配を掛《か》けた手前、素直《すなお》に横になった。
推《お》しに舞《ま》い上《あ》がることはもうない。
こんなふうに熱を出すことも。
寂《さび》しくないと言えば嘘《うそ》になるが、諦《あきら》めることは大切だ。

そんなことを考えていると、まるで現実から逃《に》げるようにすうっと眠《ねむ》りに落ちていった。

『ティアラ☆スターズ』のテレビアニメの収録は始まっているが、めくるたちが呼ばれたのは後半になってからだった。

アニメは、アイドル候補生たちが〝オリオン〟を結成するところから始まる。

ライバルユニットである〝アルフェッカ〟が登場するのは後半になってから。

ユニットメンバーであるめくるたちも、出番は同じタイミングになる。

その日の収録は、〝アルフェッカ〟が初めて〝オリオン〟の前に立ちはだかる回。

花火《はなび》とともにスタジオ入りすると、先に由美子《ゆみこ》がいた。今日は制服姿だ。

スタッフらしき人と楽しそうにおしゃべりしている。

由美子《ゆみこ》はめくるたちに気付くと、表情をパッと明るくさせた。

「花火《はなび》さんにめくるちゃん。おはようございまーす」

手をふりふりしながら、にっこり笑う。

以前のめくるだったら、その無防備な笑顔《えがお》と無邪気《むじゃき》な様子にクラクラしただろう。

「やっ、歌種《うたたね》ちゃん。おはよ～」

花火《はなび》も笑顔《えがお》で挨拶《あいさつ》を返す。

続いてめくるも、心を押し殺して口を開いた。

「ん。おはよ。よろしく」

短く言葉を投《な》げ掛《か》ける。

それほど普段《ふだん》と態度は変わらなかっただろうに、それでも由美子《ゆみこ》は不思議そうな顔をした。

小さく首を傾《かし》げる。

「めくるちゃん、なんか感じ変わった？」

「髪《かみ》切った」

適当に答えて脇《わき》を抜《ぬ》ける。

すぐに由美子《ゆみこ》は「嘘《うそ》だあ。それならあたし気付くよ」と反論した。

彼女は一度会って話した人の顔はほぼ忘れないそうだが、その記憶力《きおくりょく》はこういう場面でも活《い》かされるのだろうか。

由美子《ゆみこ》の声は聞こえないふりをして、ブースに入る。

そこには制服姿の千佳《ちか》だけがいて、台本に目を落としていた。

「おはようございます」

「ん」

立ち上がろうとする千佳《ちか》に、いい、と手振《てぶ》りで伝える。

千佳《ちか》は大人しく座り直した。そのまま、再び台本に視線を落とす。

さらりと髪《かみ》が揺《ゆ》れ、上品に本を読む姿は文学少女のようだ。

物言わぬ美しい彫像《ちょうぞう》のようで、前のめくるならちらちら見てしまったかもしれない。

無味乾燥《むみかんそう》な挨拶《あいさつ》のあと、適当な椅子《いす》に腰掛《こしか》けた。

特に変わったことはない、ごくごく普通《ふつう》な収録前の光景だ。

「んんー……」

めくるが台本を取り出していると、隣《となり》で花火《はなび》が唸《うな》り始めた。

なぜか、妙《みょう》な顔でこちらを見ている。

「なに、どうしたの。忘れ物？」

尋《たず》ねると、彼女はさらにおかしな表情になってしまう。

「そうじゃない……。いや、そのー……、なんて言ったらいいのか……」

普段《ふだん》はハキハキとものを言う彼女が珍《めずら》しい。

適切な言葉を探しているようで、ううんううん、と額に指を当てていた。

何が言いたいのか伝わらないが、ヒントがないとこちらもどうしようもない。

黙《だま》って彼女の二の句を待っていると、ブースの扉《とびら》が開いた。

「おはようございますっ！」

元気のいい、よく通る声がブース内に響《ひび》く。

結衣《ゆい》だ。

彼女も学校帰りのようで、黒いセーラー服に猫《ねこ》のスカジャンを羽織っている。

めくると花火《はなび》に礼儀《れいぎ》正《ただ》しく挨拶《あいさつ》をしたあと、満を持して千佳《ちか》に満面の笑《え》みを向けた。

千佳《ちか》はそろそろとブースから出ようとしていたが、その途中《とちゅう》で捕《つか》まってしまう。

「夕陽《ゆうひ》せんぱーい！　おはようございまーすっ！」

「ぐえっ」

後ろから勢いよく抱《だ》き着《つ》かれている。

「なんで逃《に》げようとするんですかー！　せっかく会えたのに！　どこ行くんですか？　トイレ？　挨拶《あいさつ》？　それなら、高橋《たかはし》もご一緒《いっしょ》します！　そう、たとえ地の底でも！」

「高橋《たかはし》さん……。タックルもそうだけど、そういうのもやめて……。あなたはなぜか言っても聞かないけれど……」

千佳《ちか》は諦《あきら》めて席に戻《もど》り、結衣《ゆい》は抱《だ》き着《つ》いたまま引きずられていく。

そうしているうちに、由美子《ゆみこ》を含《ふく》めたほかのキャストもブースに入ってきた。

「なんだか今日は騒《さわ》がしいですね～」

のんびりとした口調は、飾莉《かざり》だ。

彼女はめくるを見つけると、そっと近付いてくる。

「どうも、柚日咲《ゆびさき》さん。ご無沙汰《ぶさた》です～」

「そんなに久しぶりってこともないでしょ」

そう返しつつも、以前はレッスンでしょっちゅう顔を合わせていた。

少し空いただけでも、長く会っていないように感じたのは確かだ。

飾莉《かざり》は肩《かた》を竦《すく》めながら、周りに聞こえない声量で続ける。

「柚日咲《ゆびさき》さんがいないから、こっちは大変ですよ～。そっちは順調そうでいいですね」

冗談《じょうだん》か本気か微妙《びみょう》なところだ。

飾莉《かざり》は以前ほど壁《かべ》を作っている様子はないが、果たして上手《うま》くいっているのだろうか。

ちらほらと言葉を交《か》わしていると、最後に乙女《おとめ》が入ってくる。

「あ、姉さん！　おはよ～」

由美子《ゆみこ》が嬉《うれ》しそうに寄っていく。

尻尾《しっぽ》を振《ふ》った子犬のようだ。

乙女《おとめ》もそんな由美子《ゆみこ》に表情を明るくさせたが、すぐにいたずらっぽい笑《え》みに変わった。

妙《みょう》なポーズを取って由美子《ゆみこ》を迎《むか》え撃《う》つ。

「おっと、やすみちゃん。今はわたしとやすみちゃんは敵同士だからね。そう慣れ合うわけにはいかないな～」

「お？　そういう感じ？　そっちがその気なら、あたしだって本気出しちゃうよ？」

由美子《ゆみこ》は由美子《ゆみこ》でおかしなノリに付き合っている。

お互《たが》いにテンションが上がっているらしく、微笑《ほほえ》ましいじゃれ合いが続いた。

本当に仲がいいんだな、と伝わってくる。

「……？」

その姿を眺《なが》めていると、横から視線を感じた。

花火《はなび》だ。再び、めくるの顔をじろじろと見ている。

「なに？」

「……いや。あのふたり、仲がいいなあと思って」

「ん。そうね。いいことでしょ？」

めくるが言葉を返しても、花火《はなび》は釈然《しやくぜん》としていない様子だった。

なんだか、今日は様子がおかしい。あとで話を聞いてみようか。

めくるがそう考えているうちに、由美子《ゆみこ》たちのふざけ合いも終わったようだ。

乙女《おとめ》と由美子《ゆみこ》が席につく。

「乙女《おとめ》先輩《せんぱい》、やすやす先輩《せんぱい》と本当に仲良しですよね！」

無邪気《むじやき》に結衣《ゆい》が乙女《おとめ》に伝える。乙女《おとめ》はニコニコとしていた。

こちらはやわらかな空気に包まれている。

一方、あちらはなぜかそうはいかない。

由美子《ゆみこ》に向けて、ミント、飾莉《かざり》、千佳《ちか》の順で言葉が投げつけられていた。

「歌種《うたたね》さん、はしゃぎすぎです。こっちが恥《は》ずかしくなります。セッドをもってください」

「仲良い人がいるからって、浮《う》かれすぎじゃない～？　不安になるよぉ」

「本当に。こんな人と同じユニットだなんて、わたしたちまで恥《はじ》をかくのだけれど」

「……なんかウチはあたしに当たり強いな？　あとユウにだけは言われたくない」

「ちょっと！　なんでわたしだけ名指しなのよ！」

今度は騒《さわ》がしく、由美子《ゆみこ》と千佳《ちか》がぎゃいぎゃいと言い争いを始める。

ミントはそんなふたりに呆《あき》れた目を向けて、飾莉《かざり》に話《はな》し掛《か》けていた。

「うちのクラスの男子もあんな感じですけど。高校生でもあんなものなんですか？」

「いや～、あのふたりが特殊《とくしゅ》じゃないかなあ」

口喧嘩《くちげんか》まで発展するのは由美子《ゆみこ》と千佳《ちか》くらいだが、ほかの子も憎《にく》まれ口《ぐち》は多い。

ただ、空気が悪いようには感じられなかった。

ここに纏《まとい》がいればどうなるのか気になるが、残念ながら今回の収録には不参加だ。

そのまま、収録が進んでいく。

広いアフレコブースに三本のマイクが立てられ、その奥にはモニターが並ぶ。

後ろにはぐるりと囲むように椅子《いす》が配置され、声優が着席していた。

さらにその奥に調整室がある。

音響監督《おんきょうかんとく》やほかのスタッフに見守られながら、声優たちが演じる。

モニターに映るのは下書き段階の映像だが、上部のタイマーと見比べ、声を吹《ふ》き込《こ》む。

タイマー、台本、映像、と視線が忙《せわ》しなく移り変わっていった。

今は乙女《おとめ》、千佳《ちか》、ミントの三人がマイクの前に立ち、めくるたちはそれを後ろから見つめている。

モニターが映しているのは、エレノア・パーカーの初登場シーンだ。

エレノアがライブ会場で、千佳《ちか》が演じる和泉小鞠《いずみこまり》、ミントの演じる滝沢《たきざわ》みみと邂逅《かいこう》するシーンである。

「ちょ、ちょっと小鞠《こまり》ちゃん！　あれ見てっ！」

「……ん。なあに、滝沢《たきざわ》さん。わ、ちょっと、引っ張らないでよ」

めくるは思う。

やはり、夕暮夕陽《ゆうぐれゆうひ》は上手《うま》い。

重要なセリフでないにしても、ちょっとした息遣《いきづか》い、怪訝《けげん》そうな声、少しだけ焦《あせ》りを混ぜた声色《こわいろ》など、ひとつひとつに演技の巧《うま》さが際立《きわだ》つ。

さすが夕姫《ゆうひめ》だ。『ファントム』の主演を務めただけある。

そこでふと、めくるは視線を横に移した。

彼女のライバルである歌種《うたたね》やすみが、どんな顔をしているか気になってしまったのだ。

「────」

彼女の表情は、だれよりも真剣《しんけん》そのものだった。

まるで自分が演じているかのように、じっと集中して千佳《ちか》を見つめている。

その熱く輝《かがや》く瞳《ひとみ》や、入り込んでいる表情に目を奪《うば》われそうになった。

結衣《ゆい》も同じようにキラキラした目を向けているが、それとはまた違《ちが》う。

ライバルなんだな、と改めて思った。

しかし、慌《あわ》てて視線を前に戻《もど》す。

乙女《おとめ》が初めて声を発する場面だったからだ。

「──ん。あぁ、あなたたち。〝オリオン〟の子たちよね。はじめまして、エレノア・パーカーです。わたしのこと、知ってるかな」

「…………」

脳が痺《しび》れるようだった。

おかしな笑《え》みを浮《う》かべてしまう。

思わず、花火《はなび》のほうを見た。彼女もこちらを見ていた。同じような表情で。

あぁ、こんなふうに演じるのだな、と。

めくると花火《はなび》は、何より乙女《おとめ》の演技に注目していた。

『乙女《おとめ》ちゃんのキャラさあ。めくるだったら、どう演じる？』

『えー……？　いやこれ難しいよね、正直。とりあえず、自分の中で一番綺麗《きれい》な声を出せるようにして……、あとは、落ち着いた感じ？』

『大人っぽー、とかそんなだよね。いや、そうだよなー……。威圧的《いあつてき》って感じも違《ちが》うし。でも、それじゃあさぁ』

『うん……』

エレノア・パーカーは、作中で究極のアイドルと称《しょう》され、完璧《かんぺき》なキャラクターとして描《えが》かれている。

完璧《かんぺき》ということは弱点がなく、エレノアの場合は遊びも少なかった。

突飛《とっぴ》さもなく、ただただシンプルに『完璧《かんぺき》で落ち着きのあるアイドル』という役。

ある意味、特徴がない。

純粋《じゅんすい》に演じれば、没《ぼっ》個性になる危険性がある。無《む》味《み》無《む》臭《しゅう》。そこには何も残らない。

かといって、工夫《くふう》の幅《はば》が広いわけではない……、と頭を悩《なや》ませるキャラだ。

しかし、乙女《おとめ》はそこにスパイスを入れた。

凄味《すごみ》。

セリフは変えず、声色《こわいろ》もそのままに、しかし、確かに感じられる奥底《おくそこ》にある迫力《はくりょく》。

他を圧倒《あっとう》するオーラをごく自然に表現している。

めくるや花火《はなび》だったら、この領域の演技はできなかった。

ただただ反省し、次に活《い》かすために頭を悩《なや》ますばかりだ。

個人的な反省点は見つかったが、収録は問題なく進み、ちょうどいい時間で休憩《きゅうけい》になる。

『それでは一旦《いったん》ここで休憩《きゅうけい》で、再開は……』

調整室から休憩《きゅうけい》の指示が入った途端《とたん》、張りつめた空気が一気に緩《ゆる》む。

一息吐《ひといき》きながらブースを出て行く人や、残って雑談に興じる人、台本を確認《かくにん》する人とそれぞれ別れていく。

「飾莉《かざり》ちゃーん。いっしょにトイレ行こうよ」

「うわあ、やすみちゃん女子高生っぽ〜い。やめてよ、そういう空気出すの」

悪態を吐《つ》きながらも、飾莉《かざり》と由美子《ゆみこ》はブースから出て行く。

それを眺《なが》めていたら、隣《となり》で花火《はなび》がぷふー、と息を吐《は》いた。

台本をぺらぺらめくり、先ほどの乙女《おとめ》のシーンを見返している。

「乙女《おとめ》ちゃん、あんな感じでやるかぁ。さすがだなあ。まだまだ届かんねー、くうー……」

めくるにしか聞こえない声量で呻《うめ》き、顔を歪《ゆが》めていた。

その姿が意外で、思わず問いかける。

「なんだか、悔《くや》しそうに見えるけど」

「そりゃ悔《くや》しいさ。あたしにはできない表現だったからね。わかってることだけど、やっぱ遠いわ乙女《おとめ》ちゃん」

苦笑いしながら、頭を揺《ゆ》らしている。

そういえば以前、花火《はなび》は乙女《おとめ》のことをライバル視して「いた」と言っていた。

けれど、それは恥《は》ずかしくて言えなかった、とも。

めくるにはピンとこない感情だが、同期は意識してしまうものらしい。

実際、秋空紅葉《あきそらもみじ》と桜並木乙女《さくらなみきおとめ》は互《たが》いをライバル視していた。

売れる時期が重なっていたのが大きな原因だろうが、そういう関係性が存在するのは知っている。

けれど、花火《はなび》とめくるはそこから外れた。

乙女《おとめ》のように第一線を駆《か》け抜《ぬ》けた声優を、「ライバル視していた……」、とは恥《は》ずかしくて言えなかった」、という考えは理解できる。

なのに、花火《はなび》はまさにそれをやっている。

その理由を尋《たず》ねると、彼女は腕《うで》を組んで答えた。

「差はついちゃった、というか、つきすぎたんだけどさ。かといって、意識しないようにするのも変かなって。同期なんだからさ。あたしも頑張《がんば》って、少しでも追いつきたいよ。まぁ、これは夕暮《ゆうぐれ》ちゃんたちの影響《えいきょう》かなあ」

ちょっとだけ恥《は》ずかしそうに笑う。

夕暮夕陽《ゆうぐれゆうひ》と歌種《うたたね》やすみは、これ以上ないほどお互《たが》いを意識している。

芸歴の違《ちが》いはあれど、ライバル同士と言える。

互《たが》いを意識し、追いつきたい、追《お》い抜《ぬ》きたい、と思えるのは確かに良《い》い関係だ。

花火《はなび》は、それに感化されたらしい。

「ふうん……」

なんとなく思うところがあって、めくるは席を立った。ブースから出て行く。

すると、ちょうどよく由美子《ゆみこ》と飾莉《かざり》が戻《もど》ってくるところだった。

「歌種《うたたね》。ちょっといい？」

「あたし？　なあに」

由美子《ゆみこ》に声を掛《か》けると、機嫌《きげん》よくこちらに寄ってくる。ちょっと、と部屋の隅《すみ》を指差した。

飾莉《かざり》に一言《ひとこと》掛《か》けてから行こうとしたが、彼女はするりと脇《わき》を抜《ぬ》ける。

飾莉《かざり》は、めくるの耳元で嬉《うれ》しそうに呟《つぶや》いた。

「またお説教ですか～？」

「ばかたれ」

飾莉《かざり》はおかしそうに笑い、ブースに戻《もど》っていった。

由美子《ゆみこ》といっしょに隅《すみ》へ移動し、彼女に訊《き》きたいことをそのまま尋《たず》ねる。

「歌種《うたたね》、あんた夕暮《ゆうぐれ》のこと好きよね」

「は？　は、はぁ……？　なにそれ、からかってんの？　んなわけないじゃん」

ニコニコとついてきたのに、急に顔を赤くして不機嫌《ふきげん》そうな表情になる。

めぐるは思わず怪訝《けげん》な顔をしたが、その理由に思い当たった。

そういえば、この後輩《こうはい》たちはとても面倒《めんどう》くさいんだった。

「言い方間違《まちが》えたわ。演技。演技の話よ。あんた、夕暮《ゆうぐれ》の演技〝は〟好きでしょ」

「あぁ、そういうこと……？」

由美子《ゆみこ》はほっとして、ばつが悪そうな表情に変わった。

頬《ほお》を指で掻《か》きながら、視線をそっと逸《そ》らす。

「まぁそうね。好きだよ。演技は好き。あとはまぁ、顔とか声とか歌も」

そこまでは聞いてないんだけど。

せっかくだしつついてもよかったのだが、休憩《きゅうけい》時間は限られている。

さっさと訊《き》きたいことを口にした。

「好きな相手だけど、自分が負けると悔《くや》しいって思うわけ？」

その問いかけに、今度は由美子《ゆみこ》が怪訝《けげん》そうな顔をした。

「そこは関係ないんじゃん？　そりゃ悔《くや》しいよ、好きな相手でも。……いや、好きだからこそ、かな。一番、負けたくない、って思ってる相手に負けるんだから。そこは別」

「……ふうん」

真面目な声色《こわいろ》に変わった由美子《ゆみこ》を見て、そうか、と納得《なっとく》する。

〝好き〟と〝負けたくない〟、は両立する。
それどころか、好きであるからこそ、彼女は負けたくない、と強く感じている。
自分が認めた相手だから、好きな相手だから。一番のライバルだから。
そういう関係もあり、花火《はなび》のような関係もあるのだろう。
花火《はなび》が見せたように、同期に対抗《たいこう》意識を持つことは珍《めずら》しくない。
少なくとも、紅葉《もみじ》、乙女《おとめ》、花火《はなび》はそれぞれ抱《いだ》いていたはずだ。
近い存在だからこそ、負けたくない。追《お》い抜《ぬ》かれたくない。
その心情は理解できる。
では、自分は？
同期であり、相方でもある花火《はなび》に対して、そういう思いは抱《いだ》かないのか。
乙女《おとめ》や紅葉《もみじ》に対して、負けたくない、と奮起しないのか。
今まで、それらはすべて否定していた。
その理由はきっと――。
「あぁ……」
結局のところ、自分は土俵に立っていなかったのだ。
自身が柚日咲《ゆびさき》めくるを声優として認めていない。声優の土俵に上がっていない。
だから、花火《はなび》や乙女《おとめ》に負けたところで悔《くや》しくなかった。

　自分よりも相応《ふさわ》しい、と喜んでしまう。

「？　どうしたの、めぐるちゃん」

「いや。わたしはとことん、目を逸《そ》らしてたんだなって。これじゃまるで、一年生だ」

　めぐるの独り言のような言葉に、由美子《ゆみこ》はますます首を傾《かし》げる。

　本当に、いまさらだな、と思うことばかりだ。

　由美子《ゆみこ》とともにブースに戻《もど》ると、今度は乙女《おとめ》がスッと隣《となり》に座った。

　彼女は嬉《うれ》しそうに笑《え》みを浮《う》かべて、耳元に口を寄せてくる。

「めぐるちゃん、この前の飲み会楽しかったね。また行こうね」

「…………」

　以前の自分だったら、崩《くず》れ落《お》ちるほどの高火力。

　本当にこの人は、無自覚に魅力《みりょく》を振《ふ》りまきすぎだ。

　ため息を堪《こら》えながら、めぐるは反射的に社交辞令を返そうとした。

　けれど、直前で思い直す。

「そうですね。いずれ、また」

　また行くこともあるかもしれない。そう思いながら返事をした。

　めぐるが声優との交流を絶っていたのは、壁《かべ》を作らなければ耐《た》えられなかったからだ。藤井《ふじい》杏奈《あんな》を出さないため。

けれどもう、めくるの中に声優ファンの杏奈《あんな》はいない。

いつの日か、彼女たちと普通《ふつう》に接する日が来るかもしれない。

めくるの返答に対し、なぜか乙女《おとめ》は目をぱちくりとさせた。

長い髪《かみ》を揺《ゆ》らしながら、こちらを覗《のぞ》き込《こ》んでくる。

「なんだかめくるちゃん、元気ない？」

普段《ふだん》と様子が違《ちが》っただろうか。

それとも本当に、元気がなかったのか。

めくるにはよくわからない。

「いえ。これが普通《ふつう》です。普通《ふつう》なんですよ、桜並木《さくらなみき》さん」

まるで自分に言い聞かせるように、感情に蓋《ふた》をした。


ある日の夜、花火《はなび》がめくるの部屋にお酒を飲みにやってきた。

テーブルの上にスーパーで買ってきた総菜やパパッと作れるおつまみを載《の》せて、ちびちびとお酒を飲みながら、ちびちびと食べる。

寝《ね》る用意を済ませてから集まったので、眠《ねむ》くなったらそのまま横になれる。

隣《となり》に部屋があるのに、花火《はなび》が泊《と》まることも珍《めずら》しくなかった。

「久しぶりにピザやポテト、スナック菓子《がし》とかで怠惰《たいだ》宅飲みやりたいなあ」

「ダイエット中だっつーの。ライブ終わってからね。肌荒《はだあ》れても嫌《いや》だし」

「遠いなあ」

ポテトサラダをもふもふ食べながら、花火《はなび》が不満そうにしている。

ここ最近、めくるが体重に気を遣《つか》っているから、ストレスが溜《た》まっているのかもしれない。

かといって、食べても太らない花火《はなび》に付き合えば、めくるの努力が水の泡《あわ》だ。

不公平である。

怠惰《たいだ》飲み会はしばらくお預けで、今は枝豆をぽりぽり食べた。

それはそれとして、お酒を飲んでダラダラしゃべっているだけでも楽しいものだ。

「花火《はなび》、ライブ終わったら温泉でも行かない？」

「あぁー……、いいねぇ……。ゆっくり温泉浸《つ》かりたいなあ……」

「ね。行こうよ、ふたりで。最近は、ほかの人と付き合ってもいいかなと思ったけど、やっぱ花火《はなび》とふたりでいるのが一番いいや」

チューハイ缶《かん》を空にして、はぁー……、と息を吐《は》く。

めくるのスタンスが変わったように、人付き合いの仕方も変わるかもしれない。

そんなふうに感じたものの、結局は馬の合う人とのんびり過ごすほうが楽しかった。

きっと花火《はなび》も同じだろう。

けれどなぜか、花火《はなび》は微妙《びみょう》そうな表情で見つめてきた。

めくるの話に相槌《あいづち》を打たず、スマホを指差す。

「めくる、コーコーセーラジオもう更新《こうしん》されてるんじゃない？」

「ん？　あー……、そっか」

言われて思い出し、スマホを操作する。

彼女の言うとおり、数時間前に最新回が更新《こうしん》されていた。

別に急いで聴《き》く必要はないのだが、言われたからには再生しようか。

のそのそとページを開いていると、花火《はなび》がぼそりと呟《つぶや》く。

「めくる、最近あんまりスマホいじらなくなったね」

「ん？　あぁ、まあ。そうかも。ＳＮＳとかあまり見なくなったから。代わりにテレビとかラジオに時間使ってるけど」

しゃべりだけで生きていくことは諦《あきら》めた。

けれど、トーク力が評価されているのは間違《まちが》いない。勉強は続ける。

幸い、ファン活動の時間が丸々なくなったので、余裕《よゆう》があった。

スマホをタップすると、聞き馴染《なじ》んだ声が聴《き》こえてくる。

『夕陽《ゆうひ》と』

『やすみのー』

『『コーコーセーラジオー』』

特に張り切ることもない、ともすればダウナーと言っていいテンションで番組が始まる。

以前のめくるは、この始まり方が大好きだった。

思わずにやけてしまうほどに。

だけど今は、彼女たちのトークをただ黙《だま》って聴《き》く。

すると、花火《はなび》がこちらに顔を寄せてきた。じっとこちらを見てくる。

「なに？」

「めくる、楽しそうじゃない」

「え？　あー、まぁ……、集中して聴《き》いてたから……」

結局、これも勉強の一環《いっかん》だ。

いろんなラジオを聴《き》いて、自分たちの番組をより良くする。

楽しむために聴《き》いているわけではない。

そう説明すると、花火《はなび》はますます顔を顰《しか》めた。

反論の声を上げる。

「前はあんなに楽しそうだったのに。歌種《うたたね》ちゃんや夕暮《ゆうぐれ》ちゃんの一言一言を、にやにやしながら聴《き》いて。自分のメールが読まれたときなんて、ゴロゴロ転がって悶《もだ》えてたのに」

「そういうのは卒業したんだって……。言ったでしょ。これが普通《ふつう》。前が変だっただけ。もうメールも送ってないし」

ファンの杏奈《あんな》はもうおらず、声優として声優ラジオを聴《き》いているだけ。

夕暮夕陽《ゆうぐれゆうひ》も歌種《うたたね》やすみも桜並木《さくらなみき》乙女《おとめ》も、今はもうただの仕事仲間でしかない。

感情を完全に殺すのは案外楽だったし、そのおかげで苦しまずに済んだ。

オーディションはまだ受けていないけど、きっともう大丈夫《だいじょうぶ》だ。

それは花火《はなび》も望んだめくるの姿だろうに、彼女の表情は晴れなかった。

何が不満なんだろう。

空気が気まずくなる中、コーコーセーラジオの音声だけが流れていく。

「なんか……、違《ちが》うんだよ、違《ちが》うんだよー……」

花火《はなび》は頭を抱《かか》え、呻《うめ》くような声を上げた。

髪《かみ》をぐしぐし掻《か》いたかと思うと、スクッと立ち上がる。

「帰る」

「は？　なんで？」

「連絡《れんらく》する必要ができた。片付けごめん。今度、なんかで埋《う》め合《あ》わせするから」

めくるがぽかんとしているうちに、花火《はなび》はさっさと部屋から出て行ってしまった。

どう対応したらいいかわからず、呆然《ぼうぜん》と見送るしかない。

彼女があんな態度を取るなんて、初めてのことだ。

「なんだよ……」

追いかけようかと思ったが、困惑《こんわく》しているのはめくるも同じだ。

仕方なく机に突《つ》っ伏《ぶ》して、ラジオの音声に耳を傾《かたむ》けた。

静かになった部屋の中で、ふたりの声だけが響《ひび》く。

めくるはそっと目を瞑《つぶ》った。

『は？　今の可愛《かわい》すぎ。もっかい聴《き》こ』『はい、出ました最高～』『こういうとこだよ』『はい大好き日本新記録更新《こうしん》』『心臓痛くなってきた』『今のやさしい声聞いた⁉　は⁉　世界で一番やさしい声だったんですけど⁉』『今イヤホンしてたら死んでたかもしれん』

そんなふうに騒《さわ》いで、花火《はなび》の肩《かた》を叩《たた》いて、苦笑いされていたのも以前の話。

めくるの口からは、何も声は発せられなかった。


『めくる？　今日、自主練の日だったよね。何時から入るの？』

部屋で仕事の準備をしていると、突然《とつぜん》、花火《はなび》からそんな電話が掛《か》かってきた。

意図はわからない。食事か遊びの誘《さそ》いだろうか。

特に気負わずに、予定の時間帯を口にした。

『あー……、時間ギリギリだなー……。わかった、めくる。一旦《いったん》、レッスンルームにそのまま入ってきてくれない？　着替《きが》える前に。うん。ちょっと話があるから』

そんな不可解なことを言われる。

何か企《たくら》んでいるのか？　サプライズ？　でも、誕生日はまだ先だし……、と不安にはなったけれど、彼女が来いと言うのなら断る理由もない。

おかしなことにはならないだろう。

そう気楽に構えていたせいで、思わぬ不覚を取ることになる。

めくるは仕事を終えてから、レッスンルームに向かった。

そこから花火《はなび》の指示に従う。

ビルに入り、エレベーターを使い、廊下《ろうか》を歩き、更衣室《こういしつ》――ではなく、そのままレッスンルームの扉《とびら》を開いた。

そこで、めくるは大きく目を見開く。

部屋自体におかしな点はない。いつもどおりの、見慣れた空間だ。

力いっぱい踊《おど》っても問題ないくらい広く、床《ゆか》に邪魔《じゃま》になる物も置いていない。

壁《かべ》の一面には鏡が設置されていて、こちらの動きを逐一《ちくいち》映している。

練習前のレッスンルーム。そこまではいい。

しかし、部屋の中央に意外な人物が立っていた。

「お、めくるちゃん。来たねー」

「どうも」

「は？　……なんで？」

そのなんで、は様々な意味を含《ふく》んでいる。

まず、その場に花火《はなび》がいなかった。

代わりに立っていたのは、由美子《ゆみこ》と千佳《ちか》のふたり。

彼女たちは、〝オリオン〟のメンバーであり、めくるとはいっしょに練習しないのに。

さらに不自然だったのは、その容姿だ。

ふたりとも、制服姿である。

由美子《ゆみこ》はキャラメル色のカーディガンを着て、短いスカートから白い脚《あし》を晒《さら》していた。

千佳《ちか》は白のサマーセーター、長く揺《ゆ》れるプリーツスカート。ネクタイはきゅっと締《し》められている。

めくるも人のことは言えないが、なぜ着替《きが》えていないのだろう。

彼女たちも花火《はなび》に指示されたのだろうか。

不可解なのは服装だけではなく、顔が違《ちが》うことだ。

由美子《ゆみこ》の緩《ゆる》やかにウェーブのかかった髪《かみ》が、今はストレートになっている。メイクもあっさりめだ。つけまつ毛やネイルチップといった、派手な装飾《そうしょく》が取り除かれている。

千佳《ちか》の長い前髪《まえがみ》は分けられ、小さな編《あ》み込《こ》みが作られている。そのおかげで、顔がしっかり見えていた。上品なメイクをすることで、清楚《せいそ》な印象をより強くしている。

歌種《うたたね》やすみと夕暮夕陽《ゆうぐれゆうひ》。声優の姿をしていたのだ。

「なに、どういうこと……？」

戸惑《とまど》いつつも、中に入る。

ほかの人がいるだけならまだしも、彼女たちがおかしな格好をしているのは予想外だ。

服装は制服、顔は声優のときのもの。

……とってもレアな光景だ。

以前のめくるなら、やすやすと夕姫《ゆうひめ》の制服コーデ⁉　なんだか変身ヒロインの変身が解けかかっているときみたい……！　凄《すさ》まじい特別感……！　と興奮に興奮を重ねたかもしれない。

しかし今は、おかしな状況《じょうきょう》に眉《まゆ》を顰《ひそ》めるばかりだ。

とにかく説明を求めると、ふたりが順々に口を開いた。

「頼《たの》まれたんだよ、花火《はなび》さんに。だから、ユウとふたりで来たの。ちょっと服装は間に合わないから、せめて顔だけでもって感じになっちゃったけど」

「はい。おふたりには借りもありますから」

「……？」

何かすれ違《ちが》いが生じた気がする。求めた答えが返ってこない。

いっそ花火《はなび》にすべて説明してもらいたいが、肝心《かんじん》の彼女の姿がない。

再度ふたりに尋《たず》ねようとすると、由美子《ゆみこ》が突然《とつぜん》、両手を広げてみせた。

「さ、来いめくるちゃん。やすやすが熱い抱擁《ほうよう》をしてあげよう」

「は？」

さらにわけのわからないことを言い出す。

さっきからひとつも処理できていないのに、これ以上、状況《じょうきょう》をかき回さないでほしい。

何を言っているんだ、と見返す。

めくるはごく普通《ふつう》の反応をしたつもりだったが、今度は由美子《ゆみこ》が不思議そうにしていた。

千佳《ちか》と顔を見合わせている。

「そういう発注を承《うけたまわ》っていたのですが」

「ね。そうしてくれって」

「はぁ……？　本当にどういうこと……？」

いったい、なんだって言うんだろう。これも花火《はなび》の指示だなんて。

なぜ、めくるが由美子《ゆみこ》に抱《だ》き締《し》められる必要があるのか。

今となってはどうってことないだろうが、それでも無意味に抱擁《ほうよう》を交《か》わす理由はない。

あほらしい。

ため息を吐《つ》きつつ、スマホを取り出した。

そろそろ本人に事態を収拾《しゅうしゅう》してもらおう、と彼女の番号を表示する。

「わかった。どういうことか、花火《はなび》に訊《き》くから――」

「はい、どーん」

彼女に電話を掛《か》けようとした瞬間《しゅんかん》、後ろからドン、と押された。

声でわかる。

花火《はなび》だ。

どうやら、最初からこの部屋にいたらしい。扉《とびら》の陰《かげ》にでも隠《かく》れていたのだろうか。

そして音もなくめくるに忍《しの》び寄《よ》り、背中を押してきた。

その理由は全くもってわからないが、めくるは勢いよくつんのめる。

けれど、倒《たお》れることはなかった。

その先に、歌種《うたたね》やすみの身体《からだ》があったからだ。

「はーい、よいしょっと」

転びかけたところを由美子《ゆみこ》にぽすっ、と受け止められる。

それから抵抗《ていこう》する間もなく、彼女にきゅうっと抱き締《し》められた。

以前、由美子《ゆみこ》に戯《たわむ》れで抱《だ》き着《つ》かれたことがあるが、そのときとは全く違《ちが》う。

包《つつ》み込《こ》むような、しっかりとした抱擁《ほうよう》だった。

「あっ――――」

パン、っ、と、何か、が、弾《はじ》けそう、になった。

蓋《ふた》をしていたものが勢いよく飛び出そうと、溢《あふ》れ出《だ》そうとする。

閉じ込めたはずの杏奈《あんな》が、悲鳴を上げそうになっていた。

やすやすに抱《だ》き締《し》められて、まともでいられるオタクいんの？

いやいや——、待て待て。落ち着け。こうならないためにも、オタク活動を引《ひ》き離《はな》したのだ。

距離《きょり》を取った。濃度《のうど》と密度を下げた。変わるために。杏奈《あんな》を切《き》り離《はな》すために、だ。

昔のめぐるとは違《ちが》う。

今なら、今なら耐《た》えられるはず。

「おや。めぐるちゃん、平気そう。前はあんなんだったのに。こりゃ手強《てごわ》い」

「あ、ぐ……っ！」

由美子《ゆみこ》は愉快《ゆかい》そうに笑っている。あの、近くで声出さないで……。

いや、大丈夫《だいじょうぶ》。大丈夫《だいじょうぶ》だ。

顔も赤いし体温も急上昇《きゅうじょうしょう》している気がするけど、すべて気のせい。

彼女の身体《からだ》のやわらかさが、体温が、声が、直《じか》に伝わっているけど、なんてことはない。

こんなの、女子同士の大袈裟《おおげさ》なスキンシップ。

意識するな意識するな意識するな意識するな。

由美子《ゆみこ》も口にしているではないか。

前はあんなんだったのに、と。

一度受けている攻撃《こうげき》だ。知っている。そのうえで、以前より防御力《ぼうぎょりょく》が上がっている。
だから、決して屈《くつ》しはしないと――。
「ユウ。サンドイッチ」
「ええ。柚日咲《ゆびさき》さん、後ろから失礼します」
「――――あ」
後ろから、千佳《ちか》が、抱《だ》き着《つ》いて、きた。
耳に心地《ここち》よい声とともに、そっと、しかし、しっかりと、身体《からだ》を包まれる。
前門のやすやす、後門の夕姫《ゆうひめ》。
推《お》しにぎゅうっと挟《はさ》まれている。ぴったりとくっつかれている。
まさしくサンドイッチだが、いくら何でもこれはない。
ない。
由美子《ゆみこ》と千佳《ちか》はお互《たが》いの背中に手を回し、確実にめくるを圧迫《あっぱく》した。
片方だけなら、ギリギリ耐《た》えられたかもしれない。
百の許容量に九十五くらいまで注がれることになるが、ギリギリ溢《あふ》れはしなかった。
しかし、前から歌種《うたたね》やすみに抱《だ》き締《し》められ、後ろから夕暮夕陽《ゆうぐれゆうひ》に抱《だ》き着《つ》かれている。
中学生の妄想《もうそう》だって、もっと加減する。
口にするのも憚《はばか》られるような、ひどい世迷言《よまいごと》じみた光景が広がっている。

そんなところにいきなり突《つ》っ込《こ》まれたら、どうなるか。
単純な話だ。
崩壊《ほうかい》。
決壊《けっかい》。
全壊《ぜんかい》である！
「ぴゃ――――――――――――――――――――――――――――ッ！」
自分でもびっくりするくらいの奇声《きせい》が飛び出た。
臨界点を完全に突破《とっぱ》し、情緒《じょうちょ》を完膚《かんぷ》なきまで壊《こわ》された人間の、正真正銘《しょうしんしょうめい》の悲鳴だった。
感情の蓋《ふた》なんて吹《ふ》き飛《と》び、頭の中はぐちゃぐちゃにかき混ぜられる。
熱湯に飛び込んだようなものだ。
限界を超《こ》えた過剰《かじょう》な情報が、一気に送り込まれて爆発《ばくはつ》しそうになる。
だというのに、その状態でも解放してもらえなかった。
「わはは、めくるちゃん声でけー」
「びっくりしました。防音じゃなければまずかったですよ」
あらかじめこうなると予想していたのか、ふたりは動じていない。
それどころか、より強く身体《からだ》を密着させてくる。
ばかばかばか！　人の脳を焼き切る気か……⁉

「は、離《はな》して、はなして！　お、おねがいだから、はなし、たす、け、て……！」

抵抗《ていこう》するが、ほとんど手に力が入らない。生気を吸い取られている気がする。

身体《からだ》が異常に熱くなり、心臓が飛《と》び跳《は》ねる。視界がぼやけた。

湯気、湯気が出ている。

まるで死ぬ間際《まぎわ》に見る幸福な夢のようで、くらくら揺《ゆ》れる視界は永遠に続く地獄《じごく》のよう。

それだけでもまずいのに、さらに猛攻《もうこう》は続く。

「あんまり暴れないでください」

「そうだよ、めくるちゃん」

「あっ、ちょ、耳は、声、あぅ、あの、やめ、あっ……」

ＡＳＭＲやめてくださぁい……！

ダメだ。力が抜《ぬ》けて姿勢を保てなくなるが、由美子《ゆみこ》の腕《うで》を掴《つか》もうとしても失敗する。

そのせいで彼女にもたれかかってしまう。

そのうえ、後ろからは千佳《ちか》がぐいぐいと身体《からだ》を押し付け、耳元で囁《ささや》く。

バカの考えた拷問《ごうもん》機具か？　精神の危惧《きぐ》をするわ！

「なんで、こんな、こんなことを……？　証拠《しょうこ》の残らない殺人……？　推《お》しがサンドイッチして相手を殺害した場合、それは罪になるかどうかの実験ですか……？」

悪魔《あくま》の実験すぎる。人の命を粗末《そまつ》にしないでほしい。

「あたしが頼《たの》んだんだよ」

そこに花火《はなび》の声が介入《かいにゅう》する。

ようやく由美子《ゆみこ》と千佳《ちか》が身体《からだ》を離《はな》してくれたので、ずるずると床《ゆか》に座り込んだ。

手がぐっちょりと湿《しめ》っていて気持ち悪いし、息も荒《あら》くて苦しい……。

花火《はなび》はそんなめくるを見下ろしていた。

めくるは息も絶え絶えに、彼女に問いかける。

「なんでこんなことを……。あ、慣れろってこと……？　もう完全に声優離《ばな》れできるようにって……。いやでもまだちょっと早いって……、もう少し段階踏《ふ》んで……」

ファンをやめたと言っても、好きだった過去は変わらない。

昔と言うほど前でもない。

最初はもっとやさしく……、肩《かた》を叩《たた》く、くらいからスタートしてもらわないと……。

ぐわんぐわんしている頭で反論すると、花火《はなび》は真面目な表情で首を振《ふ》った。

「そうじゃない。そうじゃないんだよ、めくる。あたしは、今のめくるは間違《まちが》ってるって伝えたくて、それで歌種《うたたね》ちゃんたちに協力してもらったの」

「は……？　間違《まちが》ってるって、なにが……？」

ぽかんとしてしまう。

言いたいことがわからない。

いや、わからないと言うなら、何から何まですべてわかっていない。

さっきから、ずっと。

なんなんだ、この状況《じょうきょう》は。

けれどそれは、花火《はなび》自身も同じなのかもしれない。

彼女は頭をがしがしと掻《か》きながら、しかめっ面《つら》で声を張った。

「上手《うま》く言えないけど！　あたしには適切な言葉がわかんないけど……、今のめぐるは違《ちが》う、なんか違《ちが》う！　そう言いたいんだよ……。だってめぐる、ぜんっぜん楽しそうじゃない。前はもっとキラキラウキウキしてたのに、今はずっと灰色みたいな目をしてる。そんなめぐる、あたしは見たくないんだよ……」

「…………」

何をいまさら。

そんなこと、言わないでほしい。

せっかく、慣れてきたところなのに。

この生活を受け入れ始めていたのに。

大きな喜びはなくとも、平穏《へいおん》で、穏《おだ》やかで、感情の昂《たかぶ》らないつまらない生活を。

そのおかげで、何とか意識を変えられそうだ。仕事もきっと上手《うま》くいく。

それでいいじゃないか。必要だったから、この選択《せんたく》をしたんだ。

そうだ、必要だったから。

「……いや、それは。しょうがないことでしょ。わたしは、前のままじゃどうしようもなかった。ファンの自分が邪魔《じゃま》をしてた。だから、捨てた。そうするべきだと思うし、今は上手《うま》くいきかけてる。間違《まちが》ってなんて、ない。いまさら、否定されるようなことじゃない」

強く言葉を返す。

さっきまであわあわしていたのが嘘《うそ》のように、身体《からだ》は冷え切っていた。

なぜ、またその話を持ち出してくるのか。

花火《はなび》にも成瀬《なるせ》にも、以前の自分を否定された。

このままじゃダメだと指摘《してき》された。

だから変わるために捨てたのに、それが間違《まちが》っているなんて言うのはひどい。

花火《はなび》をキッと睨《にら》むと、彼女も同じように睨《にら》み返《かえ》してきた。

「確かに、前のめくるはよくないよ。あたしも思ってた。後輩《こうはい》に恥《は》ずかしい姿を見せるのはやめてほしいって」

「今みたいなこと？　でもそれは花火《はなび》が……」

「違《ちが》う！　そうじゃないよ。あたしが言ってるのは、めくるのスタンスだよ。前のね。オーディションで本気を出せないこと、ほかの声優のほうがいいと思ってしまうこと。あれは後輩《こうはい》に見せられないような、恥《は》ずかしい姿だってあたしは思う」

「それは……」

そうだ。言い訳しようがない。

あれは、恥《は》ずべき姿だ。声優としての恥《はじ》だ。

それは認める。

だから、変わろうと必死になっているんじゃないか。

なのにそれを、花火《はなび》が邪魔《じゃま》している。間違《まちが》っているなんて主張する。

花火《はなび》は、めくるから視線を外して、由美子《ゆみこ》たちを見た。

「歌種《うたたね》ちゃんに、夕暮《ゆうぐれ》ちゃん。正直に答えてほしいんだけど。めくるのこと、先輩《せんぱい》としてどう思う？」

突然《とつぜん》の質問に、めくるのほうが戸惑《とまど》う。

由美子《ゆみこ》と千佳《ちか》だって、顔を見合わせていた。

しかし、由美子《ゆみこ》はめくるに目を向けて、にっと笑う。

楽しそうに口を開いた。

「正直でいいんですね？　うん。あたしは、めくるちゃんのことは尊敬してる。頼《たよ》りになる先《せん》輩《ぱい》だと思ってるよ。〝ミラク〟のとき、本当にありがと。あとはまー、かわいい先輩《せんぱい》だとも思ってるかな」

続いて千佳《ちか》が、可愛《かわい》げのない態度で淡々《たんたん》と続けた。

「わたしも尊敬していますよ。ストイックな方だと思っています。事務所の中でも、ここまでプロ意識が高い方は少ないんじゃないですか」

「うん。きっと飾莉《かざり》ちゃんやミントちゃんも、同じ思いだよ。ま、ミントちゃんは意地張って言わないかもだけど」

「…………」

ふたりの評価は、純粋《じゅんすい》に嬉《うれ》しい。

嬉《うれ》しいけれど、同時に痛い。

彼女たちは、めくるの抱《かか》えている問題がどこまで深刻かわかっていない。

張りぼての先輩《せんぱい》像を見ているに過ぎない。

そんな尊敬されるような人間じゃないんだ。

まるきりプロ意識の欠けた、甘い幻想《げんそう》にすがっていた人間だよ。そう吐《は》き出《だ》したくなる。

だというのに、花火《はなび》はこちらに向き直り、まっすぐに告げた。

「そう思われてるんだよ、めくる。尊敬できる先輩《せんぱい》だって。見ている人は見ているんだよ。あたしは、そんなめくるを誇《ほこ》らしく思うよ。だからこそ、あたしは言いたい。ほかの先輩《せんぱい》がそうしてくれたように、めくるも後輩《こうはい》から『尊敬される先輩《せんぱい》』のままであってほしい」

尊敬される先輩《せんぱい》。

めくるにだって、そんな人がたくさんいる。

彼女たちに憧《あこが》れ、教えられ、追いかけている。

それと同じように、由美子《ゆみこ》と千佳《ちか》はめくるを尊敬する先輩《せんぱい》に選んでくれた。

めくるの背中を見てくれている。

めくるを認めてくれる人は、いる。

飾莉《かざり》も、ミントも、乙女《おとめ》も、結衣《ゆい》も、吉沢《よしざわ》も、成瀬《なるせ》も、朝加《あさか》も、辻《つじ》も、花火《はなび》も。

そして、ファンの人たちも。

大勢の人が声を掛《か》けてくれる。

恥《は》ずかしいだけの道を歩んだわけではない。

だけど。

だからこそ。

「なら……、なおのこと、しっかりしなきゃいけないでしょうが。声優ファンの自分を捨てて、プロとして徹底《てってい》すべきでしょ。後輩《こうはい》に見せる姿は、プロであるべきじゃないの」

結局、そこは変わらないはずだ。

今までは間違《まちが》っていたから矯正《きょうせい》する。

だれに見られても、恥《は》ずかしくないプロの声優になる。

そのための行動だったはずだ。

しかし、花火《はなび》はぶんぶんと頭を振《ふ》る。

思えば、花火《はなび》がここまで感情を出すのを初めて見たかもしれない。

いつも朗《ほが》らかに笑っていて、やっぱりどこか年上の余裕《よゆう》を感じさせる彼女が。

そんな彼女が、結論も出ていない、上手《うま》く言葉にできない感情を吐《は》き出《だ》している。

それでも今の柚日咲《ゆびさき》めくるは間違《まちが》っていると、懸命《けんめい》に主張していた。

「ファンの自分を捨てるのは違《ちが》う……、憧《あこが》れを捨てるのは違《ちが》う！　あぁそうだよ、杏奈《あんな》は声優に憧《あこが》れて声優になったんでしょうが！　なのに、声優を続けるためにその憧《あこが》れを捨てるのは、間違《まちが》ってる……っ！　めくるはそう思わないの……？」

「それは……」

考えなかったわけではなかった。

めくるの、杏奈《あんな》の原点はそこだ。

声優が好きで、好きで好きで堪《たま》らなくて、杏奈《あんな》はその憧《あこが》れを力に代えて声優になった。

だというのに、今はそれを捨て去ろうとしている。忘れようとしている。

そこに、何か大きな過《あやま》ちがあるような気がしてならない。

けれど、それは無視するしかなかった。

憧《あこが》れの声優に役を取ってほしい。

柚日咲《ゆびさき》めくるではなく。

そう考えてしまう限り、めくるはいつまでも声優に憧《あこが》れる女の子のままだからだ。

「めくるは、憧《あこが》れられる側じゃいけないの？」

「え……？」

「わかるでしょ。めくるを尊敬する後輩《こうはい》がいる。認めてくれる仲間がいる。柚日咲《ゆびさき》めくるを好きなファンがいる。もうとっくに、憧《あこが》れられる立場だっていうのに。それでも、めくるは――、杏奈《あんな》は。杏奈《あんな》自身がめくるのファンになることはできないの？」

「……わたしは」

声優・柚日咲《ゆびさき》めくる。

杏奈《あんな》がめくるの成功を心から望めるなら、それが一番だ。

ほかの声優に役を取ってほしい、活躍《かつやく》してほしい、と思うのではなく。

『柚日咲《ゆびさき》めくるに役を取ってほしい』と望むことができれば。

ほかの憧《あこが》れと同列に見ることができれば。

乙女《おとめ》が森香織《もりかおり》ですら、憧《あこが》れではなく競争相手として見ているように。

「憧《あこが》れを捨てるのが必要なんじゃない。好きな声優は好きな声優のまま、それでもめくるが『めくるを推《お》したい』と思えることが大事なんじゃないの」

「好きな声優のまま……」

めくるは、『好き』という感情を捨てようとした。

その気持ちがある限り、「負けたくない」「自分のほうが相応《ふさわ》しい」という感情を奮い立たせることができないから。

けれど、由美子《ゆみこ》たちに教えられた。

好きと負けたくない、は共存する。

憧《あこが》れと負けたくない、は共存する。

憧《あこが》れるからこそ、好きだからこそ、負けたくない、と踏《ふ》ん張《ば》れる。

歌種《うたたね》やすみが夕暮夕陽《ゆうぐれゆうひ》に抱《いだ》くように。その逆もそうであるように。

乙女《おとめ》が紅葉《もみじ》に抱《いだ》いたように。紅葉《もみじ》が乙女《おとめ》に抱《いだ》いたように。

その強い感情は、彼女たちの力になっていた。

めくるが、憧《あこが》れを力に代えたのと同じように。

「……それなら」

なら、その感情は。

めくるのように捨てるのではなく、彼女たちのように背負うべきなのだろうか。

だって、めくるは。

柚日咲《ゆびさき》めくるは。

彼女たちと同じ――、声優、なのだから。

「――――」

本当に、彼女たちが好きなんだったら、憧《あこが》れなんだったら。

その憧《あこが》れを持って、挑《いど》むべきだったのだろうか。

自分も同じ声優であると自覚して、同じ地面を踏《ふ》んでいると自覚して。

そうして、めくるはめくるを推《お》すべきだったんだろうか。

柚日咲《ゆびさき》めくるを好きになってくれたファンのためにも。

周りの人たちのためにも。

そして、めくると杏奈《あんな》のためにも。

「めくるちゃん」

由美子《ゆみこ》に声を掛《か》けられ、彼女のほうを向く。

由美子《ゆみこ》も千佳《ちか》も、ごくごくいつもの調子で口を開いた。

「花火《はなび》さんに聞いたし、焼肉のときにも聞いたけど、正直半信半疑だよ。めくるちゃんがオーディションで力を発揮できない～、なんて。そういうの一番怒《おこ》りそうじゃん」

「ええ。そんなのプロじゃない、って。後輩《こうはい》を叱《しか》るならまだしも、叱《しか》られるだなんて。わたしは聞《き》き間違《まちが》い、勘違《かんちが》い、気の迷い、くらいに思っていますよ」

由美子《ゆみこ》は肩《かた》を竦《すく》めながら、千佳《ちか》は淡々《たんたん》と。

さらりと言ってくれる。

信頼《しんらい》が伝わる。

彼女たちは、以前のめくるを信じてくれている。

めくる自身は張りぼてだと感じていても、彼女たちの知るめくるはきっと本物なのだ。

先輩《せんぱい》声優であり、プロの声優である柚日咲《ゆびさき》めくるが。

「めくる。後輩《こうはい》たちはこう言ってくれてる。めくるは、どうするの」

花火《はなび》だけが、真剣《しんけん》な表情と声色《こわいろ》で問いかけてきた。

ここしかないんだぞ、と彼女は言っている。

杏奈《あんな》を切り捨て、憧《あこが》れを忘れて、灰色の道を歩むのか。

すべてを背負ったうえで、後輩《こうはい》たちの期待に応えながら、憧《あこが》れに挑《いど》むのか。

『わたしの肩《かた》には、たくさんの人の想《おも》いが乗ってる。応援《おうえん》してくれる人たち、事務所の人たち、関係者の人たち、そして——、やめていった人たち。たくさんの、たっくさんの想《おも》いを抱《かか》えて、桜並木乙女《さくらなみきおとめ》っていう声優は走ってる。わたしは、その人たちに報《むく》いたいんだと思う』

すべての想《おも》いを肩《かた》に載《の》せて、一番の声優という高みに挑《いど》む桜並木乙女《さくらなみきおとめ》のように。

「あぁ——」

選択肢《せんたくし》は、ないに等しい。

彼女たちに、後輩《こうはい》たちに、ファンたちに、ほかの声優たちに、関係者たちに。

そして、藤井《ふじい》杏奈《あんな》に胸を張れる声優になると言うのなら。

残された道は、たったひとつしかない。

それがどれだけ、自分にとって苦しい道になろうとも。

「そっか……」

由美子《ゆみこ》を見る。

千佳《ちか》を見る。

花火《はなび》を見る。

由美子《ゆみこ》じゃ躊躇《ためら》う。花火《はなび》もきっと同じだろう。

ここは、一番抵抗《ていこう》がなさそうな千佳《ちか》に頼《たの》もう。

千佳《ちか》の目の前まで歩き、めくるは己《おのれ》の頬《ほお》を指差す。

「夕暮《ゆうぐれ》。気合を入れたい。悪いけど、わたしの頬《ほお》を思い切り叩《たた》いて」

ばちぃんッ！

物凄《ものすご》い音が真横から聞こえた。ビリビリと頬《ほお》が痺《しび》れる。

突然《とつぜん》の衝撃《しょうげき》に耐《た》え切《き》れず、ふらふらとよろめいた。

「あの……、これでいいんですか……」

千佳《ちか》は赤くなった右手を擦《さす》りながら、おずおずと尋《たず》ねる。

すぐさま、花火《はなび》と由美子《ゆみこ》が動揺《どうよう》の声を上げた。

「ち、躊躇《ちゅうちょ》ないねー……、夕暮《ゆうぐれ》ちゃん……。瞬時《しゅんじ》にビンタしたじゃん……。最速ビンタて。躊躇《ためら》いゼロ……」

「普通《ふつう》、先輩《せんぱい》に頬《ほお》はたいてって言われても、すぐには動けんよ……。やっぱあんた、対人関係のネジどっか外れてんな……」

「わ、わたしは言うとおりにしただけじゃない……！　なぜそこまで、やいやい言われなきゃいけないのよ！　褒《ほ》められこそすれ、引かれる筋合いはないのだけれど！」

こちらもそれを期待して千佳《ちか》にお願いしたが、想像よりも躊躇《ちゆうちよ》がなくてびっくりした。

頼《たの》んでおいてなんだが、めくるも引いている。

しかし、おかげで痛みと痺《しび》れがダイレクトに響《ひび》いた。

「……いや、ありがたいよ夕暮《ゆうぐれ》。気合入った。この痛みを忘れないでおく」

めくるがそう言うと、三人はぴたりと口を閉じる。

千佳《ちか》が「ほらね」という表情で薄《うす》い胸（スリムな体つきがとても魅力的《みりよくてき》だと思う）を張っていた。

じんじんと痛む頬《ほお》を押さえることなく、思い切り息を吐《は》く。

そうしてから、改めて三人を見た。

「わかった。わかったよ。わたしは、あんたら後輩《こうはい》に恥《は》ずかしくない声優になる。覚悟《かくご》した。全部、背負うって決めた。……恥《は》ずかしいのは今日だけだから。せいぜい見てなさいよ、『ティアラ』のライブでも容赦《ようしや》しないから」

虚勢《きよせい》を張るように、意地を張るように、めくるはそう宣言した。

満足そうに笑う由美子《ゆみこ》と、肩《かた》を竦《すく》める千佳《ちか》から視線を逸《そ》らす。

こちらをじっと見る花火《はなび》と、目を合わせた。

「……ようやく覚悟《かくご》ができたと思う。苦しい道になるだろうけど、この道に引っ張り込んだのは花火《はなび》だからね。ちゃんといっしょに歩いてよ」

花火《はなび》は目を見開き、そのあとくすりと笑った。

続いて、くっくと笑いを抑《おさ》えたような声が漏《も》れる。

その顔を見て、なんとなく養成所で声を掛《か》けてきたときの彼女を思い出した。

ようやく、あの頃《ころ》から歩き出せるのかもしれない――。

「ていうか、めくるちゃんの恥《は》ずかしいところなんて結構見てるけどね」

「むしろ一番見ている先輩《せんぱい》でもあるわね」

「……うるさいな。でも、それがいいんでしょ。そうあるべきだ、って花火《はなび》に言われたばっかなんだから」

「そう！　そうじゃないと、やっぱりめくるじゃないよ」

花火《はなび》は今度こそ、快活に笑った。

大口を開けて、楽しそうに。

思えば、花火《はなび》がこんなふうに笑うのを久しぶりに見たかもしれない。

めくるがふっと息を吐《は》いていると、由美子《ゆみこ》がこちらに寄ってきた。

ぱっと両手を広げる。

「それじゃ、景気づけにやすやすのハグいっとく？　復活記念ってことで」

「夕姫《ゆうひめ》もつけましょうか。どうぞ、柚日咲《ゆびさき》さん。こっち来てください」

「……いや、あの。遠慮《えんりょ》しときます……、いや、本当に。ちょっと！　やめ、ダメだって、死ぬ、死ぬから、あんたらいい加減に、いい加減に！　あぁぁぁぁぁぁぁぁ――――――っ！」


――ライブ会場は、おそろしいほどの熱量に包まれていた。

ライブ前のめくるは、今までにあったことを振《ふ》り返《かえ》り、それなりに感傷的になっていたのだ。本当にいろんなことがあったなあ、と。

けれど、そんな気持ちはあっという間に吹《ふ》き飛《と》ばされてしまった。

観客のボルテージがすごい。

キャスト陣《じん》も大概《たいがい》だが、それに呼応するように観客が昂《たかぶ》り、感情がぶつかり合ってライブ会場に弾《はじ》け飛《と》んでいる。

「ひゃー、捌《は》けろ捌《は》けろー」

先頭を走る乙女《おとめ》が、おかしそうに笑っている。

続く三人も、息も絶え絶えに舞台袖《ぶたいそで》に捌《は》けていった。

〝アルフェッカ〟の一曲目が終わり、すぐさま〝オリオン〟の曲が始まる。

さっきまでめくるたちが歌い、踊《おど》っていたステージの上で、今度は〝オリオン〟のメンバーがパフォーマンスを行っていた。

暗い舞台裏《ぶたいうら》で水分補給しながら、モニターに目を向ける。

そこには客席に歌を届ける、由美子《ゆみこ》たちの姿があった。

懸命《けんめい》に振《ふ》り付けを披露《ひろう》し、マイクに歌声を載《の》せている。

『うーん、客席で観《み》たい。……観《み》たい。観《み》たい観《み》たい観《み》たい！　なんでわたしはここにいるんだ……。せっかく現地にいるのに！　関係者席行っちゃダメ？　ダメ……？』

普段《ふだん》のめぐるなら、そんなふうに考えていただろう。

モニター越《ご》しであることに不満を持ちつつも、〝オリオン〟の五人が歌う姿に釘付《くぎづ》けになっていたはずだ。

けれど、彼女たちはあくまでモニターの中にいる。

そのモニターを熱心に見つめる、桜並木《さくらなみき》乙女《おとめ》にどうしても視線が吸い寄せられた。

彼女は肩《かた》を上下に揺《ゆ》らし、汗《あせ》を流しながらも、決してモニターから目を離《はな》さない。

真剣《しんけん》そのものだ。

めぐるはこのとき、声優ファンではなく、声優としての自分が強く出ていた。

乙女《おとめ》の隣《となり》に陣取《じんど》り、彼女に声を掛《か》ける。

訊《き》きたいことがあったからだ。

「桜並木《さくらなみき》さん。ひとつ、訊《き》いてもいいでしょうか」

「うん？　どうかした？」

乙女《おとめ》は一度、こちらに笑顔《えがお》を見せたあと、再び視線をモニターに戻《もど》す。

一挙手一投足も見逃《みのが》したくないような、そんな気概《きがい》すら感じる。

その姿を含め、彼女に対して疑問が湧《わ》いていた。

乙女《おとめ》に倣《なら》って、めくるもモニターを見つめたまま口を開く。

「桜並木《さくらなみき》さんは、とても熱心に自主練をしていましたよね。そして、何度も口にされていました。『あっちのユニットには負けない』と。それが、わたしには不思議だったんです」

乙女《おとめ》がひたむきに練習する理由は、あの目標のためだと思っていた。

日本で一番の声優になる。

そのために努力を欠かさず、一生懸命《いっしょうけんめい》に自主練に励《はげ》んでいるのかと。

しかし、彼女の目には別の熱が宿っているように感じた。

その熱が見えるのは、『あっちのユニットに負けたくない』と彼女が口にするとき。

つまり。

「もしかして桜並木《さくらなみき》さんは、本当に負けたくない、と思っているんですか」

失礼を承知ではっきりと口にすると、乙女《おとめ》は照れくさそうに頬《ほお》を掻《か》いた。

そして、ゆっくりと「変かな？」と笑う。

「確かにね、わたしたちは実際に勝負をしているわけじゃない。お客さんもそんなこと気にしないと思う。でも、そういう構図にはなってるでしょ？　そうなったら、もう――わたしは、あの子たちに負けたくないんだ」

以前、同じようなことを由美子《ゆみこ》が口にした。

ライバルである夕暮夕陽《ゆうぐれゆうひ》には、絶対に負けたくない。

たとえ形式上でしかなかったとしても、あたしにとっては勝負になってしまった、と。

歌種《うたたね》やすみがそう口にするのは全く違和感《いわかん》がない。

解釈一致《かいしゃくいっち》とさえ言っていい。

けれど、乙女《おとめ》が同じ発言をするのはしっくりこなかった。

もし相手のユニットに、かつての秋空紅葉《あきそらもみじ》がいれば話は別だが。

「……それは、目標のためにですか？」

辺りを窺《うかが》ってから、念のため小声で尋《たず》ねる。

途端《とたん》に乙女《おとめ》は顔を赤らめたが、笑いながら首を振《ふ》った。

「そういう意味が全くないかと言えば、そんなことないけど。負けたくない理由は別かな。わたしが負けたくないのはね、やすみちゃんがいるからだよ」

「歌種《うたたね》が？　どういうことです？」

ふたりはとても仲が良く、まるで本当の姉妹《しまい》のようだ。

乙女《おとめ》が倒《たお》れたときだって、一番取り乱し、彼女のために走り回ったのは由美子《ゆみこ》だ。

その由美子《ゆみこ》に対して、なぜそんな感情を抱《いだ》くのか。

乙女《おとめ》の視線は、モニター上の歌種やすみを追う。

「わたしは、お姉ちゃんだからね。妹相手に、格好悪いところは見せられないじゃない？　やすみちゃんに、『姉さんすげー』って言ってもらうためにも、言い続けてもらうためにも、わたしは努力を欠かしたくない。負けたくないの」

「わたしは、お姉ちゃんだからね。妹相手に、格好悪いところは見せられないじゃない？　や

「…………」

理想の先輩《せんぱい》であるために、後輩《こうはい》のために、彼女は頑張《がんば》っている。らしい。

そこまで、乙女《おとめ》が由美子《ゆみこ》のことを大切にしているとは知らなかった。

思わず黙《だま》り込《こ》みそうになったが、疑問はまだ残っている。

それを再び、問いかけた。

「ですが、桜並木《さくらなみき》さん。こちらのユニットが負けるなんてこと、あると思いますか？」

客観的に見れば、ありえない。

だれがどう見ても、由美子《ゆみこ》たちに勝ち目はない。

ただでさえ盤石《ばんじゃく》だというのに、慢心《まんしん》もなく、精力的にレッスンに取り組んできた。

結衣《ゆい》に至っては、才能を持て余しているのに、「夕陽《ゆうひ》先輩《せんぱい》はもっと仕上げてくるはずです！」なんて憧《あこが》れの幻影《げんえい》を見て、レッスンに熱を入れていた。

そして、桜並木《さくらなみき》乙女《おとめ》がいる。

それが新人を含《ふく》めた五人に負けるなんて、想像できない。

だから、そのありえないことに備える乙女《おとめ》が、不自然に映ったのだ。

乙女《おとめ》はいたずらっぽく笑ったあと、こちらに顔を寄せてきた。

近いです。

「本当にありえないって、言えるかな？」

「そりゃ、可能性はゼロではないでしょうけど……」

「そうじゃなくてね。だって、あっちにはやすみちゃんがいるんだから」

「歌種《うたたね》が……」

いるから、なんだと言うのか。

めくるが眉《まゆ》を顰《ひそ》めていると、乙女《おとめ》は笑《え》みを深くした。

「やすみちゃんにはね、不思議な力があると思うんだ。ムラがあるけど、時々、周りの大人がびーっくりしちゃうくらい、とんでもない力を発揮する。人を強く惹《ひ》きつける。わたしは、それが怖《こわ》いんだ」

それは、めくるにも理解できる。

一番印象的なのはやはり、『幻影機兵《げんえいきへい》ファントム』のシラユリが魅《み》せた、壮絶《そうぜつ》な最期《さいご》だ。

大野《おおの》でも森《もり》でもなく、ましてや夕暮夕陽《ゆうぐれゆうひ》でもなく、あの回を輝《かがや》かせたのは、歌種《うたたね》やすみ。

もし、あのときのような力が、今回のライブで発揮されれば――。

「それにね、やすみちゃんのところには夕陽《ゆうひ》ちゃんもいる。ライバル同士が手を組むんだよ。怖《こわ》いよねえ」

言葉に反して、乙女《おとめ》は心から嬉《うれ》しそうにしていた。

あのふたりは、普段《ふだん》はいがみ合ってばかりだが、それ以上に互《たが》いをよく理解している。

いくつもの困難をふたりでくぐり抜《ぬ》けてきた、唯一無二《ゆいいつむに》のパートナーだ。

それはめくるも、よく、よく知っていた。

得体の知れない彼女たちの力を、桜並木《さくらなみき》乙女《おとめ》は恐《おそ》れている。

いや、恐《おそ》れている、という言い方は語弊《ごへい》があった。

乙女《おとめ》はまるで、彼女たちがとんでもない力でぶつかってくることを、心から期待しているようだったからだ。

「だけどね、めくるちゃん。わたしは負けるつもりはないよ。どれだけあの子たちがすごいことをしても、それ以上を見せる。そのために、今まで頑張《がんば》ってきたんだもん」

乙女《おとめ》はモニターに目を向けたまま、綺麗《きれい》な笑顔《えがお》を見せた。

経験と努力に裏付けされた、確かな自信を含《ふく》んだ笑《え》み。

その横顔に、思わず釘付《くぎづ》けになる。

暗い舞台裏《ぶたいうら》に居ても、彼女はだれよりも光《ひか》り輝《かがや》く、アイドル声優・桜並木《さくらなみき》乙女《おとめ》だった。

その笑顔《えがお》が、再びこちらに向いてどきりとする。

乙女《おとめ》は、楽しそうに顔を寄せてきた。

近いです。

「そういうめくるちゃんも、とっても気合入っているように見えるけど？」

「あぁ……」

見抜《みぬ》かれているらしい。

確かにめくるも、このライブに賭《か》ける思いは強い。

由美子《ゆみこ》たちに負けない、と宣言した。尊敬される先輩《せんぱい》でいると約束した。

自分自身、柚日咲《ゆびさき》めくるを推《お》していくと決めた。

それらの思いもあるけれど、もうひとつ。

「桜並木《さくらなみき》さんと同じです。わたしの肩《かた》にも、いろんな人の想《おも》いが載《の》っているので」

以前、乙女《おとめ》が話してくれた。

自分の肩《かた》には、たくさんの想《おも》いが載《の》っていると。

応援《おうえん》してくれる人たち、事務所の人たち、関係者の人たち。

そして――、やめていった人たち。

先日、『ジュードルらじお』の最終回を録《と》り終えた。

最後はパーソナリティが十人勢ぞろいという、収拾《しゅうしゅう》のつかない無茶苦茶な回になったが、最終回らしい盛り上がりを見せた。

最後に全員と挨拶《あいさつ》ができて、終わりを惜《お》しむことができた。
中には、泣き出す人もいた。
めくるはあくまで、いつもどおりだったけれど。
辻《つじ》がそうであるように、何人かはもう声優を引退するそうだ。
共通していたのは、みんな晴れやかな顔をして、めくるにお礼を言ってくれたこと。
きっともう、二度と会うことはないのだろう。
それは物凄《ものすご》く寂《さび》しいことだし、辛《つら》いことでもある。
けれど、落ち込んでばかりじゃいられないし、何より彼女たちは最後まで笑顔《えがお》だった。
めくるにできることは彼女たちの想《おも》いを載《の》せて、声優として突《つ》き進《すす》むことだ。
彼女たちの分まで。
柚日咲《ゆびさき》めくるは、頑張《がんば》らないといけない。
きっと、遠い場所からでも見守ってくれているはずだから。
「そっか」
乙女《おとめ》はそれ以上何も聞かず、穏《おだ》やかに笑っていた。
そうしているうちに、次の時間が迫《せま》ってくる。
「よし、めくるちゃん。そろそろ出番だよ。頑張《がんば》ろう!」
乙女《おとめ》は照らされたステージを指差し、そちらに歩き出す。

彼女が飛び出せば、きっと先ほどの比ではない大歓声《だいかんせい》が会場を包むのだろう。
やはり、乙女《おとめ》がいる〝アルフェッカ〟が〝オリオン〟に負ける姿は想像できない。
けれど、めくるの脳裏《のうり》には、あの生意気な後輩《こうはい》ふたりの顔が浮《う》かんでいた。

# NOW ON AIR!! 第69回

「夕陽と」

「やすみのー」

「「コーコーセーラジオー」」

「おはようございます、夕暮夕陽です」

「おはようございまーす。歌種やすみです」

「この番組は偶然にも同じ高校、同じクラスのわたしたちふたりが、皆さまに教室の空気をお届けするラジオ番組です」

「えー、お久しぶりです」

「ご無沙汰しています」

「と、思わず言っちゃいそうになるんだけど。正直、聴いている人はなんのこっちゃって感じだよね」

「実は前回、二本録りだったの。だから今回、二週間ぶりの収録ということになるのよね」

「毎週録ってるせいで、一週間空くと久しぶりって感じがするなぁ」

「スタジオに来るのも、朝加さんと会うのも久しぶりですね。悲しいことに、わたしとやすだけは毎日顔を合わせているけれど。一番離れたい相手だっていうのに」

「は？　あたしだってあんたの辛気臭い顔、見たくないんだけど？　気力が吸い取られる感じするわ。なんかあたしが行くところに毎回いるし、そういう悪霊なんじゃないの？」

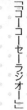

「出たわ。あなたのそういうところ、本当に嫌い。たとえわたしが悪霊だったとしても、あなたのような騒がしい人間には憑かないわよ。あぁやかましや、かしましや」

「こいつ……。ただでさえ腹立つのに、仕事がかぶってるせいでストレスも倍増だわ。学校でも、スタジオでも、レッスンでも、ブースでも見なくちゃいけないなんて」

「それはわたしのセリフ。先週、ラジオの収録がなくて本当によかったわ。束の間の静けさを楽しめたから。もう少し楽しみたいから、ちょっと静かにしてくれない？」

「あ？」

「は？」

「……え、なに朝加ちゃん。……二週間ぶりだからって飛ばしすぎ？」

「あぁ、まぁそうね……。ん、んんっ！　ごめんね、やっちゃん！　久しぶりだからって、わたしはしゃいじゃったよ〜、うっかりうっかり、うっかりさんっ」

「ううん、いいよユウちゃん！　やすみも、ユウちゃんとラジオできて嬉しいもん！　テンション上がるよ〜！　あ、そろそろオープニング終わろっか！」

「そうだねぇ〜。じゃ、やっちゃん、いつものお願い〜」

「それでは、今日もみんなで楽しい休み時間を過ごしましょう！」

「放課後まで、席を立たないでくださいね〜」

Next Page!

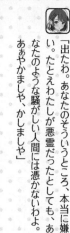

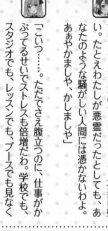

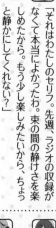

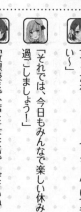

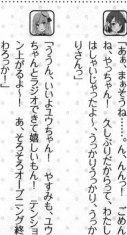

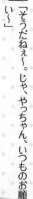

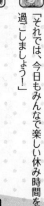

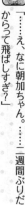

# NOW ON AIR!! 第69回

「はい、というわけでメール読みまーす。ラジオネーム、〝不自由なA子さん〟から頂きました。あら、A子さん久々じゃない？」

「そうね。最近、見なかったけれど……。あ、久々に送ってきてくれたんですね」

「それは嬉しいね。『夕姫、やすやす、おはようございます』おはようございまーす」

「おはようございます」

「『わたしは最近まで大きな悩みを抱えていて、ラジオにメールを送れない日々を送っていました。その悩みを解決するためには、とても勇気が必要でした』」

「今日のA子さん、真面目ね。いつもは楽しいメールを送ってくれるけれど」

「ね。『けれど、おふたりから勇気をもらって、その悩みを解決できました。おふたりはいつも元気をくれますが、勇気も与えてくれます。いつもありがとう』……だそうです」

「……わたしたちが、勇気と元気？」

「それ、あたしたちで合ってる……？　こんな番組からそんなもの出てこないよ」

「ええ、おおよそ逆の要素でできているから。まぁ、少しでも役に立ったならよかったけど」

「あー、でもさ。人から言われた言葉で、奮い立つことあるよね。あんまり詳しくは言わないけど、先輩で悩みを抱えている人がいてさ」

「あぁ……。それわたしも知ってる人ね」

「そ。その人も、長年抱えていた悩みを解決できたらしくてさ」

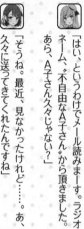

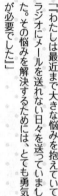

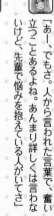

# 夕陽とやすみのコーコーセーラジオ！

「まぁ、だれがどんな言葉に支えられているか、わからないってことよね。A子さんも、何かは想像つかないけれど、わたしたちの言葉が響いたのかもしれないわ」

「そういうことなら嬉しいけどね。じゃあ、次のメール。ラジオネーム、〝てんぷらのアイスクリーム〟さん。『いよいよティアラのライブが近付いてきましたね。すごく楽しみです！』」

「あぁ、そうね。この収録が放送されて……、もうちょっとかしら。わたしたちも、ライブがいよいよ近付いているって感じがしてるわ」

「そうねー。いやー、緊張してくるわ。この日のためにずっと準備してるからさー。もー、レッスン、レッスン、レッスンよ」

「本当に。そのせいで、この人と顔を合わす回数が多いの。学校で見て、スタジオで見て、レッスンルームで見て、ブースで見て。あぁ嫌になる」

「は？　あたしだって同じ気持ちですけど？　大体ねえ――、あ、ごめん朝加ちゃん」

「仲良くやりますねぇ～。とにかく、わたしたちのライブがもうすぐなので楽しみにしてください～」

「そうだね！　いよいよです！　やすみたちの戦いはこれからだー！」

「……ちょっと。それじゃ打ち切りじゃないのよ。続くの」

夕陽とやすみのコーコーセーラジオ！

**to be continued!!!!**

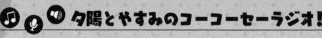

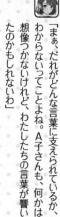

オーディション会場の廊下《ろうか》を黙々《もくもく》と歩く。

心臓が高鳴り、手にはじんわりと汗《あせ》を掻《か》いていた。息も浅い。

はっと、笑ってしまいそうになる。

デビューしたての新人じゃあるまいし。

オーディションでここまで露骨《ろこつ》に緊張《きんちょう》するのは、一体どれくらいぶりだろう。

けれどある意味、これはデビュー戦と言ってもいいかもしれない。

柚日咲《ゆびさき》めくるが、プロとしての意識と覚悟《かくご》を持って挑《いど》む、初めてのオーディションだ。

「ん」

緊張《きんちょう》しているところに、さらに緊張《きんちょう》する顔を見つけてしまった。

廊下《ろうか》の曲がり角から現れたのは、ひとりの女性。

カーキ色のノースリーブに、ブラウンのワイドパンツ。品のいいショートボブを揺《ゆ》らしているのがとても格好良く、シンプルな服装が魅力《みりょく》をさらに引き立てる。

習志野《ならしの》プロダクション所属のベテラン声優、大野麻里《おおのまり》だ。

突然《とつぜん》の人気声優との接触《せっしょく》に動揺《どうよう》しつつも、めくるは頭を下げる。

「おはようございます」

「ん……？」

大野《おおの》は挨拶《あいさつ》してきた声優がだれなのか、わからなかったようだ。

無理もない。

大野《おおの》とは、数年前に配信番組で共演して以来、会うことはほとんどなかった。

わからないなら改めて自己紹介《じこしょうかい》を……、と考えていると、そこで大野《おおの》が気が付く。

明るい声を返してくれた。

「お。柚日咲《ゆびさき》か。久しぶりだなー、あたしのこと覚えてる？」

「も、もちろんです。大野《おおの》さん」

気さくに声を掛《か》けてくれたことに、わーっと嬉《うれ》しくなる。

覚えてくれていたなんて、と胸が躍《おど》った。

しかもそのまま、軽い調子で話を続けてくれる。

「なに？　柚日咲《ゆびさき》もオーディション？」

「あ、はい。今からです。大野《おおの》さんもですか？」

「そだよ。さっき録《と》り終わった」

「『幻獣伝《げんじゅうでん》』ですか」

「そうそう……」

小気味よく言葉を返していたのに、大野《おおの》はぴたりと口を閉じた。

彼女は目を細めて、めくるのことをじろじろと見始める。

なんだろう。

おかしな格好をしているだろうか、と戸惑《とまど》う。

何も言えないまま視線にさらされていると、大野《おおの》がにっと笑った。

「ふうん……。あたしさ、初めて柚日咲《ゆびさき》を見たとき、なんだかふにゃっとした子が来たなって思ったんだよ。なーんか顔が緩《ゆる》いっていうかさ。正直、大丈夫《だいじょうぶ》なのかなこの子って思った」

「…………」

新人時代の話を持ち出され、嬉《うれ》しいやら恥《は》ずかしいやら。

あの頃《ころ》は仮面をかぶるのにも慣れていなかったし、現場そのものも不慣れだった。

大野《おおの》にはいろいろと見えていたのかもしれない。

思わず目を逸《そ》らしそうになっていると、彼女はめくるの肩《かた》をぽんぽんと叩《たた》いた。

そして、さらりと。

こう言ってくれたのだ。

「今は良《い》い面してんじゃんかよ」

「――――」

こんなにも、心を温かくする言葉があるだろうか。

大きな動揺《どうよう》と確かな悦《よろこ》びが混じり合い、感情が大きく破裂《はれつ》する。

これから先、きっと何十年と大事にする言葉を突然《とつぜん》放り投げられ、めくるは何も言えなかった。

「じゃな」

大野《おおの》は手をひらひらさせて、そのまま立ち去ろうとする。

憧《あこが》れの声優の背中を見つめた。

今までのめくるだったら、きっとそれで終わりだった。

しかし。

その背中に投《な》げ掛《か》ける。

「大野《おおの》さん」

「ん？」

「何役を受けたか、訊《き》いてもいいですか」

「クリストアラだよ」

短く答えると、大野《おおの》は廊下《ろうか》の奥へと消えていった。

はぁ、と熱い息が漏《も》れる。緊張《きんちょう》はより高まり、強くなった。

控《ひか》え室《しつ》に入っても、めくるの鼓動《こどう》は暴れたままだ。

血が勢いよく巡《めぐ》っている気がする。

だというのに、身体中《からだじゅう》がぼんやりと痺《しび》れているような、妙《みょう》な感覚が同居していた。

「はぁ――……」

深呼吸する。何度も何度も。

もう恐《おそ》れてはいないはずだ。
椅子《いす》を取り合うと決めた。自分はこの役に相応《ふさわ》しい！　と叫《さけ》ぶと決めた。
別の声優じゃなく、めぐる自身を推《お》すと決めた。
ファンとしての自分を残して、憧《あこが》れを力に代えると決めた。
後輩《こうはい》に見られても恥《は》ずかしくない自分になると決めた。
どんなに憧《あこが》れ、尊敬する声優であっても、めぐるは真っ向からぶつかると決めたのだ。
たとえ、相手が大野麻里《おおのまり》でも。
めぐるだって、同じ声優なのだから。
——だけど、やっぱり。
覚悟《かくご》を決めても、奮い立たせないと勇気が出ない。
最初は緊張《きんちょう》しても仕方がない。
だからめぐるは、反則技《わざ》を使うことにした。
壁《かべ》に背を預けたままスマホを取り出して、写真フォルダを開く。
大きな勇気が必要なとき、めぐるはそれを見ると決めていた。
「————————よし」
たっぷりの勇気が溢《あふ》れてきた。
その写真は以前、歌種《うたたね》やすみに個別にファンサービスしてもらったときのもの。

百点満点の笑顔《えがお》を向ける歌種《うたたね》やすみと、顔が蕩《とろ》け切《き》っている杏奈《あんな》の写真だ。
こんなにも素敵《すてき》な体験をさせてもらった。
もう、怖《こわ》いものなんてない。
名前を呼ばれ、めくるはブースに入っていく。
目の前にあるのは、マイクが一本だけ。
このたった一本のマイクで、声優は演技を見せつけ、運命を切り開く。
それが、杏奈《あんな》の憧《あこが》れた世界だ。
調整室から声が掛《か》かり、いよいよめくるのオーディションが始まる。
程《ほど》よい緊張感《きんちょうかん》と隠《かく》し持《も》った勇気、確かな闘志《とうし》を抱《いだ》いて、めくるは声を上げた。
「ブルークラウン所属、柚日咲《ゆびさき》めくるです。クリストアラを演じます――」

# あとがき

お久しぶりです、二月公《にがつこう》です。

人は誰《だれ》しも表と裏の顔があり、声優さんもいくつもの顔を使い分けている……、というお話をこの作品でよく書かせて頂いています。先日、それを強く実感する出来事がありました。

わたしは声優ラジオをよく聴《き》きます。そうなると、パーソナリティの声優さんはラジオの印象が強くなるんですよ。お話を聴《き》いている時間がシンプルに長いので。

ラジオ番組なので、面白《おもしろ》おかしいお話をしてくださる声優さんも多いです。

結果として、面白のイメージが強い声優さんが多くなります。

普段《ふだん》は笑える話をたくさんしてくれる人たちが、ライブで物凄《ものすご》いパフォーマンスをしたり、イベントでめちゃくちゃきっちり場を回したり、歌や演技が凄《すご》かったりすると、いや本当によくないと思うんですが、感動しつつ同じ人⁉︎とギャップにびっくりする時があります。

「この人たち、ソース垂らしてレースしたり、ハンカチ落としで遊んでた人たちだよな？？？」なんて思ってしまうことがあります。ラジオではラジオ用、そういう場ではそういう場の顔を使い分けている、というお話だとは思うんですが、差が凄《すご》すぎてたまに混乱します。

いつも楽しいお話をありがとうございます。

そして、この本が発売される頃《ころ》には終了《しゅうりょう》していますが、『声優ラジオのウラオモテ』の朗読劇が開催《かいさい》されました！　朗読劇ですよ⁉　リアルイベント！　嬉《うれ》しすぎます。

佐藤由美子《さとうゆみこ》役に伊藤美来《いとうみく》さん、渡辺千佳《わたなべちか》役に豊田萌絵《とよたもえ》さんという原作すぎる完璧《かんぺき》な布陣《ふじん》で、朗読劇です。こんな幸せなことがあっていいんでしょうか。嬉《うれ》しすぎます。

このあとがきを書いている今は開催《かいさい》前なので、ずっとドキドキしています。心臓が痛い。

大変光栄なことに脚本《きゃくほん》を任せて頂いて、すごく楽しく書かせて頂きました。

どんなふうになっていくのか、今から本当に楽しみです。楽しみすぎる！

この本を読んでくださった方の中にも、「観《み》ました！」という方がいらっしゃったら、すごく嬉《うれ》しいな、なんて思っております。


本当に、皆様《みなさま》にどれだけ感謝の言葉を重ねても足りません。

とても素敵《すてき》なイラストを描《えが》いてくださるさばみぞれさん、いつもありがとうございます！

表紙、今回もとんでもないことになってますね⁉　かわいいの高火力が過ぎます。

そして、この作品に関わってくださる皆々様《みなみなさま》、読んでくださっている読者の皆様《みなさま》、本当に、本当にいつもありがとうございます……！

皆様《みなさま》のおかげで、大変素敵《すてき》な経験をさせて頂いております！　ありがとうございます！

## ◉二月公著作リスト

「声優ラジオのウラオモテ　#01　夕陽とやすみは隠しきれない？」（電撃文庫）
「声優ラジオのウラオモテ　#02　夕陽とやすみは諦めきれない？」（同）
「声優ラジオのウラオモテ　#03　夕陽とやすみは突き抜けたい？」（同）
「声優ラジオのウラオモテ　#04　夕陽とやすみは力になりたい？」（同）
「声優ラジオのウラオモテ　#05　夕陽とやすみは大人になれない？」（同）
「声優ラジオのウラオモテ　#06　夕陽とやすみは大きくなりたい？」（同）
「声優ラジオのウラオモテ　#07　柚日咲めくるは隠しきれない？」（同）

**本書に対するご意見、ご感想をお寄せください。**

ファンレターあて先
〒102-8177　東京都千代田区富士見2-13-3
電撃文庫編集部
「二月　公先生」係
「さばみぞれ先生」係



本書は書き下ろしです。

この物語はフィクションです。実在の人物・団体等とは一切関係ありません。

電撃文庫

# 声優《せいゆう》ラジオのウラオモテ

## #07 柚日咲《ゆびさき》めくるは隠《かく》しきれない？

二月《にがつ》 公《こう》

2022年６月10日　初版発行
2024年３月15日　３版発行

発行者　山下直久
発行　株式会社KADOKAWA
〒102-8177　東京都千代田区富士見2-13-3
0570-002-301（ナビダイヤル）

装丁者　荻窪裕司（META＋MANIERA）
印刷　株式会社 KADOKAWA
製本　株式会社 KADOKAWA



●お問い合わせ
https://www.kadokawa.co.jp/（「お問い合わせ」へお進みください）
※内容によっては、お答えできない場合があります。
※サポートは日本国内のみとさせていただきます。
※ Japanese text only

※定価はカバーに表示してあります。


ISBN978-4-04-914449-9　C0193　Printed in Japan

電撃文庫　https://dengekibunko.jp/

# 電撃文庫創刊に際して

文庫は、我が国にとどまらず、世界の書籍の流れのなかで〝小さな巨人〟としての地位を築いてきた。古今東西の名著を、廉価で手に入りやすい形で提供してきたからこそ、人は文庫を自分の師として、また青春の想い出として、語りついできたのである。

その源を、文化的にはドイツのレクラム文庫に求めるにせよ、規模の上でイギリスのペンギンブックスに求めるにせよ、いま文庫は知識人の層の多様化に従って、ますますその意義を大きくしていると言ってよい。

文庫出版の意味するものは、激動の現代のみならず将来にわたって、大きくなることはあっても、小さくなることはないだろう。

「電撃文庫」は、そのように多様化した対象に応え、歴史に耐えうる作品を収録するのはもちろん、新しい世紀を迎えるにあたって、既成の枠をこえる新鮮で強烈なアイ・オープナーたりたい。

その特異さ故に、この存在は、かつて文庫がはじめて出版世界に登場したときと、同じ戸惑いを読書人に与えるかもしれない。

しかし、〈Changing Times,Changing Publishing〉時代は変わって、出版も変わる。時を重ねるなかで、精神の糧として、心の一隅を占めるものとして、次なる文化の担い手の若者たちに確かな評価を得られると信じて、ここに「電撃文庫」を出版する。

**1993年6月10日**
**角川歴彦**

# 電撃文庫DIGEST　6月の新刊

発売日2022年6月10日

第28回電撃小説大賞《金賞》受賞作
## 竜殺しのブリュンヒルド
著／東崎惟子　イラスト／あおあそ

第28回電撃小説大賞《銀賞》受賞作。竜殺しの娘として生まれ、竜の娘として生きた少女、ブリュンヒルドを翻弄する残酷な運命。憎しみを超えた愛と、愛を超える憎しみが交錯する！　電撃が贈る本格ファンタジー。

## 姫騎士様のヒモ2
著／白金 透　イラスト／マシマサキ

進まない迷宮攻略に焦る姫騎士アルウィン。彼女の問題を解決したいマシューだが、近衛騎士隊のヴィンセントによって殺人事件の容疑者として挙げられてしまう。一方、街では太陽神教が勢力を拡大しており……。大賞受賞作、待望の第2弾！

## とある科学の超電磁砲《レールガン》
著／鎌池和馬
イラスト／はいむらきよたか、冬川 基、ほか

『とある科学の超電磁砲』コミック連載15周年を記念し、学園都市を舞台に、御坂美琴、白井黒子、初春飾利、佐天涙子の4人の少女の、平和で平凡でちょっぴり変わった日常を原作者・鎌池和馬が描く！

## 魔法科高校の劣等生 Appendix①
著／佐島 勤　イラスト／石田可奈

『魔法科』10周年を記念して、今となっては入手不可能なBD/DVD特典小説を電撃文庫化。これは、毎夜繰り広げられる、いつもの『魔法科』ではない『魔法科高校』の物語——『ドリームゲーム』を収録！

## 虚ろなるレガリア3 All Hell Breaks Loose
著／三雲岳斗　イラスト／深遊

暴露系配信者の暗躍により龍の巫女であることを全世界に公表されてしまった彩葉と、連続殺人の冤罪でギルドに囚われたヤヒロ。引き離された二人を狙って、新たな不死者たちが動き出す——！

## ストライク・ザ・ブラッド APPEND3
著／三雲岳斗　イラスト／マニャ子

寝起きドッキリや放課後デートから、獅子王機関の本拠地で起きた怪事件まで。古城と雪菜たちの日常を描くストブラ番外篇第三弾！　完全新作を含めた短篇・掌編十五本とおまけSSを収録！

## 声優ラジオのウラオモテ #07 柚日咲めくるは隠しきれない？
著／二月 公　イラスト／さばみぞれ

「自分より他の声優の方が」ファン心理が邪魔をするせいでオーディションに弱く、話芸で台頭してきためくる。このままじゃ駄目だと気づきながらも苦戦する、大好きで可愛い先輩のため。夕陽とやすみも一肌脱ぎます！

## ドラキュラやきん!5
著／和ヶ原聡司　イラスト／有坂あこ

父・ザーカリーとの一件で急接近したアイリスと虎木。いつもの日常を過ごしていたある日、二人は深夜の街で少女・羽鳥理沙をファントムから救出する。その相手はまさかの"吸血鬼"で……!?

## 妹はカノジョにできないのに2
著／鏡 遊　イラスト／三九呂

雪季は妹じゃなくて、晶穂こそが血のつながった妹だった!?　自分にとっての"妹"はどちらなのか……。答えが出せないまま、晶穂が兄妹旅行についてくると言い出して!?　複雑な関係がついに動き出す予感が——！

## 友達の後ろで君とこっそり手を繋ぐ。誰にも言えない恋をする。2
著／真代屋秀晃　イラスト／みすみ

どうかこの親友五人組の平穏な関係が、これからも続きますように。そう心から願っていたのに、恋仲になることを望んでいる夜瑠と親密になっていく。バレたらいまの日常が崩壊するのは確定、だけどそれでも——。

新作
## 明日の罪人と無人島の教室
著／周藤 蓮　イラスト／かやはら

未来測定が義務化した世界。将来必ず罪を犯す《明日の罪人》と判定された十二人の生徒達は絶海の孤島『鉄窓島』に集められる。与えられた条件は一つ。一年間の共同生活で己が清廉性を証明するか、さもなくば死か。

応募総数 4,411作品の頂点！

# 第28回 電撃小説大賞受賞作

## 好評発売中

第28回
電撃小説大賞
大賞
受賞

### 『姫騎士様のヒモ』

著／白金 透　イラスト／マシマサキ

**エンタメノベルの新境地をこじ開ける、衝撃の異世界ノワール！**

姫騎士アルウィンに養われ、人々から最低のヒモ野郎と罵られる元冒険者マシューだが、彼の本当の姿を知る者は少ない。「お前は俺のお姫様の害になる——だから殺す」。選考会が騒然となった衝撃の《大賞》受賞作！

第28回
電撃小説大賞
金賞
受賞

### 『この△《さんかく》ラブコメは幸せになる義務がある。』

著／榛名千紘　イラスト／てつぶた

平凡な高校生・矢代天馬は、クラスメイトのクールな美少女・皇凜華が幼馴染の椿木麗良を密かに溺愛していることを知る。だが彼はその麗良から猛烈に好意を寄せられて……!?　この三角関係が行き着く先は!?

第28回
電撃小説大賞
金賞
受賞

### 『エンド・オブ・アルカディア』

著／蒼井祐人　イラスト／GreeN

究極の生命再生システム《アルカディア》が生んだ“死を超越した子供たち”が戦場の主役となった世界。少年・秋人は予期せず、因縁の宿敵である少女・フィリアとともに再生不能な地下深くで孤立してしまい——。